Grit Poppe

Alabusch
oder das Herz des Vulkans

Grit Poppe

Alabusch

oder das Herz des Vulkans

Altberliner
Berlin · München

Für Niklas und Marie

1. Kapitel

Ein Vampir namens Alabusch

Am Rande der Stadt begann das Land der Sümpfe. Das Wasser schimmerte grün und blau oder auch braun und schwarz. Kleine Lichter zappelten über dem Morast, da, wo die Sonne durch das Schilf drang. Es sah aus, als tanzten winzige Feen einen Reigen und manchmal glaubte ein Mensch, sie singen zu hören: »Komm, folge mir, tanz mit mir, spiel mit mir ...« Und dieser Mensch begann zu zittern und zu schlottern, denn jeder wusste, dass es Unglück bringt die Feen singen zu hören. Der Mensch schloss sich in seinem Haus ein, aber das nützte ihm nichts. Die Mächte des Bösen dringen durch jede Ritze, sagten die Alten. Und wenn ein Blitz einen Baum traf und der Baum ein Dach zerschlug, dann blickten sich die Alten nur schweigend an. Und wenn ein Pferd im Galopp strauchelte und sich ein Bein brach, dann nickten sie langsam, als hätten sie damit gerechnet. Und wenn ein Kind krank wurde und im Fieber um sich schlug, dann steckten sie ihre Köpfe zusammen und wisperten und in ihren Mundwinkeln sammelte sich Spucke. Und der Mensch, der die Feen hörte, schloss sich ein und ahnte nicht, dass der jüngste Sohn bei den Kohlen saß und ein lustiges Spiel spielte. Und das Spiel hieß: anzünden. Und der arme Mensch roch den Qualm und vor Schreck fand er den Schlüssel nicht und alle zwängten sich durch das Küchenfenster, der jüngste Sohn voran. Dann standen sie und schauten, wie das Feuer fraß und fraß. Der jüngste Sohn weinte, doch der Vater nahm ihn in die Arme und streichelte seine heißen Wangen. »Die Feen«, sagte er nur, »die Feen sangen ihr Lied und ich hörte sie.« Und da war der jüngste Sohn dankbar, dass es die Feen gab.

Natürlich war es den Kindern der kleinen Stadt verboten, in die Sümpfe zu gehen, ja, sie durften nicht einmal in die Nähe des Wassers. Die Alten nannten den Sumpf eine Brutstätte des Bösen: Giftige Schlangen und Geister sollten dort ihr Unwesen treiben, Blutegel so groß wie Fußbälle, fliegende Vogelspinnen, tollwütige Hunde ... Doch der Herrscher über all dieses Getier, der König des Moorlandes, so hieß es, sei ein Vampir, ein Vampir mit säbellangen Zähnen: Alabusch lautete sein Name.

Die Alten erzählten viele Geschichten über den Untoten, eine schauriger als die andere. »Wer ihm in die Augen schaut«, sagte Josef Riek, »schrumpft, wird klein und schrumplig wie eine Walnuss.«

»Und wer seinen Atem riecht«, ergänzte Wolfram Jordan, »dem fällt die Nase ab.« Das meinte er durchaus ernst, niemand spaßte über Alabusch.

Allein der Älteste der Stadt, wagte auszusprechen, wovon andere nicht träumen mochten: »Wem Alabusch seine Zähne in den Hals schlägt ...« Aber weiter sprach auch Hagen Hottenrott nicht; er bekreuzigte sich und schwieg.

»Vor genau neun Jahren und dreihundertvierundsechzig Tagen verschwand der kleine Olaf Ziegler ...«, sagte Hagen Hottenrott. Er leckte an seiner Pfeife wie an einem Lutscher und blickte ernst in die Runde. »... Und im zehnten Jahr holt der Vampir sich ein Kind mit frischem Blut.«

Die Leute stöhnten leise und jammerten, obwohl sie diese Gerüchte schon oft und oft gehört hatten. Niemand in Translingen wusste zu sagen, woher die Legenden um Alabusch stammten, ja nicht einmal, wer sie zuerst erzählt hatte. Doch die Mütter schluchzten verzweifelt auf und die Väter blickten bedrückt in ihre Gläser. Die Versammlung fand in der knoblauchgeschmückten Gaststätte ›Prinzeneck‹ statt, in der das Bier billiger war als anderswo.

»Bürger und Bürgerinnen«, sagte Josef Riek feierlich.

»Lasst eure Kinder morgen nicht aus den Häusern. Versperrt die Türen und Fenster. Hängt Kreuze und Knoblauch auf!«

»Seid vorsichtig«, ergänzte Wolfram Jordan, weil er unbedingt auch noch etwas sagen wollte. »Alabusch ist älter und schlauer als wir alle zusammen.«

Die Leute nickten und versprachen es und eilten nach Hause, um nach dem Rechten zu sehen und den Knoblauch in der Speisekammer zu suchen.

2. Kapitel. Mira, ein ziemlich wildes Kind

Die kleine Stadt hieß Translingen und in ihr lebte auch ein Mädchen namens Mira Ziegler. Sie war die Schwester des verschwundenen Jungen, aber sie hatte ihren Bruder nie kennen gelernt. Mira war neun Jahre alt und ein wildes Kind. Sie konnte reiten wie ein Indianer, selbst ein bockendes Pferd warf sie nicht ab. Sie strolchte umher, zu allerlei Streichen aufgelegt: Sie band einem Hund eine Blechbüchse an den Schwanz. Sie sammelte Grashüpfer, die sie in der Schule beim Zeichenunterricht freiließ. Oder sie klebte ihren Kaugummi auf die Klingel der Haustür des Bürgermeisters.

Von klein auf hatte sie die schauerlichsten Geschichten über das Verschwinden ihres Bruders gehört und so konnte nichts und niemand sie mehr erschrecken. Ja, die Angst lebte wie eine unsichtbare Schwester neben ihr und sie kannte sie so gut, wie sie ihre Zehennägel kannte. Die Kinder in Translingen bewunderten und fürchteten sie ein wenig. Die Hunde, sogar die großen, trippelten davon, wenn sie Mira kommen sahen. Die Lehrer schüttelten die Köpfe über dieses Mädchen, das die neue Tafel mit Wachs voll geschmiert und ruiniert hatte.

»Ach, Mädchen«, sagte Miras Mutter, »ach, Mädchen, wo soll das nur hinführen ... Was soll nur aus dir werden?«

»Ich werde Pirat«, sagte Mira dann. »Piraten dürfen so sein, wie ich bin.«

Miras Mutter lachte darüber, als hätte ihre Tochter gescherzt, doch das Mädchen meinte es durchaus ernst. »Du wirst schon sehen: Ich schicke euch Ansichtskarten von einsamen Inseln und zu Weihnachten ein Päckchen mit Gold und Edelsteinen.«

Miras Vater sagte nichts dazu. Er war Schaffner und den ganzen Tag unterwegs. Und wenn er spät am Abend nach Hause kam, brauchte er seine Ruhe und nach dem Abendbrot fiel er ins Bett.

Für Mira begann dann die interessanteste Zeit des Tages: Sie öffnete ihr Fenster und starrte in die Nacht hinaus. Sie liebte den weiten schwarzen Himmel und die Sterne, die weiß und feierlich blinkten, als wollten sie von einer anderen Welt erzählen, von einer Welt, die groß, geheimnisvoll und abenteuerlich war.

Auch an jenem Abend, als die Leute besorgt aus dem ›Prinzeneck‹ kamen und nach Bier rochen, saß Mira an ihrem Lieblingsplatz. Sie sah zu, wie die Lichter der Häuser aufleuchteten und wieder erloschen. Sie hielt ihren Frosch in der rechten Hand und summte ihm ein Lied vor, ein Lied, in dem der Mond vorkam und die Sterne und ein weißer Nebel. Es gab viele Frösche in Translingen. Sie kamen aus dem Moor direkt auf die Hauptstraße der Stadt gehüpft. Sie sprangen in der Schule umher und im Postgebäude, im ›Prinzeneck‹ und sogar im Rathaus. Sie gehörten zu Translingen und wurden, wenn nicht geliebt, so doch geduldet. Und allabendlich kam zu Mira ein Frosch gehüpft, ein großer schöner Frosch mit gelben Flecken und strahlend roten Augen. Mira freute sich jeden Abend aufs Neue, ihn zu sehen. »Mein kleiner treuer Freund«, sagte sie zu ihm. Und der Frosch quakte froh.

Im gegenüberliegenden Haus sah Mira einen Jungen

eilig die Treppe hinauflaufen. Er hielt sich am Geländer fest und versuchte mit einem Schritt drei Stufen weiterzukommen. Dann erblickte Mira im Schein der Laterne Herrn und Frau Martschenko, die Arm in Arm gingen und aufgeregt und laut miteinander redeten. Im Zimmer ihres Sohnes Franz blitzte ein Licht auf und einige Sekunden lang konnte Mira sehen, wie der Junge sich hastig auszog und einen Schlafanzug überstreifte.

Mira hockte manchmal noch am Fenster, wenn schon alle Lichter erloschen waren. Sie versuchte sich ihren Bruder vorzustellen. Sie kannte nur einige Babyfotos und ein Bild, das ihn auf einem hölzernen Schaukelpferd zeigte und auf dem er rund und glatzköpfig wie der Mond aussah.

Mira setzte den Frosch auf das Fensterbrett und stubste ihn mit dem Zeigefinger.

»Mach's gut«, sagte sie leise. Doch der Frosch rührte sich nicht. Er quakte dumpf und bittend und da ließ sie ihn sitzen, wo er saß, und ging zu Bett.

3. Kapitel: Das Abenteuer beginnt

In tiefer Nacht erwachte Mira von einem Geräusch. Das Mädchen setzte sich auf und lauschte. Der Schlaf lag noch wie ein Schleier um ihren Körper und es dauerte eine Weile, ehe sie herausfand, dass da etwas gegen das Fenster pochte. Es war ein verhaltenes, rhythmisches Klopfen; es klang, als schlage ein Herz gegen die Scheibe.

Die Mutter musste das Fenster geschlossen haben, während Mira schlief.

Das Mädchen fischte ihren Wecker unter dem Bett hervor und die Zeiger leuchteten grün und feierlich, als wollten sie damit angeben, dass es schon kurz nach Mitternacht war. »Huch«, sagte Mira erstaunt, »so früh schon Besuch?«

Das Trommeln verstärkte sich, während das Kind auf nackten Sohlen über den Teppich tapste.

Einen winzigen Augenblick dachte Mira daran, dass es vielleicht klüger wäre, ihre Mutter zu rufen. Doch wenn sie zögerte das Abenteuer einzulassen, dann ergriff es ganz sicher die Flucht. Und Mira liebte Abenteuer.

Zuerst schien es, als würde der Wind in ihre Arme springen. Mira taumelte, getroffen von der harten wütenden Luft und um ein Haar wäre sie gefallen. Aber sie fing sich und stemmte sich gegen den unsichtbaren Angreifer. Dann erblickte sie einen Buddha auf dem Fensterbrett, doch als sie genauer hinschaute, erkannte sie den Frosch. Er saß mit dem Rücken zu ihr, was gar nicht seine Art war.

Plötzlich brach etwas durch den Raum und Mira duckte sich, denn sie hielt das, was da auf sie zuflog, für einen Pfeil. Doch es war kein Pfeil und es flog nicht auf sie zu. Ein Vogel, ein großer schwarzer Vogel, schoss auf den armen Frosch hinab, der jämmerlich quakte und mit den Beinchen zappelte. Ehe sich das Mädchen lang bedachte, griff sie nach dem Adler oder was es war und ließ nicht mehr los. »Nicht fressen! Nicht fressen!«, schrie sie den Vogel an. Dann spürte sie einen eigenartigen Sog nach oben, so als fahre sie mit einem Fahrstuhl im Warenhaus. Wieder zerrte der Wind an ihr und eine Bö versetzte ihr eine Ohrfeige.

Mira riss die Augen weit auf, denn sie glaubte nicht, was sie sah: da unter ihr schwankten die Häuser wie Betrunkene, die Lichter der Laternen torkelten umher und eine Eule rauschte an ihr vorbei. Sie flog! Dieses Wesen, das ihren Frosch stahl, riss sie mit sich!

Sie sausten geradewegs in den schwarzen Schlund der Nacht hinein.

Es dämmerte in Translingen. Ein stiller kalter Morgen. Ein rotes Licht verschmierte den Himmel. Vereinzelt stiegen dünne Rauchsäulen aus den Schornsteinen. Miras Mutter, die ihre Tochter für die Schule wecken wollte, fand ein kaltes, leeres Bett und ein offenes Fenster.

4. Kapitel
Die Gefangene im Sumpf

Die Feen tanzten über den Tümpeln; sie schwatzten und kicherten und fuhren mit ihren langen spinnwebenweichen Fingern über Miras Gesicht. Wenn das Mädchen sich regte, wichen sie von ihm, um kurze Zeit später erneut an dem Kind herumzuschnuppern.

»Was für köstliches Haar«, wisperten sie, »wir könnten eine Suppe davon kochen.« Die Feen lachten; es klang wie ein trockener Husten.

Eine Fee kostete von einer Strähne, die nass an Miras Wange klebte.

»Schade, dass sie schon Alabusch gehört«, rief sie und leckte am Ohrläppchen des Mädchens. »So ein nettes Spielzeug!«

Mira lag steif wie eine Puppe, das Wasser umspülte ihre nackten Füße und schlug schmatzend gegen ihren Bauch. Durch ihre Arme lief manchmal ein Zucken und ihre Hände planschten hilflos wie die Flügel eines nassen Schmetterlings.

Ihr Kopf lag hochgebettet auf einem Stein; manchmal flatterten ihre Lider, doch die Augen öffneten sich nicht. Sie atmete gleichmäßig, als schlafe sie zu Hause in ihrem Bett. Doch ihre Lippen waren violett und blau vor Kälte und ein beständiges Zittern schüttelte ihren Körper.

Da fiel ein dunkler Mantel wie ein Schatten über sie und die Feen verstummten.

Als sie erwachte, fühlten sich ihre Füße und Hände heiß an und sogar ihre Nasenspitze glühte. Verdutzt starrte sie in ein Feuer, dessen Flammen sie zu necken schienen, so dicht züngelten sie nach ihr.

»Fröschchen?« Mira wusste weder wo sie war noch wie sie hierher kam. Doch galt ihr erster Gedanke nicht der Mutter oder dem Vater, sondern ihrem kleinen Freund. Wo war er? Ging es ihm gut? Sie blickte um sich, konnte ihn jedoch nirgendwo entdecken. Der Vogel fiel ihr ein und jetzt bemerkte sie, dass sie unter einem schwarzen schweren Mantel lag, der ihre Haut etwas schabte und nicht sehr sauber schien. Felsige Wände umgaben sie, von denen es tropfte wie aus der Nase eines kleinen Kindes. Ratten eilten sehr geschäftig hin und her und einige Meter über ihr baumelten träge und zufrieden lächelnd Hunderte von winzigen Fledermäusen. Miras Mund fühlte sich trocken an, als kaue sie auf Wüstensand, und in ihrer Kehle hockte ein kratziger Husten. Auch spürte sie einen nie gekannten Hunger, der sie an ihren Fingerknöcheln lutschen ließ.

Dann sah sie die Gestalt: unbewegt und stumm wie ein toter Baum. Schwarz wie die schwärzeste Katze, die bei Mondfinsternis in einem Kellerloch hockt. Alabusch bewegte sich langsam wie eine Schnecke auf sie zu. Der Schein des Feuers enthüllte plötzlich ein Gesicht, das aus Elfenbein geschnitzt schien: es sah weiß und edel aus, kalt, ja zerbrechlich. Die Eckzähne leuchteten wie Muscheln und sie waren lang, entsetzlich lang. Nie zuvor hatte Mira solche Zähne gesehen.

Alabusch vollführte eine Art langsamen Tanz um das Mädchen herum, seine Schultern, sein Kopf schaukelten, sein ganzer Körper wankte unendlich bedächtig, ja lahm, als gehöre ihm alle Zeit der Welt. Und vielleicht gehörte sie ihm? Mira jedenfalls schien nun sein Eigentum zu sein. Ein saftiger Bissen zum Abendbrot. Oder zum Frühstück? Das Mädchen lächelte ungewollt.

»Du lächelst?«, sagte Alabusch. »Fürchtest du dich nicht vor mir?«

Seine Stimme klang gleichzeitig hoch und tief, sie klang nach vereistem Schnee, der unter stumpfen Stiefeln knirschte.

»Nein, sollte ich?«, fragte Mira. Da stand sie, gehüllt in den schweren fremden Mantel und bot dem Unhold die Stirn. »Wo ist mein Freund, der Frosch?«

»Welcher Freund? Welcher Frosch?« Alabuschs Stirn faltete sich wie ein Fächer. »Vielleicht«, sagte er mit schwerer Zunge, »vielleicht hat der schwarze Storch deinen Frosch gefressen.«

»Nein!«, schrie Mira. »Du lügst!«

»Vielleicht«, sagte Alabusch. »Oh, es gibt so viele Vielleichts in dieser Welt, findest du nicht? Vielleicht lüge ich. Vielleicht lebt dein Freund. Vielleicht hat der Storch ihn gefressen. Vielleicht habe ich ihn gefressen. Was spielt das für eine Rolle? Du bist hier und ich bin hier, das ist alles, was im Moment zählt.«

Mira warf den Mantel ab und spuckte aus, spuckte ins Feuer und ihr Speichel zischte und Alabusch lachte. Ein eisiger Luftzug traf Mira und sie wich einen Schritt zurück, aber nur einen Schritt.

»Du gefällst mir, kleines Mädchen«, sagte Alabusch sanft. »Wisse nun: Du wirst bei mir bleiben. Dir geschieht nichts Böses. Du lebst an meiner Seite. Ich sorge für dich. Stille deinen Hunger, deinen Durst. Es soll dir an nichts mangeln. Vielleicht bekommst du deinen Frosch zurück, eines Tages. Das kommt ganz auf dich an, liebes Kind.«

Alabusch berührte ihre Schulter und streichelte ihren Hals; Mira spürte seine Finger wie die raue Haut einer Schlange.

»Ich werde dir nie gehören«, entgegnete sie und reckte hochmütig wie eine Prinzessin das Kinn. »Niemals.«

»Du gehörst mir schon.« Alabusch lächelte.

Mira schüttelte den Kopf und blickte Alabusch geradewegs in die Augen. Es schien ihr, als schaute ein Plüschteddy sie an: zwei schwarze Kugeln glotzten leer und abweisend. Das Mädchen wartete darauf, dass sie zu einer Walnuss schrumpfte, aber es geschah nichts. Da kam es ihr vor, als flackerte ein Licht in diesem finsteren Blick. Was für ein Licht?

»Alabusch, bitte«, sagte sie, »lass mich frei.«

Der Vampir lachte und erneut traf sie sein kalter Atem. Aber ihr fiel nicht die Nase ab und sie wich auch nicht mehr zurück.

»Du bittest mich?«, fragte Alabusch und für einen Moment schien er ehrlich verblüfft. Doch dann erlosch das kleine Licht in seinen Augen. »Du bist frei!«, sagte Alabusch. »Du kannst gehen, wenn du magst. Es kann ja sein, dass du nicht auf eine Natter trittst oder in das Netz von Samanta, der Riesenspinne läufst. Dann gibt es da noch das immer hungrige Sumpfkrokodil; noch keines seiner Opfer hat seinen Angriff überlebt. Aber du schaffst es möglicherweise. Wer kann das wissen? Irgendwann schläft auch mal das hungrigste Krokodil. Und vielleicht verirrst du dich auch nicht in den Sümpfen und versackst nicht im Moor. Viel Glück also. Du bist frei. Aber sage nicht, ich hätte dich nicht gewarnt.«

Eine Weile standen sie einander gegenüber wie Figuren auf einem Brett, aber Mira wusste, dass sie im Schach stand. Und so nahm sie den schweren Mantel auf und reichte ihn Alabusch. »Ich habe Hunger«, sagte sie.

5. Kapitel

Adila, die kleine Fee

Mira hockte allein in der Höhle. Sie schaute den Tropfen zu, die aus den steinernen Nasen perlten und vor ihre Füße platschten. Pfützen hatten sich gebildet, in denen sich nichts spiegelte, kleine schwarze Tümpel ohne Leben. Mira wartete. Nicht einmal eine Fledermaus leistete ihr Gesellschaft. Wohin verschwand Alabusch? Er machte sich nicht die Mühe ihr etwas zu erklären. Er schien ihr älter als Hagen Hottenrott zu sein, der ja der älteste Mann war, den sie kannte. Und dennoch: betrachtete sie sein Gesicht im Schein des Feuers, erschrak sie über die glatten jungen Wangen; Nase, Mund und Kinn erschienen ihr manchmal weich und alterslos. Ja, es kam ihr vor, als würde sie diese Miene kennen. Was bedeutete es, nicht zu leben, aber auch nicht tot zu sein? Alabusch bewegte sich, sprach, lachte, aber er lebte nicht mehr. Er war untot, etwas, das nicht sein durfte. Ein Spuk.

Mira hörte ein leises Kichern und einen Augenblick glaubte sie, eine Ratte beobachte sie und mache sich in ihrem Versteck über das Mädchen lustig. Dann sah sie die kleine Fee heranschweben; sie trug einen Korb bei sich, der sie in die Tiefe zu ziehen schien. Doch Mira wusste schon, dass die Feen ungeahnte Kräfte besaßen.

»Hallo, Adila!« Sie winkte der Ankommenden erfreut zu. Adila ließ mit sich reden, im Gegensatz zu einigen anderen Elfen. Sie wirkte weder feindselig noch scheu und sie fürchtete sich nicht vor Alabusch.

»Ich bin so alt wie du, nur tausend Jahre älter«, hatte sie bei ihrem letzten Besuch zu Mira gesagt und beide konnten darüber lachen wie über einen gelungenen Scherz. Nur ahnte Mira, dass Adila nicht scherzte. Sie sagte die Wahrheit und flunkerte gleichzeitig.

Der Korb plumpste zu Boden und etwas glitt heraus wie eine Schlange. »Nicht schon wieder«, stöhnte Mira.

Es waren aalähnliche lila Fische, die Adila brachte, tot, aber roh.

»Nun schimpf nicht«, sagte Adila. »Sie sind ganz frisch und schmecken süß wie Weintrauben.«

»Ja, wie verfaulte Weintrauben«, entgegnete das Mädchen grimmig.

»Was willst du, ihr Menschen trinkt den Saft von verfaulten Weintrauben.«

»Nur die Erwachsenen«, sagte Mira. »Und selbst die müssen danach manchmal kotzen oder krabbeln auf Händen und Füßen aus dem ›Prinzeneck‹.« Sie trat nach dem Korb; die toten Fische rutschten auf das nasse Gestein und glotzten gläsern und blöde.

»Meinst du, es ist einfach, für dich etwas Essbares aus den Sümpfen zu holen? Du verschmähst ja sogar die Kaulquappensuppe und den Fischrogenbrei!«

»Warum bringst du mir nicht einfach ein Leberwurstbrot oder ein Schnitzel mit Bratkartoffeln?«

Adila antwortete nicht und sammelte die Fische auf. Sie summte leise dabei, als könne sie nichts und niemand verstimmen, selbst dieses seltsame Mädchen nicht, das all die Köstlichkeiten, die das Moorland zu bieten hatte, verabscheute.

Mira lauschte ihrem Singsang, der keineswegs melodisch klang, und beobachtete dies Wesen, das kein Mensch, aber auch kein Tier war. Die kleine Fee schimmerte durchsichtig wie eine Ohrenqualle. Sonst aber sah sie fast aus wie ein normales Kind; natürlich wuchsen ihr gelegentlich Flügel, die, wenn sie nicht gebraucht wurden, wieder schrumpften und in ihren Schulterblättern verschwanden. Aber ansonsten hätte sie ein Mädchen sein können wie Mira, das morgens mit eingewickeltem Brot zur Schule marschiert und am Nachmittag mit blauen Flecken und ohne Schnürsenkel heimkehrt.

›Wo ist mein Frosch? Was will Alabusch von mir? Warum darf ich nicht nach Hause? Kannst du mir nicht helfen zu entkommen?‹

Fragen über Fragen sausten in Miras Kopf herum, aber sie wagte nicht auch nur eine auszusprechen. Sie musste sich die Gunst dieser Elfe erhalten, durfte sie nicht verscheuchen. ›Vielleicht kannst du meine Freundin werden‹, dachte Mira.

Adila drehte sich um und warf Mira blitzschnell ein großes weiches Bündel zu. »Zieh's an«, knurrte sie.

Das Mädchen strich über das strohverklebte schmutzigweiße Fell und schnupperte daran. Sie verzog das Gesicht, biss sich aber auf die Zunge und zog wortlos den Umhang, der unförmig und zu groß, aber angenehm warm war, über den Kopf.

»Weißt du«, sagte sie, »wenn wir die Fische im Feuer rösten, dann kann ich sicher ein wenig davon essen.«

6. Kapitel: Mira flieht

Mira spürte, wie die langen spitzen Zähne ihre Haut aufritzten, wie kalte Eiszapfen durchdrangen sie ihren Hals ... Der Vampir sog ihr Blut ein wie ein Staubsauger den Staub und er schmatzte dabei und Mira fühlte, wie sie leicht wurde, federleicht, und dann begann sie zu schweben, hoch und höher ... Und ihr war, als wäre sie eine Qualle, die von einer riesigen Welle in den Himmel gehoben wurde.

Als sie erwachte, saß Alabusch am Feuer und wärmte seine knochigen Finger. »Wie könnt ihr Lebenden das Feuer nur eintauschen gegen so einen dummen Flimmerkasten? Das Feuer ist weise wie das Wasser, Feuer und Wasser bergen Geheimnisse in sich. Und in euren Apparaten sind nur Kabel und Schrott.«

Mira brauchte eine Weile, ehe sie verstand, wovon Alabusch redete. Ihre Fingerspitzen wanderten ihren Hals auf und ab; ihre Haut schien glatt und unversehrt.

»Was zum Teufel willst du von mir?«, knurrte sie schlecht gelaunt. Sie hatte keine Lust sich mit Alabusch über Fernseher zu unterhalten. Was das Feuer betraf – das fand sie angenehm warm, aber es nahm ihr auch die Luft zum Atmen. Und viel Geheimnisvolles konnte sie auch dem Wasser nicht abringen.

›Ich gäbe jetzt eine ganze Menge für eine halbe Stunde Lucky Luke.‹ Mira sprach den Gedanken nicht aus. Die Erwachsenen sagten Alabusch nur Böses nach und die Lehrer behaupteten gar, es gäbe ihn gar nicht. Und da sollte sie sich mit ihm über eine Zeichentrickserie unterhalten?

»Willst du mein Blut zum Frühstück oder Abendbrot?«, fragte sie stattdessen. Wenn sie frech zum Bürgermeister war, warum konnte sie dann nicht auch diesem Vampir ein wenig auf den Zahn fühlen?

»Wenn ich wollte«, sagte Alabusch leise, »könnte ich dir die Zunge ausreißen lassen. Aber deine Seele spricht eine andere Sprache. Und wisse: Deine Furcht betrübt mich mehr als jedes Wort. Es wird der Tag kommen, an dem wirst du dir meine Macht wünschen. Du wirst ...«

Der Vampir brach ab und lächelte freundlich: »Zum Frühstück bevorzuge ich ohnehin das Blut der Frösche.«

Alabusch hüllte sich in seinen Mantel und ehe sich Mira versah, war er verschwunden.

»Ich glaube dir nicht!«, schrie das Mädchen, aber niemand antwortete. Die Wände der Höhle glänzten feucht. Sie schienen Mira wie Hunderte Augen, die mit steinharten Blicken warfen. Das Kind nahm die klamme Decke auf, die ihr die Feen gebracht hatten und warf sie auf die Flammen. Das Feuer nagte ein wenig an dem Stoff und erlosch schließlich und Mira stand inmitten von Qualm und einer Finsternis, die so dick und klebrig war wie Pflaumenmus.

Dann sah sie ein Licht, ein winziges schwaches Licht, das blinkte wie ein ferner Stern.

Das Mädchen glitt über nasse Kiesel, stolperte über Gesteinsbrocken und stapfte hastig durch die kalten Pfützen, als fürchte sie, jemand könne die Lampe, oder was es auch immer sein mochte, ausknipsen. ›Das sind gewiss Höhlenforscher‹, dachte sie. ›Oder sind es sogar Leute aus der Stadt, die nach mir suchen?‹

Gern hätte sie jetzt eine Fackel dabeigehabt oder wenigstens ein Päckchen Streichhölzer. Doch alles, was leuchtete, war dieser matte Fleck, auf den sie zutapste und der nur langsam größer wurde. Mira dachte daran, um Hilfe zu schreien, aber irgendetwas schnürte ihr die Kehle zu und in ihren Ohren rauschte ihr Blut und trommelte ihr Herzschlag, dass ihr ganz schwindlig davon wurde.

Dann nahm das Licht eine graue Farbe an und Mira

erkannte, dass ein Stück Himmel in die Höhle fiel. Einen Moment blieb sie starr stehen und betrachtete die ferne Wolke. Der Riss in der Steinwand war nicht größer als ein ausgewachsener Kürbis, aber so dünn, wie sie jetzt war, kam es ihr vor, als würde sie auch durch ein Mauseloch passen.

Sie presste sich durch die Öffnung und die scharfen Steine rissen ihr die Haut an den Armen und Händen auf. Sie spürte es kaum. Niemand schien in ihrer Nähe zu sein. Über dem Tal, in das sie blickte, lag eine Schicht Nebel wie Emmentaler auf einer Scheibe Brot. Es war totenstill. So sehr Mira sich auch bemühte etwas zu hören, das Einzige, was sie vernahm, war ihr unregelmäßiger Atem.

»Ach, Fröschchen, wärst du jetzt wenigstens hier«, flüsterte sie und einen Augenblick glaubte sie das bekannte Quaken zu hören, aber als sie dann lauschte, schien sich die Stille aufzubäumen und wiehernd über sie zu lachen. Ein lautloses ungestümes Lachen.

»Pa«, sagte Mira wütend und vergaß zu flüstern, »einen Piraten kann nichts und niemand erschrecken. Nicht einmal Alabusch hat es gewagt, mich zu beißen. Nur wer wagt, gewinnt.« Sie nahm einen langen Stock auf, der wie zufällig genau vor ihren Füßen lag, und begann sich einen Weg durch das feuchte schwere Gestrüpp zu bahnen.

Solange sie noch auf den Schultern des Berges wanderte, kam sie, wenn auch nicht mühelos, so doch schnell vorwärts. Geröll klapperte rechts und links neben ihr und sie musste Acht geben, dass sie nicht ausrutschte. Nun, das Klettern war ihr schon als Kleinkind mit Leichtigkeit gelungen, sehr zum Ärger ihrer Mutter, die ihre protestierende Tochter vom Bücherschrank oder vom Ofen pflückte. Einmal hatte sie gar auf dem regennassen Dach gesessen, dicht neben dem Schornstein, das Gesicht klebrig und rußverschmiert. Da rückte dann die Feuerwehr an, ganz langsam und ohne Tatütata; wie freundliche Schmetterlinge schwebten die Männer zu ihr hinauf. Später dann beim Abendbrot, als sich die dünnen Nudeln auf Miras Teller und auch im Ausschnitt ihrer Bluse bis hinunter zum Bauchnabel kringelten, begann die Mama zu weinen. Und der sonst so schweigsame Papa schimpfte, brüllte, fluchte und schlug mit der flachen Hand nach Fliegen, die Mira nicht sehen konnte, die wohl nur der Papa sah.

Der Stock erwies sich als sehr nützlich, denn am Fuße des Berges begann es morastig zu werden; jeder Schritt verursachte ein schmatzendes Geräusch und das Wasser weichte Miras Hausschuhe auf wie Zwieback in Vanillesoße. Mit dem Stock tastete sich das Mädchen wie eine Blinde vorwärts: Stück für Stück des sumpfigen Bodens erkundete sie erst, bevor sie es betrat. ›Sicherlich werde ich einen Schnupfen bekommen‹, dachte sie, ›und dann drei Wochen nicht zur Schule gehen! Ich kuschle mich in mein Bett, nasche Schokolade und schaue ›Lucky Luke‹ und ›Die Schatzinsel‹ an.‹

Sie stolperte über totes Geäst und dürre sperrige Zweige; bis zu den Waden versank sie schon im Schlamm und sie dachte an Schokolade mit ganzen Nüssen und begann eine Melodie aus einem ihrer Lieblingswestern zu pfeifen.

7. Kapitel: Im Moor

Die beiden Schlangen sah sie erst, als sie ein paar Schritte vor ihnen stand. Ihre Köpfe lugten bewegunglos aus dem braunen Wasser und sie blickten dem Kind aufmerksam wie gelehrige Schüler entgegen. Mira erstarrte in ihrer Bewegung, nur der Stock zitterte in ihrer Hand. Im Zoo hätte sie die Tiere sicher ehrfurchsvoll bestaunt, denn sie schienen Mira aus Glas zu sein oder aus hauchdünnem Porzellan. Gern hätte sie die Hand nach ihnen ausgestreckt und sie berührt. Aus den winzigen Mündern der Reptilien züngelten die Zungen, als wären sie selbst kleine Schlangen.

Langsam, beinahe majestätisch, glitten die Tiere auf das Mädchen zu und Mira dachte daran, zurückzuweichen, aber sie konnte sich nicht rühren. Dann zerbrach ein Rauschen die Luft wie einen Teller. Und Mira erblickte den großen schwarzen Vogel, den Storch. Er schoss hinab wie ein riesiger Pfeil. Die beiden Schlangen wanden sich in seinem kräftigen Schnabel und der Vogel flog mit ihnen, schwang sich hinauf in den leeren Himmel.

»Na, hier scheinen die Störche ja einen gewaltigen Appetit zu haben«, sagte Mira zu Mira. Ihre Knie begannen zu schlottern und beinahe wünschte sie sich in die Höhle des Vampirs zurück. Sie hatte die Nase voll vom Sumpf, dabei war sie noch nicht sehr weit vorangekommen. Bald würde die Dunkelheit hereinbrechen und wie sollte sie dann die Gefahren erkennen, die auf sie lauerten? Sollte sie nicht besser umkehren und Adila um Hilfe bitten?

Das Wasser schimmerte jetzt rötlich, die Sonne schien im Sumpf zu versinken. Schwärme von Fischen huschten an Mira vorbei. »Ach, ihr Fische!«, seufzte sie. »Warum könnt ihr nicht zwitschern oder quaken oder meinetwegen bellen oder krähen?« Immer noch lastete eine klamme Stille auf dem Moor.

Die Stämme der Bäume wurden nun dicker, die Zweige kräftiger. Die Wurzeln ragten wie kleine Hütten aus dem Wasser und Mira suchte eine geeignete Schlafstätte.

Sie fand einen großen starken Baum, der ihr so hoch

schien, dass sie hoffte, am Morgen vielleicht die Dächer ihrer Stadt zu erblicken. Auch wollte sie am nächsten Tag nach ihrem Frosch suchen. Wer wenn nicht er, sollte sie aus dem Labyrinth der Sümpfe nach Hause führen?

Schnell wurde es dunkel, nein, eigentlich schwarz, denn solch Finsternis herrschte, dass das Kind die Hand vor Augen hielt und sie nicht sehen konnte. Kein Stern blinkte, kein Mond tröstete mit seinem Schein. Es war ihr, als säße sie auf einem fremden Planeten.

Sie aß ein wenig von dem halb garen Fisch, den sie aus der Höhle mitgenommen hatte. Er schmeckte bitter und salzig, aber er füllte ein bisschen den Magen.

Dann schloss sie die Augen und versuchte einzuschlafen, doch jedes Geräusch ließ sie zusammenfahren und in die Nacht hinaushorchen. Der Baum knarrte, seine Zweige knackten; in dem schnell erbauten Nachtlager raschelte und knisterte es und etwas platschte ins Wasser. Hunderte von Mücken umsurrten Mira, doch keine Einzige stach sie oder versuchte es auch nur.

Mira kauerte in ihrem Fell wie in einem Nest und wartete darauf, dass die Zeit verging. Blutegel schwebten an ihr vorbei, groß und rund und rot, sie leuchteten von innen wie Laternen. Sie lachten und riefen: »Was soll nur aus dir werden, Kind?! Du gehörst Alabusch! Alalalalabuuuusch!!!« Der Vampir aber hockte einen Ast über Mira und betrachtete den Traum des Mädchens.

8. Kapitel: Im Netz der Riesenspinne

Am frühen Morgen kam ein kräftiger Wind auf; das Mädchen erwachte und einen Moment glaubte sie zu fliegen. Doch, oh Hilfe, sie fiel! Es ging in Windeseile hinab! Sie plauzte vom Baum wie ein federloser Vogel. Noch ehe sie jedoch einen klaren Gedanken fassen konnte, landete sie schon, weicher als erwartet.

Nur, was war das denn nun wieder?! Sie hing in einem riesigen Netz! Und warum konnte sie sich nicht rühren? Hatte sie sich doch die Knochen gebrochen? Aber, nein, sie fühlte keinen Schmerz. Sie klebte. Sie klebte wie die Fliege in einem ... Jetzt dachte Mira an die Warnung des Vampirs. Sie strampelte mit den Armen und den Füßen, sie boxte und stieß, sie zerrte und vollführte einen wilden Tanz; ja, sie biss sogar in die Spinnfäden, die wie Seile waren und sie hielten wie starke Arme. Aber es half alles nichts; sie hing fest.

»Warum muss das nur immer mir passieren?«, jammerte das Mädchen, aber niemand antwortete ihr. Und eigentlich passierte ihr ja etwas wie dieses auch zum ersten Mal und sie war sich gar nicht mehr sicher, ob sie Abenteuer wirklich mochte. »Nun, Mami, wenn es dich beruhigt, ich werde vielleicht doch kein Pirat«, murmelte sie und blickte sich misstrauisch um. Da baumelten große Insekten, bunte Vögel und sogar Frösche in dem Netz. »Aber Friseuse werd ich auch nicht«, sagte Mira zu einem Kolibri, der neben ihr hilflos mit den winzigen Flügeln schlug.

»Dann schon lieber Seiltänzerin oder Feuerschluckerin oder vielleicht Bürgermeisterin. Dann kann ich allen sagen, wo's langgeht. Es gibt dann Hitzefrei ab 20 Grad und nach einem Schultag erst mal eine Woche Ferien.«

Mira schwatzte weiter vor sich hin und hörte sich nicht einmal selber zu. Sie dachte an zu Hause. Was mochten die Leute der Stadt wohl über ihr Verschwinden denken? Suchten sie nach ihr? Wie erging es ihren Eltern? Würde man nicht gar vermuten, sie sei davongelaufen? Schließlich wäre das nicht das erste Mal. Schon aus dem Kindergarten war sie mehrmals ausgebüchst. Später, als sie dann schreiben konnte, hinterließ sie ihren Eltern seitenlange Erklärungen und verabschiedete sich darin für die nächsten zehn Jahre. Meist kam sie jedoch noch rechtzeitig zum Abendbrot.

Unter ihr glänzte der Schlamm, in den sie jetzt gern gesprungen wäre. Sie schaute nach unten und entdeckte ein Augenpaar, das neugierig zu ihr hinaufstarrte. Zuerst sah es so aus, als würden die Augen auf dem Wasser schwimmen.

»Wer bist du?«, rief Mira. Dann erkannte sie selbst, was es war: ein Chamäleon. Es hatte die braun-grüne Farbe des Sumpfes angenommen und saß auf einem morschen Stück Holz. Das Mädchen schnalzte ihm zu und das Tier schien zu blinzeln. Es begann gemächlich den Baum hinaufzuklettern, wobei es seinen Blick nicht von Mira abwandte.

»Vor mir brauchst du dich nicht zu fürchten«, sagte sie. »Pass nur auf, dass du dem Netz nicht zu nahe kommst.« Sie rüttelte an ihrem Gefängnis und strampelte mit den Beinen. Das Chamäleon erstarrte in seiner Bewegung. Mira betrachtete es erstaunt. Es sah aus wie ein kleiner Dinosaurier mit Ringelschwänzchen.

Plötzlich begann der Baum zu schwanken, Zweige knackten und ein Schatten schob sich wie eine Wolke über das Netz. Mira zog den Kopf ein und die Schultern hoch. Eigentlich war sie ja ein mutiges Mädchen, doch schon kleine Spinnen jagten ihr jede Menge Schauer über den Rücken. Ohne ihren Körper zu bewegen, lugte sie nach dem Tier. An einem dicken silbrigen Faden schwebte es ihr entgegen. Die Riesenspinne schimmerte weiß, als sei sie mit Schnee bedeckt, und ihre Augen ...! Sie hatte acht Augen, zwei schwarze und sechs feuerrot leuchtende! Für Sekunden bestand Mira nur noch aus Gänsehaut und zu Berge stehenden Haaren. Doch die Spinne segelte an ihr vorbei, auf die Mitte des Netzes zu, und ließ sich dort nieder. Auf dem Weg in das Zentrum ihrer Macht hatte sie sich eines ihrer Opfer schon gegriffen: sie saugte und schmatzte und webte geschickt und rasch ein Gespinst um ihre Beute, das wie Kaugummi klebte. Aus dem Klumpen ragte etwas, das aussah wie ein Vogelbein. Mira schaute nach dem Kolibri. Er war nicht mehr da! Dieses Vieh hatte das Vögelchen in ein Fresspaket verwandelt! Mira wandte den Blick von dem kauenden Tier ab; sie wagte nun nicht mehr an dem Netz zu zerren; ja, sie versuchte sich überhaupt nicht zu rühren. Das war nicht einfach. Die Nase juckte und in ihrem rechten Arm begann es zu kribbeln. Auch haftete sie nicht gerade bequem in dem Netz.

Die Spinne arbeitete an dem Vogelbeinchen. Es schien sie zu stören, dass es herausragte.

Klatsch! Was war das? Eine Ohrfeige? Miras Wange brannte. Sie blickte sich wütend um. Niemand da. Nur dieses Chamäleon. Es öffnete gerade sein Maul und seine Zunge raste auf Mira zu! *Klatsch!* Schon wieder! Das musste eine Dreimeterzunge sein!

»Hör auf!«, zischte das Mädchen. Was erlaubte sich dieses Tierchen? Hatte vielleicht eine Fliege auf ihrem Gesicht gesessen? Ihre Augen verengten sich zu Schlitzen, doch das Vieh schien wenig davon beeindruckt. *Klatsch!* Diesmal traf es ihre Hand. Das Netz begann zu schwanken ... Da bemerkte Mira etwas zwischen ihren Fingern: einen Stein, glitschig vom Speichel des Chamäleons, aber messerscharf ... Sie wollte der Echse zunicken, doch die war verschwunden.

Mira begann zu schaben. Vorsichtig, aber eilig. Die Spinne schaute zu ihr hinüber! Mira senkte die Lider und atmete gleichmäßig, als ob sie schlafe. Stellten sich nicht manche Tiere tot, wenn ihnen Gefahr drohte?
Mira spürte die Blicke aus den schwarzen und roten Augen auf sich gerichtet. Das Biest ließ sich Zeit. Es krabbelte erst zu den anderen Gefangenen, begutachtete die Vögel und die apathischen Frösche, ehe es sich auf den Weg zu ihr machte.

Mira rieb weiter mit dem Stein auf der festen Seide herum; ihre Hand zitterte ein wenig dabei und sie fürchtete ihr Werkzeug zu verlieren. Die Spinne kam näher und näher. Sie umrundete das Mädchen, als wolle sie erst einmal prüfen, was ihr da ins Netz gefallen war.

Mira gab das Versteckspielen auf und blickte das Tier an. »Würdest du die Güte haben mich von diesen Fesseln zu befreien?«, fragte sie. »Ich bin nämlich nicht ganz freiwillig hier, weißt du? Der Wind hat mich geschubst. Es ist also ein ganz dummer Zufall, dass ich ...«

Die schwarzen Augen kamen Mira riesig vor und die roten blickten wenig verständnisvoll, ja gemein. Das schneeweiße Wesen begann erneut seinen Rundgang, nur berührte es hin und wieder die Haut des Kindes; es war, als wolle es mit seinen Beinen von Mira kosten.

»Weißt du, ich würde dich ja gern zu Kakao und Apfelkuchen einladen, damit du mal siehst, was gut schmeckt. Meine Mutter backt ganz leckeren Apfelkuchen, süß und saftig. Natürlich bekommst du als unser Gast das größte Stück und ...«

Die Spinne begann ihren Körper über das Kind zu schieben. Sie war erstaunlich schwer und Mira schnitt mit aller Kraft in das straff gespannte Seil. Dann sah sie die Klauen vor sich, die sie an Alabuschs Zähne erinnerten. Plötzlich wirbelten Blätter und Zweige um sie herum, und ehe sie begriff, was geschah, platschte sie in das braune Wasser. Sie rappelte sich auf um davonzulaufen, aber die Spinne schien einen Faden um ihren Fuß gewickelt zu haben. Das Mädchen stieß ein wütendes Indianergeheul aus und riss sich mit einem solchen Ruck los, dass sie gleich wieder baden ging. Auf allen vieren krabbelte sie davon, nur fort von hier, fort.

»Und solltest du mich vorhin verstanden haben«, knurrte sie erschöpft, »bitte ich dich, die Einladung zu Kakao und Kuchen nicht so wörtlich zu nehmen.«

9. Kapitel

Ein verflixter Zwergsaurier

Mira machte erst Halt, als sie das Chamäleon traf. Es saß auf einem Baumstamm und das Kind wäre sicher an ihm vorbeigelaufen, wenn da nicht eine Zunge – *Klatsch!* – ihre Wange getroffen hätte.

Mira drohte ihrem seltsamen Retter mit dem Zeigefinger. »Jetzt kannst du deine Zunge aber wieder für dich behalten!« Erschöpft ließ sie sich auf den entwurzelten Baum plumpsen. »Jedenfalls, schönen Dank noch. Ich finde es nämlich nicht so toll, in klebrige Watte gepackt zu werden.«

Das Mädchen nestelte sich einen Rest der weißen Spinnwebe aus dem Haar und sah ihren neuen Freund neugierig an. »Warum hast du mir eigentlich geholfen?« Aber das Chamäleon tat nun so, als wäre Mira aus Luft, und das kränkte sie doch ein bisschen. Sie streckte ihm die Zunge heraus, denn so reagierte sie, wenn sie beleidigt war. Dem Tier schien das zu gefallen; es kletterte auf

Miras Knie und lächelte breit. Mira fand seine Glotzaugen und seine faltige Haut nicht gerade sympathisch, doch sie freute sich, nicht mehr allein zu sein. Sie stellte sich vor, wie es wäre, es mit in die Schule zu nehmen und allen Lehrern vorzustellen. Ja, sie würde es zum Bürgermeister bringen und darauf bestehen, dass ihr Lebensretter mit einer Urkunde ausgezeichnet wurde. Wenn sie doch schon in Translingen wäre! Wie konnte sie nur aus dem Sumpf herausfinden?

Sicher würde sich auch ihr Frosch über den seltsamen Gesellen freuen.

»Sag mal, hast du einen Frosch gesehen? Er ist recht groß, ein bisschen dick, aber sehr schön ... mit gelben Flecken und roten Augen.«

Doch das Chamäleon saß nur starr da, als würde es Mira nicht hören. Wahrscheinlich traf es täglich Hunderte Frösche, wie sollte es sich da an diesen einen erinnern?

Das Mädchen hockte trübselig in ihrem nassen Fell und kam sich wie der berühmte begossene Pudel vor. War sie denn überhaupt noch sie selbst? Das Mädchen fasste an ihre Nase, die ihr kalt und fremd vorkam, falsch wie eine Pappnase. ›Ist das wirklich meine Nase?‹, dachte sie. Und dann musste sie über sich lachen. Was für komische Gedanken wirbelten in ihrem Kopf herum! Sie wollte doch nach Hause! »Kannst du mir nicht den Weg zeigen?«, fragte sie.

Und da schien es ihr, als würde das Tier sich bewegen.

»Den Weg in die Stadt?«, drängte das Mädchen. Die kleine Echse nickte.

Es ist nicht einfach, einem Chamäleon zu folgen, schon gar nicht durch einen Sumpf. Mira glaubte bereits ein paar Mal das Tier verloren zu haben, doch dann tauchte es auf wie aus dem Nichts.

»Hör mal, ich habe Hunger. Gibt es hier was Essbares?« Sie rieb ihren Bauch, damit es verstand, was sie meinte. Aber als sie sah, dass es eine dicke schwarze Fliege fing, winkte sie ab. »Vergiss es. Laufen wir einfach weiter, ja?«

Mittlerweile fühlte sie sich wie ein voll gesogener Schwamm, so nass war sie. Manchmal erschrak sie vor einer Gestalt, die auf sie zukam wie ein wilder Kerl. Dann erkannte sie, was es war: ihr Spiegelbild auf der Fläche des dunklen Wassers. Zum Glück konnte sie sich nicht klar erkennen, aber sie wusste auch so, dass sie aussah wie eine ausgefranste Zahnbürste. Sie wischte das feuchte Haar aus dem Gesicht und rieb sich die schmierigen Wangen.

»Bald werden mich die Tiere des Sumpfes für deine große Schwester halten«, sagte sie zu ihrem Begleiter, den sie gerade zwischen zwei filzigen Blättern entdeckt hatte. »Ich hoffe nur, du bist sicher, dass wir den richtigen Weg gehen. Ich bin es nämlich nicht.«

Es kam ihr so vor, als seien sie an dem Baum, der einem Riesenpilz glich, schon einmal vorbeigekommen. Der Anblick der gelben Blumen, der sie vor vielleicht zwei Stunden fast froh gestimmt hatte, betrübte sie jetzt. Und diese Wasserpflanzen, die Avocados ähnelten, erblickte sie auch nicht zum ersten Mal. Aber vielleicht irrte sie sich? Und vielleicht wuchsen die gelben Blumen überall im Moorland? Doch der verwachsene Baum? Den gab es sicher nur einmal. Oder?

»Oh, du verflixter Zwergsaurier, wo steckst du schon wieder?« Mira schaute sich nach allen Seiten um, doch sie konnte das Chamäleon nirgendwo entdecken. Sie blieb stehen und suchte jeden Ast mit den Augen ab. Dann sah sie einen seltsamen Baum im Wasser liegen; er war lang und schwarz geschuppt. Und der Stamm starrte sie an! »Meinst du nicht, liebes Chamäleon, dass du deine Verwandlungskünste etwas übertreibst?« Aber da hockte schon ein ungutes Gefühl in ihrem Magen. Denn ihr Freund konnte wohl seine Farbe wechseln, jedoch nicht seinen Körper!

Es war das Sumpfkrokodil. Es lag da, als hätte es hier auf sie gewartet. So träge, ja faul sah es aus. So unbewegt wie ein Felsen. Konnte sie nicht einfach an ihm vorbeimarschieren? Oder sollte sie sich vorsichtig zurückziehen und dann davonlaufen? Davonlaufen im Sumpf?

Das Krokodil bewegte sich auf sie zu, die Schnauze weit aufgerissen, als erwartete es, dass Mira von selbst hineinspazierte.

10. Kapitel
Der König des Moorlandes

Am Tag nach Miras Verschwinden hatte Alabusch in seiner Höhle gehockt und den Mückenschwärmen, die für ihn Blut sammelten wie die Bienen den Blütenstaub, nicht die geringste Beachtung geschenkt. Dann plötzlich sprang er auf und schrie und tobte und spuckte in das gleichgültige Feuer. Nicht einmal die Feen konnten ihn beruhigen, obwohl sie sich alle Mühe gaben. Sie tanzten ihre schönsten Zaubertänze, sie sangen Arien und Beatlessongs, sie polierten den Sarg des Vampirs auf Hochglanz und legten ein neues Seidenkissen hinein.

Niemand im Land des Sumpfes verstand Alabusch. Warum holte er Mira nicht einfach zurück? Was lag ihm denn gerade an diesem Mädchen? Wenn er nicht ihr Blut wollte, was gab es da noch an dem Kind, das ihn reizte? Waren die Feen nicht viel schöner, fantasievoller und liebenswürdiger?

Alabusch rief Adila zu sich und bat sie dem Mädchen zu folgen. »Bleibe unsichtbar, zeige dich nicht. In den Momenten der Gefahr, rufe deine Freunde zu Hilfe. Aber es soll der Ausreißerin eine Lektion erteilt werden, bevor wir sie zurückholen. Sie soll den Sumpf ruhig kennen lernen ...«

Adila war nicht immer einer Meinung mit Alabusch und mutig genug zu sagen, was sie dachte. Doch diesmal fand sie, dass der Vampir richtig handelte. Mira hatte sich schnöde und ohne ein Wort des Abschieds von ihnen abgewandt. Und dabei dachte Adila, sie hätte eine Freundin gefunden. Die Menschen schienen ihr seltsamer denn je.

Von nun an wachte die Fee über das Menschenkind und hütete es beinahe wie ihren Augapfel. Gelegentlich gesellte sich Alabusch zu ihr, warf einen Blick auf die Ausreißerin und gab Adila Anweisungen.

Mitten im Sumpf steckte das Mädchen und kämpfte seinen aussichtslosen albernen Kampf.

In der Höhle des Vampirs prasselte das Feuer und warf mit Funken. Alabusch stand vor der Decke, die die Feen Mira gebracht hatten. Seine Zähne waren ihm heute so lang und schwer, dass sie seinen Kopf hinabzogen wie einen Luftballon. Warum musste dieses Mädchen vor ihm weglaufen? Fand sie ihn so grässlich, dass sie es vorzog, sich in die unbekannte Welt des Sumpfes zu stürzen? Jetzt hing sie fest im Netz der weißen Spinne. So ein fetter Bissen für Samanta.

»Sie lässt nicht mit sich reden«, sagte Adila. Alabusch

hob ruckartig den Kopf, so dass seine Halswirbel knirschten und betrachtete die Fee, die nervös um ihn herumschwebte. »Seit ich Samanta kenne«, sagte er wütend, »lässt sie nicht mit sich reden. Sie ist schon ein eigenwilliges Monster.«

»Sie will Mira nicht freigeben«, sagte die Elfe.

»Dann holen wir sie heraus«, knurrte Alabusch.

Adila nickte. »Wir werden es uns verderben mit Samanta, aber sie glaubt, dass das Mädchen ihr gehört.«

Alabusch lachte auf. »Sie gehört mir. Mir, Alabusch. Sag es ihr.«

Adila flatterte gereizt mit den Flügeln. »Das habe ich schon. Mindestens siebenundsiebzig Mal sagte ich es ihr.«

Der Vampir sank in ein Schweigen, als träume er. Die Funken sprangen ihn an, als wollten sie mit ihm spielen, doch er bemerkte es nicht.

»Nun«, sagte er schließlich, »das Chamäleon ist ein geschickter Bruder.«

Adila nickte und lächelte. »Wir können uns auf ihn verlassen.«

Sie flog hinauf zu den Fledermäusen und wartete eine Weile, aber der Vampir sagte nichts weiter. Die Fledermäuse schliefen und so schwebte sie aus der Höhle.

Ein Schwarm Mücken umsurrte Alabusch; sie brachten ihm frisches Blut. Alabusch dankte höflich, obwohl sein Appetit nicht sehr groß war, und stellte die üblichen Fragen.

»Ein Betrunkener im Straßengraben«, sirrten die

Mücken. »Tut uns Leid. Tut uns Leid. Aber wir fanden sonst niemanden. Die Leute in Translingen sind sehr vorsichtig geworden.«

Alabusch winkte ab. Das Blut schmeckte nach billigem Wein, doch der Vampir wusste, was er den Mücken schuldig war, und er verzog keine Miene. Manchmal bekam er nach einer solchen Mahlzeit Kopfschmerzen und seine Augen begannen zu tränen. Aber was blieb ihm schon übrig? Seine Zähne waren zu lang; sie reichten ihm bis zum Kinn. Wie sollte er einen Menschen beißen mit diesen Sicheln? Da könnte er auch versuchen mit einem Henkersbeil ein Ei zu köpfen. Es ging einfach nicht. Manchmal betrübte ihn diese Ironie des Schicksals, andererseits mochte er auch nicht daran denken, in die parfümierten Hälse der feinen Gesellschaft zu beißen oder in die ungewaschenen der Ärmeren. Insgeheim genoss er es, aus dem Glas trinken zu können, das die Mücken ihm so fleißig füllten. Auch wenn er dadurch zum Gespött seiner Verwandtschaft, ja aller Vampire wurde. Aber was gingen ihn die Untoten anderer Länder und Städte an. Im Sumpf lebte er wie ein König. Ja, er war hier der König. Manche Wesen, die im Moor lebten, konnten das allerdings nur schwer oder gar nicht akzeptieren. Samanta zum Beispiel oder das Sumpfkrokodil. Auch sie hatten Macht, nämlich die Macht über Leben oder Tod zu entscheiden. Es war besser, ihnen aus dem Weg zu gehen oder sich gut mit ihnen zu stellen. Sie verachteten Alabusch, weil er den Menschen ähnelte. Und sie fürchteten ihn aus dem gleichen Grund. Menschen töteten nicht nur aus Hunger. Sie gehörten nicht in die Welt der Tiere. Und dieser Untote mit seinen langen Zähnen gehörte auch nicht hierher.

Die Mücken umsurrten ihn, und als er sie nicht weiter beachtete, tanzten sie um das Feuer, als wollten sie sich wärmen. Alabusch starrte nachdenklich in die Flammen. Schon so lange lebte er nun im Land des Sumpfes. Erinnerten sich die Tiere noch, wie er zu ihnen kam? Wohl kaum. Auch die Elfen sprachen nie über seine Herkunft. Und sie waren es doch gewesen, die ihn pflegten und umsorgten wie ein eigenes Kind. Nun, er konnte sich ja selbst kaum entsinnen an diese Zeit. Es kostete ihn Mühe, sich alles ins Gedächtnis zurückzurufen. Manchmal half ihm das Feuer die fernen Bilder zu finden. Dann schob er in Gedanken den wackligen Stuhl ans Fenster, wie damals, als er noch ein neugieriges Bürschchen war ...

11. Kapitel: Die Geschichte des Olaf Ziegler

Die Fensterscheibe im Kinderzimmer hatte einen großen Sprung und oft kam es ihm damals so vor, als teile diese Linie die Straße, die Stadt, ja, die Menschen in zwei Hälften. Eine helle, eine dunkle, eine glatte, eine schroffe, eine gute, eine böse Hälfte. Es schien ihm, als könne er durch das kaputte Fenster deutlicher sehen, als könne er genau erkennen, was vor sich ging. Da war der Mann, der sein Kind schlug und einige Schritte weiter – jenseits des Risses – ihm zärtlich über den Kopf fuhr, als wolle er sich entschuldigen. Da lief der Dieb, eine Brieftasche in den Händen, die nicht die seine war; er lief an einer bettelnden Hand vorbei, und dann kehrte er um und warf ein paar Mark in den Filzhut.

Und einmal traf ein Fremder in der Stadt ein. Er grüßte freundlich nach allen Seiten; er verteilte Süßes an die Kinder und Geld an die Bettler. Alle Leute in Translingen schlossen ihn sofort in ihre Herzen und öffneten ihm Tor und Tür. Doch Alabusch, der damals ein kleiner Junge war, der Olaf Ziegler hieß, schaute den Fremden durch das Fenster an. Und er sah, dass da auch noch etwas Böses im Blick dieses Herrn glimmte. Er sah, dass die Vögel erschrocken aufflatterten, wenn der Fremde unter den Bäumen entlanglief. Und er sah, dass die Haut des Reisenden fahl schimmerte und zwei seiner Zähne sehr lang waren, zu lang.

Es kam, wie es wohl kommen musste. Olaf lief in die Stadt und warnte die Leute. Er warnte den Bäcker und die Bäckerin, er warnte den Wirt, er warnte seine Lehrer, er warnte jede und jeden, ja, er hätte Katz und Maus, Hase und Igel alarmiert, wenn ihm dies möglich gewesen wäre. Doch wer glaubte ihm, einem kleinen Jungen? Natürlich niemand.

Als er eines Tages vom Spiel heimkehrte, den Ball unter den Arm geklemmt, saß der Fremdling auf seinem Bett. »Was erzählst du für scheußliche Sachen über mich, mein Kind?«, fragte er.

Einen Moment dachte Olaf, er habe sich wohl geirrt, denn der Mann schenkte ihm eine Schachtel mit seinen Lieblingskeksen. Aber dann fiel ihm ein, dass er ja nicht durch seine Scheibe blickte.

»Sie sind sehr freundlich«, sagte er um den Herrn zu täuschen.

Der nickte nur und lächelte breit, so dass der Junge die langen Zähne leuchten sah. »Ich finde dich auch sehr nett«, sagte er. »Es ist schade, dass ich schon bald weiterreisen muss. Ich würde dich gern etwas näher kennen lernen. Du könntest dann begreifen, dass ich nicht so bin, wie du befürchtest.«

»Oh, ich befürchte es nicht, ich weiß es«, sagte Olaf hochnäsig.

Der seltsame Besucher lachte, als wüsste er den Witz des Jungen zu schätzen. »Du hast mich durchschaut. Du bist der einzige schlaue Kopf in dieser langweiligen Stadt. Warum willst du nicht mit mir gehen? Ich könnte dir die Welt zeigen.«

Olafs Herz machte einen Sprung, denn so hatte noch niemand zu ihm gesprochen. Was galt er hier schon? Was galt schon ein Kind? Nicht viel, schien ihm plötzlich. Die Liebe seiner Eltern schien ihm so selbstverständlich, dass sie nicht ins Gewicht fiel. Die Lehrer bemühten sich mehr um die Schüler, die dumm und faul waren, als um einen wie ihn, der jede Aufgabe mühelos bewältigte. Anfangs wurde er noch viel gelobt, weil er jede Frage richtig beantwortete. Er kannte die Namen aller Erdteile, aller Länder, ja sogar aller Hauptstädte. Er beschäftigte sich mit dem Aussterben der Saurier, mit Solarenergie und der Polarforschung. Er spielte Schach und las die Zeitung seiner Eltern ausführlicher als diese, ja, selbst den Wirtschaftsteil überblätterte er nicht. Doch als er begann im Unterricht die Lehrer zu ergänzen oder gar zu korrigieren, blieb der Lohn dafür aus. Seine Wortmeldungen wurden nicht selten übersehen. Als einmal ein Lehrer behauptete, der erste Mensch auf dem Mond sei ein Russe Namens Gagarin gewesen, platzte Olaf mit seinem Wissen heraus, ohne sich zu melden, und hielt einen fünfzehnminütigen Vortrag über die Raumfahrt. Er gab sich alle Mühe die Fakten richtig zu stellen, doch am Ende erntete er nur den Hohn seiner Mitschüler, die ihn Spinner nannten und Streber, und die Wut des unwissenden Lehrers, der ihn zum Direktor schickte. Der Direktor war ein fettleibiger, gemütlicher Kerl, der sich anstrengte sowohl den aufgebrachten Lehrer als auch den blassen Jungen zu verstehen. Olaf berichtete knapp und sachlich; er hielt sich sehr gerade und wartete darauf, dass der Mann, der als gerecht galt, ihm verständnisvoll zunicken würde. Doch der Direktor schüttelte nur den Kopf. »Mein Junge, du verwechselt da, glaube ich, was. Armstrong war, wenn ich mich recht entsinne und daran darfst du nicht zweifeln, ein Musiker. Und nun geh und entschuldige dich bei deinem Lehrer!«

Olaf wollte widersprechen, ließ es aber, denn er wusste nun, dass es zu nichts führte, dass man ihm nicht glaubte. Er war ein Kind, ein Nichts, eine Null.

»Ich kann dir die Macht geben, die du dir wünschst. Niemand wird dich mehr verspotten. Ich kann dich zum König machen. Ja, ich übertreibe nicht, wenn ich sage: zum Herrn über Leben und Tod, über Tier und Mensch.«

Olaf blickte den Fremden an. Dieses Gesicht sah weiß und edel aus, als gehöre es einer Puppe aus Porzellan.

Träumte er? Jetzt kam ihm sein Besucher nicht mehr fahl und böse vor, fast fühlte er sich hingezogen zu einem, der so sprach, der ihn verstand, einem Gentleman, der wusste, wie es in der Welt aussah. Und da half es wenig, dass die Fensterscheibe warnend klirrte. Ja, eigentlich half es gar nichts. Denn mehr und mehr hing Olaf an diesen Lip-

pen, die sich bewegten und Worte entließen, die so groß und bedeutend klangen, dass dem Jungen davon schwindelte. Der ungebetene Gast rückte sehr nah an das Kind heran, der Junge bemerkte es, doch es störte ihn nicht, er lauschte begierig, und es war, als gäbe es eine geheime, jedoch selbstverständliche Anziehungskraft zwischen ihnen beiden.

Olaf hörte Schritte im Flur und die Stimme seiner Mutter. Einen Augenblick hoffte er, dass die Tür zu seinem Zimmer sich öffnen würde, doch die Klinke bewegte sich nicht und die Geräusche verebbten. Der Junge nahm nun einen seltsamen Geruch wahr, den sein Gast ausströmte. Er roch wie eine welkende Blume, nach modrigem Wasser und Fäulnis. Doch der Junge fand es zu spät sich zu fürchten. Auch plagte ihn die Neugier, was es mit den Versprechungen auf sich hatte. Und als der Fremdling nach ihm griff, wehrte er sich nicht, sondern erstarrte nur, als sei er zu Stein geworden. Dann streifte ihn der Atem, säuerlich und warm und er wusste, dass etwas Schreckliches geschehen würde, aber nun konnte er sich nicht mehr bewegen. Er wollte um Hilfe rufen, aber sein Mund ließ sich nicht öffnen; er schien wie eine Wüste, trocken und voll Sand. Die Zähne des Fremden ritzten seine Haut beinahe zärtlich auf, sie glitten kühl und präzise wie Injektionsnadeln in seinen Hals; es tat kaum weh. Nur wurde er jetzt sehr müde. Das Tageslicht strahlte so hell, dass er die Augen schloss und sich auf den Weg begab in den nächstbesten Traum.

Er lief eine lange Straße entlang, nackt und frierend, doch alle Fensterläden waren zugeschlagen, alle Türen verschlossen; kein Mensch begegnete ihm, nicht einmal eine herumstreunende Katze kreuzte seine Bahn. Kein Vogel zwitscherte und an den Bäumen hing kein einziges Blatt. Da sah er die Sonne, eine kalte Wintersonne, gleißendes weißes Licht. Und er begann zu schwimmen, es ging ganz leicht, immer auf den hell-beißenden Schein zu; es ging so leicht, dass er sich wunderte, es nicht schon eher versucht zu haben.

Als er erwachte, fror er ganz erbärmlich. Musste ihm nicht heiß sein, so dicht an der Sonne? Aber wo lag er denn hier? Wo kam das Wasser her? Überall trübes schlammiges Wasser; Fische stießen ihn an und Frösche sprangen über ihn hinweg, als sei er nur ein dummes Hindernis. Und dann sah er ein kleines Mädchen mit Flügeln um ihn herumschwirren; er glaubte zu träumen und ließ sich sinken in die watteweiche Finsternis, die manchmal Schlaf heißt und manchmal Tod.

Nach Tagen dann und langen einsamen Nächten kam ihn der Vampir besuchen. Der Junge, der nun kein Junge mehr war, saß an einem knisternden Feuer inmitten einer Höhle, inmitten des Sumpfes. Die Elfen kümmerten sich ständig und rührend um ihn; sie kühlten seine Stirn um die Kopfschmerzen zu lindern. Sie sangen ihm Wiegenlieder vor, wenn er nicht einschlafen konnte. Ja, sie spielten sogar Schach mit ihm um ihn abzulenken, aber leider verwechselten sie nicht selten die Figuren, warum, so wisperten sie empört, mussten die sich auch so ähnlich sehen?

Der Vampir stand unvermittelt neben dem Feuer, gehüllt in einen schweren schwarzen Mantel, den er nun auszog und dem Jungen überwarf. Olaf blickte kaum auf. Überraschen konnte ihn nun nichts mehr.

»Du heißt jetzt Alabusch«, sagte der Vampir schroff. Es klang wie ein Befehl und vielleicht war es einer. Der Junge, der nun zu den Untoten gehörte, schob eine weiße Dame über das gläserne Brett. Er spielte Schach gegen sich selbst und eigentlich mochte er nicht gestört werden.

»Ach, ich dachte, du würdest mich Rumpelstielzchen nennen oder Graf Dracula. Oder wie wär's mit Mister Langzahn?« Sein Mund verzog sich zu einem Lächeln, doch die ungewohnten Zähne schnitten in seine Unterlippe.

»Es tut mir Leid«, sagte der Besucher steif, »es tut mir Leid, dass deine Zähne so lang geworden sind. Ich hatte wohl zu großen Hunger. Und ich vergaß, dass du noch ein Kind warst.«

Alabusch, der neue Vampir, winkte ab. Er sprang auf und flog ein Stück hinauf zu den Fledermäusen, denn das konnte er nun. Zu Hause hätte er einen Walkman aufgesetzt um der unliebsamen Unterhaltung zu entgehen. Aber daran erinnerte er sich jetzt nicht.

»Nun, du solltest dir anhören, was ich zu sagen habe«, rief Alabusch, der Ältere, zu ihm hinauf. »Denn du musst von nun an allein für dich sorgen. Da gibt es jetzt keine

Mama mehr, die dir die Nase putzt, und keinen Papa, der dein Zeugnis unterschreibt. Du bist Alabusch, der Jüngere, ein Vampir, wie ich. Ein Blutsauger, ein Untoter. Du solltest mir dankbar sein, ich habe dich von deiner irdischen Existenz erlöst und schenke dir das ewige Leben. Du musst es nur nutzen!«

Statt einer Antwort kam der schwarze Mantel herab und plumpste ins Feuer wie ein toter Vogel. Der Vampir zog den Umhang rasch aus den Flammen und löschte den brennenden Ärmel mit ein paar Tritten.

»Ach, du Bürschchen«, sagte er vorwurfsvoll, »in deiner Stadt warst du der Klügste weit und breit, doch hier benimmst du dich wie ein Narr. Hier haben Geschenke noch eine Bedeutung. Dieser Mantel ist ein Erbstück. Er gehörte einst demjenigen, der mich vor zweihundertfünfzig Jahren gebissen hat. Es ist der Umhang der Macht. Schau her!« Der Vampir streifte das schwere schwarze Ding über und knöpfte es sorgfältig zu. Dann setzte er die Kapuze auf und ... verschwand. »In jedes Fenster kannst du schauen«, sagte der Unsichtbare, »ja, du kannst durch jede Tür gehen, selbst wenn sie verschlossen ist, sogar – mit etwas Übung – durch jede Wand. Du kannst deine Eltern besuchen und deinen Lehrern Streiche spielen. Niemand sieht dich, doch du siehst sie alle!«

Olaf, alias Alabusch, der Jüngere, fühlte plötzlich einen Griff ums Fußgelenk und fiel unsanft auf den steinigen Boden. Der Vampir nahm die Kapuze ab und der Junge sah in Augen, die schillerten wie tiefe klare Seen.

»Du solltest das Geschenk annehmen, bevor ich es mir anders überlege. Der Mantel schützt dich vor den Blicken der Menschen; kein noch so spitzer Stachel dringt durch diesen Stoff! Er heilt jede Krankheit, jede Wunde! Nun sag: Ist das nichts? Kein Mensch dieser Erde kann dir geben, was ich dir biete.« Mit diesen Worten sauste der Mantel auf den jungen Alabusch zu, der ihn verblüfft auffing. Ohne Abschiedsgruß flog der Besucher davon, hinaus aus der Höhle, weit, weit, um die halbe Welt. In das Land des Moors kehrte er nie wieder zurück.

Alabusch aber zog in die Stadt seiner Eltern, unsichtbar wie ein Gespenst. Er schaute durch die gesprungene Scheibe in sein leeres Zimmer. Da lag noch der Ball, mit dem er an jenem Nachmittag gespielt hatte, da erblickte er auf dem Nachtschrank das zur Hälfte gelesene Buch über das Aussterben der Saurier, seinen Solartaschenrechner und den Globus, den man von innen beleuchten konnte.

Er sah seine Mutter hineinkommen; sie stand an seinem Bett, als läge dort ihr Sohn, dem sie eine gute Nacht wünschen wollte. Und dann kam sie auf ihn zu, nur das Fenster war zwischen ihnen, und er glaubte einen Moment, sie würde ihn sehen. Doch sie starrte an ihm vorbei ins Nirgendwo. ›Warte, Mama, ich ziehe den Mantel aus‹, durchfuhr es ihn. Doch dann stellte er sich vor, was sie sehen würde, bevor sie ihn, ihren Sohn, sah: die Zähne! Diese grausigen Zähne! Nein, das konnte er ihr nicht antun.

Nacht für Nacht flog er nun nach Translingen; das

Tageslicht vertrug er schlecht: es brannte in seinen Augen und verursachte ihm Kopfweh. Und wenn es dunkel war, konnte er auch besser in die Wohnungen spähen, denn sie zu betreten, wagte er nicht. Was, wenn er den Mantel durch einen dummen Zufall verlor? Wie würde seine Mutter erschrecken, wenn er versehentlich eine Vase umstieß oder einen Blumentopf?

Nur dem Lehrer, der Gagarin noch immer für den ersten Mondbesucher hielt, spielte er einen Streich, wenn auch nur einen kleinen: Er ließ eine Rose mit recht vielen Stacheln unter der Bettdecke des Mannes verschwinden. Und da er nun über mehr Zeit verfügte als ein erfolgreicher Bankräuber über Geld, machte er es sich in einem Sessel bequem und wartete, bis der Pauker zu Bett ging. Oder genauer gesagt: Der Mensch plumpste so zuversichtlich in seine Federn, dass es schon erstaunlich aussah, wie schnell er wieder hinaushüpfte.

Zum ersten Mal seit seiner Verwandlung konnte Alabusch lachen, wenn er sich auch den Mund dabei zuhielt. Und er lauschte dem Jammern seines Opfers wie einer lieblichen Musik.

Dann, ganz plötzlich, begann der Hunger ihn zu quälen, und er sah den Lehrer nun mit ganz anderen Augen. Unter der dünnen Haut des Mannes zeichneten sich die Adern so deutlich ab wie Flüsse auf einer Landkarte. Oh, und die Halsschlagader des Kerls: wie sie anschwoll vor Ärger und heftig pochte! Alabusch sprang auf, Speichel sammelte sich in seinem Mund, als habe er ein saftiges, sorgfältig mit Petersilie garniertes Steak vor sich. Sein Magen begann vernehmlich zu knurren und mit einem hastigen Sprung durchs offene Fenster floh er in die Nacht hinaus.

Noch in der gleichen Stunde tötete er hundert, vielleicht zweihundert Mücken, die es sehr zahlreich in Translingen gab, und quetschte ein kleines Abendbrot aus ihnen heraus. So jagte er einige Nächte den Mücken hinterher, mit einem Hunger, der sich nie stillen ließ, der ihm den Schlaf raubte und fast um den Verstand brachte.

Eines Abends dann stand er am Bett des Lehrers und versuchte mit seinen Zähnen auf den Hals zu zielen, diese freche pochende Ader. Er schwitzte in dem schweren Mantel, den er am liebsten hinuntergeschleudert hätte, hinab auf dieses schnarchende Gesicht. Wie sollte es ihm nur gelingen, die Haut des Mannes aufzuritzen? Und selbst wenn ihm das gelang ... Wie sollte er seine Lippen auf die Wunde pressen, wenn ihm seine Zähne dabei im Weg waren? Seine Zähne schienen ihm eher ein Hindernis als eine Waffe.

Eine Mücke drückte sich ängstlich an der Fensterscheibe herum und da kam Alabusch plötzlich eine Idee. Die Idee! Er bat die Feen um Hilfe. Und sie flogen aus, dem Volk der Mücken eine Nachricht zu überbringen, einen Handel vorzuschlagen, der wohl seinesgleichen suchte: Sammelt Blut für Alabusch und ihr bleibt am Leben!

Der Vampir trank den letzten Schluck aus dem Glas

und winkte den Mücken zu, die die Höhle verließen. Eine Fee kam herein, sie trug Holz im Arm und schob es ins Feuer. Alabusch sah ihr zu, in Gedanken noch bei Olaf Ziegler, der vor zehn Jahren spurlos verschwunden war.

12. Kapitel
Ein unsichtbarer Retter

Mira klammmerte sich an ihren Stock. Das kalte Moorwasser schwappte bis zu ihren Waden. Sie zitterte, dass ihre Zähne aufeinander schlugen. Vorsichtig ging sie zurück. Das Krokodil folgte ihr, den Rachen aufgesperrt, so dass sie die spitzen Zähne sah. Das Mädchen summte sich Mut zu und zwang sich das Reptil mit einer langsamen freundlichen Handbewegung zu grüßen. Dann verharrte sie in der Bewegung, rührte nicht einen Finger. Auch das Tier hielt inne. Nur seinen Kopf bewegte es. Das Maul noch immer aufgerissen, beäugte es das Kind. In dem trüben Wasser war das Reptil kaum zu erkennen. Doch das Auge, das auf Mira gerichtet war, leuchtete vor Gier.

Mira stand und stand und wartete und wartete. Sollte sie so enden, als Beute zwischen diesen Zähnen? Nur ein Wunder konnte sie wohl noch retten.

Aber nichts geschah. Das Krokodil lag lethargisch da und bewegte nicht einmal seinen langen Schwanz. Nur wenn das Mädchen sich rührte, reagierte es. Es schien, als wollte es ein böses Spiel mit dem Kind treiben. Dann endlich schloss das Tier die Augen und ohne zu zögern trat Mira den Rückzug an.

Doch plötzlich verlor die Welt ihren Halt. Die Bäume begannen um Mira zu wachsen. Das Wasser schwappte an ihr hoch; der Sumpf zog an ihr. Das Krokodil sah sie an. Es setzte sich in Bewegung und wie die Stacheln einer riesigen Rose wuchsen die Krokodilzähne auf sie zu. Mira warf ihren Stock – das geschuppte Tier fing ihn mit seinem Maul auf und zerknackte ihn wie ein Streichholz. Der Morast hielt sie fest, zerrte sie hinab. Sie versuchte nach einem Halt zu greifen, aber da waren nur ein paar morsche Äste. Das Krokodil kam näher und näher. Sie roch seinen Atem; sie roch die Fische, die es gefressen hatte.

»Hilfe! Ich versinke«, flüsterte Mira, als hätte die Furcht ihr die Stimme geraubt. »Wunder, wo bleibst du denn?«

Und endlich, endlich spürte sie eine Hand; sie blickte auf, doch sie sah niemanden, aber der Griff war fest. Und der, der sie zog, war stark, stärker als der Sumpf. Das Krokodil schnappte nach ihr, aber der Unsichtbare ließ einen Ast auf die Schnauze des Tieres sausen. Und ein Pfiff ertönte, ein strenger, schriller Pfiff, als wäre das Vieh dort nur ein kläffender Köter. Mira hätte sicher gelacht, wenn sie sich nicht gerade so fürchten würde.

»Hau ab!«, sagte sie, mutiger, als sie sich fühlte. Das Reptil erstarrte in seiner Bewegung und es glotzte verblüfft. »Geh schon. Verschwinde!« Mira spürte den Unsichtbaren an ihrer Seite und es kam ihr vor, als wäre er ein alter, seit langem vermisster Freund.

Das Krokodil zog sich nun langsam, ganz langsam zurück; es tauchte in den Sumpf ein, bis nur noch seine gelben Augen zu sehen waren, dann schließlich verschwand es ganz.

Mira zitterte heftig, ihre Hände pendelten hin und her, als gehörten sie nicht mehr ihr. Gern hätte sie sich in die Arme ihres Retters fallen lassen. Aber wo war er? Und vor allem: Wer war er?

»Wie heißt du?«, fragte sie in das Nichts, das sie mit tausend Augen anzustarren schien. Es blieb still; Mira hielt den Atem an und da hörte sie den Unbekannten Luft schöpfen, so als wolle er ihr gleich etwas Wichtiges sagen, etwas, das schwer zu erklären war. Doch dann schwieg das Wesen und Miras Geduld auf eine Antwort zu warten, verebbte.

»Wer bist du? Kannst du mich nach Hause bringen?«, fragte sie matt. Sie fühlte sich auf einmal todmüde.

Warum gab sich ihr Freund nicht zu erkennen? Er war doch ein Freund? Das Mädchen blickte um sich; auf dem Moor spiegelte sich die Sonne und dünne langbeinige Insekten huschten über die Wasseroberfläche.

»Ich bin dein Bruder«, sagte Alabusch, »ich bringe dich nach Hause.«

13. Kapitel

Ankunft in Translingen

Ein helles, milchig blaues Licht kletterte über die Dächer von Translingen und floss über die Wände der Häuser auf die staubigen Straßen. Es waren alte freundliche Häuser;

sie luden die Strahlen der Sonne ein, auf ihnen zu tanzen, und sie ließen den Wind mit den Fensterläden klappern. Sonst aber bewegte sich nichts in Translingen. Kein Auto, kein Bus, keine Bahn fuhr auf den Straßen; auf den Bürgersteigen trieben nur ein paar welke Blätter. Nun, der Tag begann und er begann stiller als andere Tage. Die Haustüren fielen nicht krachend ins Schloss und sogar die Neugeborenen in ihren Wiegen blieben stumm.

Die beiden seltsamen Gestalten, die durch das Stadttor schritten, schienen unbeachtet zu bleiben.

Dabei gab es nicht wenig Grund zum Staunen: Der eine Ankömmling war von hohem Wuchs, er hielt sich sehr gerade und blickte ernst, ja traurig, seinen Mantel trug er so, dass ein Teil seines Gesichtes und seines Körpers verdeckt blieb; die Nase aber und die Wangenknochen wirkten gegen die Schwärze des Stoffes gläsern weiß. Neben ihm lief ein Kind; es strauchelte bei jedem dritten Schritt und musste sich an seinem Begleiter festhalten oder anlehnen um nicht zu fallen. Der Mann im Mantel wartete jedes Mal geduldig, ohne jedoch sonst wie zu helfen.

Das Kind trug über dem fleckigen Kleid eine Art Fell, in dem die Dreckklumpen klebten; die Beine waren von den Knien an nackt und sehr schmutzig. Die verfilzten Haare wirbelten um ein moddrig-verschmiertes Gesicht.

Sie kamen nur langsam voran. Das milchige Licht schien ihnen den Weg zu weisen. Es breitete sich wie eine

Lache vor ihnen aus und führte sie von einer leeren Straße in die nächste leere Straße.

Mira kam es vor, als sei sie Jahre fort gewesen. Die Häuser waren die alten: die blaue, gelbe oder grüne Farbe blätterte ab, der Putz bröckelte vor sich hin, wie immer. Aber sonst ...? Auf dem Spielplatz des kleinen Stadtparkes, den sie durchquerten, saß nicht ein Kind auf der Schaukel, und im Buddelkasten lag nur eine kleine rote Schaufel. Niemand wippte, kletterte oder hüpfte umher. Auch die Parkbänke sahen seltsam verlassen aus.

»Hier stimmt was nicht«, murmelte Mira. »Hier stimmt was nicht. Hier stimmt was nicht.« Ein dicker Kloß saß plötzlich in ihrem Hals; sie hatte sich ihre Rückkehr nach Translingen ganz anders vorgestellt. Was war geschehen? Was würde sie zu Hause erwarten? Warum sprang niemand auf sie zu und nahm sie in die Arme?

Sie hielt sich an Alabusch fest, ohne dass sie es recht bemerkte, und dachte an ihre Mama und ihren Papa. Ging es ihnen gut? Ihr Herz klopfte in einem wilden Rhythmus. »Was zum Teufel ist hier los?«, brummelte sie vor sich hin.

Alabusch schwieg. Seit sie das Moor verlassen hatten, sprach er nicht mehr. Aber Mira spürte, dass auch ihn beunruhigte, was er sah. Immer wieder blickte er um sich, als könne von irgendwoher eine Erklärung kommen. Doch sogar die Vögel flogen weit, weit oben, so dass sie wie kleine Punkte aussahen.

Dann kamen sie in die Geschäftsstraße. In den Läden brannte kein Licht. Manche Türen waren mit Brettern zugenagelt. In den Schaufenstern lag nichts, abgesehen von ein paar verstaubten Kunstblumen, leeren Flaschen oder vergilbten Werbeblättern für ein neues Waschmittel, das ›Schneeweißchen‹ hieß.

Mira löste sich von Alabusch und strauchelte auf eine weit offen stehende Tür zu. Dem Mädchen schien es, als hätte es etwas gesehen, vielleicht nur ihren eigenen Schatten? Aber nein, da fiel eine Tasse zu Boden oder ein Teller oder was es sonst war. Mira eilte auf das Geräusch zu.

Eine Frau stand an einem Regal voll verstaubter Marmeladengläser; sie blickte verdutzt auf die Scherben und den braunen Matsch vor ihren Füßen. Die Eintretenden schien sie nicht zu bemerken.

Mira räusperte sich, und die Frau streifte sie mit einem geistesabwesenden Blick. »Pflaumenmus«, sagte sie. »Das ist Pflaumenmus.« Sie lächelte Mira freundlich an, bückte sich und steckte ihren Finger in den Mus. »Mein Franz liebt diese Speise sehr«, sagte sie in einem eigenartigen Singsang. Sie rührte die Scherben in die klebrige Masse hinein, langsam und sorgfältig, als wolle sie einen besonderen Brei zubereiten.

»Guten Tag, Frau Martschenko«, sagte Mira, die die Frau jetzt erst erkannte. Ihr Haar war grau geworden und unter ihren Augen lagen dunkle Ringe. »Ich ... ich bin Mira ... Ich ... bin doch die Mira.« Das Kind wusste nicht, was es sagen sollte, und schwieg.

»Ja«, sagte die Frau einfach. »Ja, ja, ich weiß.« Sie kicherte ein wenig, und dann schluchzte sie plötzlich. »Du hättest nicht zurückkommen sollen. Es ist ...« Sie brach ab und starrte Alabusch an. »Du bist der Tod, nicht wahr?«, fragte sie ihn. »Du willst mich holen.« Sie nickte. »Ich bin bereit. Ich möchte zu Franz. Nimm mich mit, bring mich zu meinem Sohn.«

Die Frau streckte ihm die Arme entgegen, als wolle sie von Alabusch umarmt werden. Der Vampir wich zurück.

»Bring mich zu meinem Sohn!«

Alabusch schüttelte unwillig den Kopf. »Deine Worte sind wie Spatzen ohne Flügel«, sagte er ärgerlich.

»Was ist denn mit Franz?«, fragte Mira. »Er ist doch nicht ... Er ist doch nicht etwa ... tot?«, flüsterte sie.

Die Frau antwortete nicht. Sie griff nach einem Glas Marmelade, wischte den Staub von dem Etikett und eilte aus dem Laden.

Alabusch war nicht mehr zu sehen; er hatte wohl seinen Mantel zugeknöpft, die Kapuze aufgesetzt und sich unsichtbar gemacht. Sicher behagte es ihm ganz und gar nicht, dass Frau Martschenko ihn für den Tod hielt.

In Miras Nase stieg plötzlich ein lieblicher Duft und ihr Magen knurrte laut wie ein Wolf. Wie viele Tage hatte sie nichts Ordentliches mehr gegessen? Sie öffnete ein Glas Pflaumenmus und begann mit den Fingern zu löffeln. Sie aß hastig, ja gierig, immer wieder tauchte sie zwei Finger in die Marmelade und schleckte wie eine Dreijährige auf dem Weihnachtsmarkt. Bald klebte ihr Haar und alles war mit braunen Klecksen übersät. Aber sie bemerkte nichts davon, lief das Glas ausleckend durch den Laden und suchte nach Essbarem. Sie fand eine Tüte Zwieback, eine Büchse rote Bohnen, eine Schachtel Nusskekse, eine Hand voll Rosinen, eine Dose Mandarinen und eine Packung Kartoffelchips. Irgendwie kam es ihr vor wie Weihnachten; sie häufte ihre Schätze um sich, setzte sich auf eine leere Bierkiste und aß. Ihre Finger und ihr Mund arbeiteten fieberhaft und sie dachte nicht mehr an ihre Mutter oder ihren Vater und nicht mehr an Frau Martschenko und Franz und auch nicht an Alabusch. Sie aß und aß, bis nur noch die beiden Dosen übrig waren. Dann durchstreifte sie das Geschäft abermals, diesmal auf der Suche nach einem Büchsenöffner. Sie fand keinen, aber in einer Ecke entdeckte sie eine Flasche Apfelsaft, die sie öffnete und auf der Stelle austrank. Unter ihren Füßen fühlte sie etwas einladend Weiches, ihre Beine wurden schwer und ihr Körper sank zu Boden. Einen Moment versuchte sie sich gegen den Schlaf zu wehren, doch die Augen fielen ihr zu wie einem satten erschöpften Baby.

14. Kapitel: Ein unbekannter Widersacher

Alabusch flog über den Regalen hin und her. Er stieß sich den Kopf und die Schultern und mit seinen Zähnen schob er versehentlich einige Kartons hinunter, aber er nahm es kaum wahr. Wie konnte Mira nur schlafen, ausgerechnet jetzt und ausgerechnet hier? Er ließ sich zu ihr hinab und wartete, dass sie die Augen öffnen würde. Doch sie lag lang ausgestreckt auf einem schäbigen Teppichläufer.

In ihren Händen hielt sie zwei Büchsen, eine mit Mandarinen und eine mit roten Bohnen. Alabusch beugte sich dicht über sie und betrachtete sie neugierig. Der Sumpf hatte Spuren in ihrem Gesicht hinterlassen, in ihren Haaren, auf ihren Armen und Beinen; Schmutz und Wasserpflänzchen waren an ihr getrocknet und das Fell klebte an ihr wie eine zweite Haut. War sie ihm nicht schon ähnlicher geworden in den letzten Tagen?

Alabusch dachte daran, wie oft er Mira besucht hatte. Als Baby schlief sie in dem himmelblau gestrichenen Gitterbettchen, in dem er einst geschlafen hatte. Er sah, wie seine Mutter sich über das neue Kind beugte. Er sah sie glücklich lächeln. Er sah eines Tages, dass sie seine, Alabuschs, Sachen auf den Boden brachte, seine Bücher, seinen Globus, ja, sogar den Taschenrechner, der doch gar keinen Platz wegnahm. Mit seinem Ball spielte nun Mira. Seine Schwester.

Alabusch strich der Schlafenden eine Rosine von der Wange und seufzte. Er fand es schwieriger als erwartet, seine Schwester bei sich zu haben. Er wollte eine Gefährtin im Moor, einen Menschen, mit dem er sich unterhalten konnte über sein altes Leben, über Mutter und Vater, über die Welt jenseits des Sumpfes, über die Menschen, ihre Entdeckungen, ihre Bücher, ihre Musik. Aber Mira entzog sich ihm und seinen Wünschen; vielleicht hasste sie ihn. Und jetzt saß er hier und in seiner Heimatstadt passierten seltsame Dinge. Gern wäre er jetzt einfach losgeflogen, zum Haus seiner Eltern. Aber konnte er Mira allein lassen? Dieser Gefahr ausgeliefert, von der er noch nicht wusste, worin sie bestand?

Wo trieb Adila sich wieder herum? Mürrisch befahl er zwei Mücken zu sich, die um ein trübes Licht tanzten. »Ich habe Hunger«, sagte er, »und haltet Ausschau nach Adila.«

Er sehnte sich plötzlich nach seiner Höhle, dem knisternden Feuer und den Fledermäusen. Warum kümmerte ihn überhaupt seine Schwester und ihr Leben? Sie war doch nur ein dummes kleines Mädchen, die die Welt ganz anders sah als er. Sie brauchte ihn so wenig wie er sie. Er sollte fortfliegen. Jetzt gleich. Sollte Mira vergessen; Mira und die Mutter, den Vater und Translingen. Schließlich war er ein Vampir und kein Schuljunge mehr. Was ging ihn diese Stadt noch an?

Aber warum war er denn hier? Warum hatte er dieses Mädchen vor dem Krokodil und aus dem Sumpf gerettet?

Manchmal dachte er an die Fensterscheibe in seinem Kinderzimmer, an den Riss, der das Böse vom Guten trennte, und manchmal dachte er, dass dieser Riss auch durch ihn selbst ging.

Eine schwarze Wolke sauste durch die zerbrochene Fensterscheibe; es waren die Mücken und sie brachten Alabusch, wonach er verlangt hatte, und stillten seinen Hunger.

»Hört zu, ihr Mücken!«, rief er. »Etwas Seltsames geschieht mit den Menschen in dieser Stadt. Kann mir eine von euch sagen, was hier passiert ist?« Die Tiere sirrten verwirrt durch den Raum, sie wollten sich auf weiche warme Haut setzen, aber sie wagten nicht sich auf Mira niederzulassen. Sie umschwirrten Alabusch und wisperten durcheinander und berieten sich auf ihre Weise. Doch die Mücken wussten keine Antwort.

»Sssssss ... Adila ist unterwegs«, sangen sie im Chor, bemüht den Meister bei Laune zu halten. Alabusch leckte sich das Blut von den Lippen, dann schwang er sich hinauf; der Mantel flatterte im Wind und der Vampir flog über den Dächern Translingens.

Auch von oben sah die Stadt verlassen aus oder beinahe verlassen, denn hin und wieder konnte Alabusch einen Menschen über die Straße huschen sehen und einmal erkannte er eine Schar Kinder, die als Indianer verkleidet zwischen Bäumen und Büschen spielten. Sie hatten sich alle blau angemalt, oder jedenfalls kam es dem Vampir so vor. Ihre Gesichter, ihre Körper glänzten blau und dann vermutete Alabusch, dass es die Abenddämmerung wäre, die ihnen diese Farbe verlieh. Doch die Nacht kündigte sich mit einem aschfahlen Licht an, die mit dem auffälligen Teint der Kinder nicht das Geringste zu tun hatte.

Ohne Umwege nahm Alabusch Kurs auf das Haus seiner Kindheit und um seine Unruhe zu dämpfen, malte er sich aus, wie er sich rächen würde, sollte seiner Mutter oder seinem Vater etwas Böses angetan worden sein.

Aus einigen Fenstern drang ein bläuliches Licht und Alabusch umrundete das Haus misstrauisch, ehe er sich auf dem Dach niederließ. Bis hier hinauf hörte er Stimmen, laute, zornige Stimmen, die er jedoch nicht kannte. Er lauschte, aber die Worte verstand er nicht; alle schienen durcheinander zu reden. Hatten seine Eltern unangenehmen Besuch oder war seine Familie plötzlich umgezogen und Fremde wohnten nun hier? Vielleicht saßen auch Diebe oder anderes Gesindel in den Zimmern? Möglicherweise beherrschten ja irgendwelche Geister aus den benachbarten Wäldern die Stadt!?

Nervös schritt er auf dem Dach herum und aus lauter Sorge vergaß er seine Vorsicht. Ein Ziegel löste sich, fiel und zerbrach auf dem Gehweg mit steinernem Gescheppper. Das Stimmengewirr brach abrupt ab und die Stille wand sich wie eine neugierige Schlange hinauf zu Alabusch und ringelte sich um seine Beine. Der Vampir erstarrte, denn sein Gegner, so erkannte er jetzt, war ihm durchaus gewachsen. Und wer immer dieser Widersacher sein mochte – sein Gefühl sagte ihm, dass er es mit einem wachsamen gefährlichen Wesen zu tun bekam.

15. Kapitel
Die blaue Krankheit

Ein lautes Schnarchen weckte Mira; sie fuhr hoch und schaute um sich. Außer ihr selbst schien niemand hier zu sein. Also musste *sie* geschnarcht haben oder Alabusch schlief irgendwo in seinen Mantel gehüllt.

Sie rief nach Alabusch, einmal, zweimal; sie rief lauter, aber nichts rührte sich. Er hatte sich davongemacht und sie allein gelassen.

»Schöner Bruder«, murmelte Mira. Der Vampir hatte ihr noch im Sumpf seine Geschichte erzählt und sie klang so unwahrscheinlich, dass sie einfach nicht ausgedacht sein konnte.

Mira sprang auf die Füße, lief ein paar Schritte durch den zerstörten Laden auf der Suche nach einer Toilette. Vorsichtig schob sie eine Tür auf, die aussah, als wäre sie mit einer Axt bearbeitet worden oder mit schweren Stiefeln.

Das Wesen, das plötzlich vor ihr stand, schien ein Mensch aus der Urzeit zu sein, zottlig und schmutzig, mit wildem misstrauischem Blick. Ohne zu überlegen, warf Mira ihre Dosen gegen die Kreatur und ... ein Spiegel zersprang in hunderte Scherben. Das Mädchen begriff nicht gleich und suchte hinter dem Spiegel oder hinter dem, was davon übrig war, nach dem Urmenschen. Ihr Blick fiel schließlich in die Scherben zu ihren Füßen und sie wusste nicht, ob sie lachen oder weinen sollte. Der Sumpf hatte ganze Arbeit geleistet.

Zum Glück fand sie nicht nur eine Toilette, sondern auch einen Wasserhahn und in einem Schrank lagen ein Dutzend weißer Kittel. Ihr Haar, das ziemlich lang geworden war, band sie zu einem Zopf.

»Na also«, sagte sie, beinahe gut gelaunt. Das schmutzverklebte Fell warf sie ohne Bedauern auf einen Abfallhaufen, der sich unmittelbar neben dem Waschbecken türmte, und zog einen der Kittel an. Was war nur geschehen in ihrer Stadt? Solch ein Tohuwabou passte überhaupt nicht zu den Translingern.

Irgendwo krachte eine Tür zu und Mira schrak zusammen. Lauerte Freund oder Feind auf sie? Kehrte Alabusch zurück? Vielleicht war es nur der Wind ...?

›Bist du es, mein Bruder?‹, dachte sie, aber sie sprach es nicht aus. Konnte sie Alabusch trauen? Er hatte sie entführt, einfach so, weil er nicht allein sein wollte. Irgend so etwas hatte er gemurmelt. Vielleicht schwebte er unsichtbar über ihr und kämpfte mit dem Wunsch ihr das Blut auszusaugen? Doch mit welchem Recht dachte sie so über ihn? War er nicht ihr Bruder? Olaf? Der kleine Junge, von dem sie so oft geträumt hatte?

Erst vor ein paar Monaten hatte sie sein Spielzeug beim Herumstöbern auf dem Dachboden gefunden. Wenn man die seltsamen Dinge überhaupt so nennen konnte: Spielzeug. Bücher über Saurier und Bücher über die Skelette von Sauriern. Die Seiten vergilbten bereits und rochen nach Staub und feuchten Walnüssen. Ein Globus, der so dunkel aussah, als sei die ganze Welt ein Moorland. Mira hatte eine neue Glühbirne eingeschraubt, und erst dann waren die Umrisse der Länder erschienen. Den Taschenrechner hatte sie liegen lassen. Er erinnerte sie zu sehr an die Mathematikhausaufgaben, die in ihrem Zimmer auf sie warteten.

Olaf Ziegler. Alabusch, der Vampir. Das Biest, der Untote, das Monster. Wie hatten die Translinger ihn noch genannt? Ungeheuer, Bluthund, Scheusal ... Doch war er es nicht gewesen, der Mira gerettet hatte?

Mira lauschte; es war wieder still geworden. Doch dann rief eine sirrende Stimme ihren Namen. Das Mädchen rührte sich nicht.

»Mihiraa ...!«

Vorsichtig schob Mira die kaputte Tür auf und vor ihr stand eine schimmernde Gestalt.

»Adila«, sagte Mira erfreut. Die beiden umarmten sich wie alte Freundinnen und alles, was zwischen ihnen stand wie eine unsichtbare Mauer, war in diesem Augenblick vergessen. Die kleine Fee nahm Mira bei der Hand und zog sie mit sich.

Die Nacht warf ihre schwarzen Schleier über die Stadt und Mira hielt sich dicht bei Adila. Die beiden sprachen nicht miteinander, und obwohl dem Mädchen Hunderte wirrer Fragen durch den Kopf wirbelten, hielt sie es für das Klügste zu schweigen und abzuwarten.

Wenig Licht fiel auf die menschenleere Straße; meist leuchtete nur ein künstliches Blau aus den Fenstern. Hin und wieder schallten laute Stimmen zu ihnen hinüber; Mira kam es vor, als hätten einige hörschwache Menschen ihren Fernseher zu laut gestellt.

Erst auf den Stufen der Gaststätte ›Prinzeneck‹ fanden sie einen Menschen: Es war Josef Riek, der dort saß, den Kopf gegen das Geländer gelehnt, und müde vor sich hin starrte.

»Herr Riek!«, sagte Mira verblüfft, beinahe hätte sie den bewegungslosen Mann übersehen. Der Kopf des Angesprochenen drehte sich langsam in ihre Richtung. Trotz der Dunkelheit konnte Mira erkennen, dass das Gesicht des Mannes bläulich schimmerte.

»Was ist passiert?«, flüsterte sie.

Herr Riek schien sie nicht zu verstehen, er schüttelte nur den Kopf, dann fielen ihm die Augen zu und er sank in sich zusammen. Mira sprang zu ihm und rüttelte ihn kräftig, doch sie erreichte nur, dass er sie noch einmal anblinzelte.

Er blieb liegen und einen Moment fürchtete das Mäd-

Prinzeneck

chen, er könne gestorben sein, aber sein Brustkorb hob und senkte sich gleichmäßig.

Mira zuckte die Achseln.

»Er schläft nur«, sagte sie zu Adila, die sich nervös eine Feder aus ihren Flügeln riss und sich damit Luft zufächelte.

»Es liegt irgendein Unheil in der Luft«, entgegnete die Fee, »das rieche ich. Wir Feen können nämlich tatsächlich riechen, wenn etwas faul ist, wie ihr Menschen sagt – und hier stinkt es.«

Mira schnupperte, aber ihr fiel kein außergewöhnlicher Geruch auf.

Dafür hörte sie nun etwas. Es klang wie ein unterdrücktes Wimmern oder ein Stöhnen. Adila griff nach Miras Hand und sie lauschten. Der Klagelaut wiederholte sich; ein unverständliches Winseln, unverständlich, aber deutlich. Sie stiegen über Josef Riek hinweg, die Treppen hinauf; die Tür war nur angelehnt und sie knarrte erbärmlich. Die beiden schlüpften in das Innere des ›Prinzeneck‹, wo es so dunkel war, dass Mira nichts erkennen konnte.

»Dort liegt einer«, sagte Adila. Sie führte das Mädchen wie eine Blinde, dann zündete sie einen Kerzenstummel an, der auf einem der Tische stand.

Da lag Wolfram Jordan, gefesselt und geknebelt. Der Mann versuchte zu sprechen; seine Augen wirkten wirr, als wollte er in alle Richtungen gleichzeitig blicken.

»Herr Jordan, was ist passiert?«, fragte Mira; sie riss

hastig das große Pflaster von seinen Lippen und zog ein Tuch aus seinem Mund. Erst jetzt sah sie, dass auch er blau war, sogar seine Lippen und die Zunge waren blau.

Wolfram Jordan keuchte und hechelte nach Luft. »Vorsicht. Er ist noch in der Nähe«, sagte er heiser.

»Wer?«, fragte Mira.

»Hagen Hottenrott«, antwortete der Gefragte. »Er wird gleich wieder hier sein. Bitte nehmt mir die Fesseln ab.«

Mira zögerte. »Hagen Hottenrott?«

»Ja, ja. Bitte, ich flehe dich an ... Er ist gefährlich. Er wird uns alle töten. Es ist die blaue Krankheit ... Sie hat ein Monster aus ihm gemacht. Vielleicht beobachtet er uns schon. Beeile dich doch, um Himmels Willen!«

Mira wollte zur Theke springen um ein Messer zu suchen, doch Adila hielt sie zurück. Die kleine Fee spuckte auf ihre Fingernägel und sie wurden scharf wie Rasierklingen. In Windeseile befreite sie den Hilflosen von seinen Fesseln.

Wolfram Jordan rieb sich die Handgelenke und schaute erleichtert und dankbar auf. »Mira ...?«, entfuhr es ihm da. »Mira, bist du es?!«

»Ja«, hauchte Mira und sie versuchte die Tränen, die ihr in die Augen stiegen, nicht kullern zu lassen. »Ich bin's.«

Der Mann lächelte, doch dann verfinsterte sich sein Gesicht gleich wieder. »Verschwinde von hier. Flieh aus der Stadt, solange du noch kannst. Die blaue Krankheit verschont niemanden.«

»Was, zum Teufel, ist die blaue Krankheit?!«, fragte

Mira, wütend über die Träne, die ihr die Nase herunterrollte.

Wolfram Jordan blickte sich nervös um. »Hier sind wir nicht sicher«, sagte er. Er schob Mira vor sich her, ja schubste sie fast aus der Gaststätte hinaus. Mira wollte Wolfram Jordan gerade auf den schlafenden Herrn Riek aufmerksam machen, als sie bemerkte, dass Josef Riek nicht mehr da war. Adila klopfte ihr beruhigend auf den Rücken, als wäre sie eben nur aus einem schlechten Traum erwacht.

Wie ängstliche Katzen huschten sie über die Straße und Herr Jordan zog Mira in einen Hauseingang, in dem es nichts gab außer einige vom Rost angenagte Briefkästen. Der Mann japste und hustete, als wäre er nicht ein paar Schritte, sondern eine sehr lange Strecke gelaufen. Mira bohrte einen Finger in den bröckligen Putz und polkte darin herum. Sie traute sich nicht eine Frage zu stellen, weil sie sich vor der Antwort fürchtete.

»Ach, Mira«, seufzte Wolfram Jordan, »deine Heimatstadt bereitet dir keinen guten Empfang. Aber lass mich es dir wenigstens sagen: Ich bin froh, dass es dir gut geht, dass du gesund bist. Die ganze Stadt hat nach dir gesucht, Tage und Wochen, im Translinger Morgenblatt war ein Foto von dir und sogar im Fernsehen haben sie von deinem Verschwinden berichtet. Man befürchtete schon das Schlimmste. Jetzt bist du wieder da und Translingen ist nicht mehr die Stadt, die du gekannt hast ... Es tut mir so Leid.«

Die letzten Worte verstand Mira kaum, weil Herr Jordan sie flüsterte. Sie wollte ihre Hand auf seinen Arm legen, aber er wich vor ihr zurück.

»Nein, Mira, berühre mich nicht! Sieh mich an. Ich habe die blaue Krankheit. Sie ist in mir und ich kann nichts dagegen tun. Verlass die Stadt, Mira; versuch dich zu retten!« Der Mann hustete lange und fiel gegen die Wand, als hätte ihn jemand gestoßen.

Mira spürte eine Hand, die an ihr zog, und verwundert sah sie Adila an. Sie schüttelte den Kopf. »Ich kann hier noch nicht weg«, sagte sie. »Ich muss wissen, was geschehen ist. Lass mich bitte, Adila.«

Der Mann achtete weder auf Mira noch auf Adila, die kaum sichtbar war und wie eine Fata Morgana schillerte; er hielt seine Hände gespreizt von sich und betrachtete verwundert seine blau glänzenden Fingernägel, als hätte er sie eben lackiert und könne sich nicht erinnern weshalb.

Dann begann er rasch und tonlos zu erzählen: »Es begann vor ... ja, wann eigentlich? Sicher ist es nur ein paar Wochen her, aber mir kommt es vor, als seien Jahre vergangen ... Jedenfalls war da dieser Junge, der Franz. Seine Eltern hatten ihm Stubenarrest erteilt, weil er oft von zu Hause fortlief und sich überall herumtrieb. Er saß zu Hause in seinem Zimmerchen und schaute Fernsehen. Den ganzen Tag und bis spät in die Nacht hinein. In der ersten Zeit sagte weder seine Mutter noch sein Vater etwas dazu. Sie waren froh, dass der Junge daheim war und nicht auf der Straße umherstrolchte. Dann wurde es dem Vater zu viel; er schimpfte mit seinem Sohn, schaltete das Gerät aus, aber sobald er dem Jungen den Rücken gekehrt hatte, flimmerte die Kiste wieder. Und das Merkwürdige daran: Franz starrte in den Apparat, was auch immer gesendet wurde, sogar eine halbstündige Bildstörung schaute er sich an. Die Eltern holten den Fernseher schließlich aus dem Kinderzimmer, aber Franz weinte wie ein Schlosshund, ja, er jaulte, dass es alle Nachbarn hörten. Da stellten sie ihm das Ding wieder vor die Nase und riefen einen Arzt. Als der Mann kam, lag Franz auf seinem Bett und rührte sich nicht. Im Fernsehen lief ein italienischer Western, der Blick des Jungen war auf den Bildschirm gerichtet und sein Körper war blau. Er atmete kaum, sein Herz schlug schwach; er lag beinahe da wie tot. Der Arzt bat die armen Eltern in den Flur um ihnen zu sagen, dass ihr Sohn sterben werde, doch als sie in das Zimmer zurückkamen ... « Wolfram Jordan rang nach Atem. »Als sie das Zimmer betraten, war Franz verschwunden.« Der Mann sackte auf die Knie und blieb so hocken. »Ein paar Tage später gab es den nächsten Fall. Eine junge Frau, die allein lebte, behauptete, aus ihrer Mikrowelle seien kleine blaue Männchen gekrochen und hätten sie überfallen und wären durch ihren Mund, ihre Ohren, ihre Nase und ihre Augen in ihren Körper gekrochen. Sie wurde in eine psychiatrische Klinik gebracht und ein paar Tage später ... war sie einfach weg. Man suchte überall nach ihr, aber sie blieb verschwunden. Dann traf es ein altes Ehepaar, die den lieben langen Tag ihr Radio laufen ließen ...« Wolfram Jordan stöhnte, er schlang die Arme um sich und wiegte seinen blauen Körper hin und her. »Das nächste Opfer war Max Hangar, der Fernsehmechaniker. Er beschwor die Leute sich von ihren technischen Geräten zu trennen, ja auch von ihrem elektrischen Licht, von Heizgeräten und Warmwasserboilern und vor allem von den Fernsehern. Der arme Mann war so blau wie Tinte und er predigte, flehte, drohte; viele bemitleideten ihn, aber niemand nahm ihn ernst. Der Bürgermeister warnte vor Panik und Hysterie und auch die Ärzte beschwichtigten die Einwohner Translingens. Sie ließen alle Bürger – vom Säugling bis zum Greis – impfen, verteilten Tabletten, Tropfen und Zäpfchen ...« Wolfram Jordan stockte und lauschte furchtsam, doch es war still wie auf einem Friedhof. »Wir glaubten uns in Sicherheit ... bis der Nächste krank wurde: Doktor Groß, der Arzt, du kennst ihn ... Und dann kam ein Baby blau auf die Welt ... Da begannen die Leute ihre Geräte aus den Fenstern zu werfen. Manche packten ihre Koffer, verließen die Stadt. Der Bürgermeister ließ alle elektrischen Apparate einsammeln und auf dem Marktplatz mit einer Planierraupe niederwalzen. Aber es nützte alles nichts; die blaue Krankheit kam aus den Steckdosen und aus Kabeln; die Kranken weigerten sich ihre Fernsehgeräte herzugeben, denn die Strahlen linderten ihren Schmerz. Vielleicht ist die Krankheit auch ansteckend, niemand vermag das genau zu sagen ...«

»Und ...«, flüsterte Mira, »... meine Eltern ...?«

Wolfram Jordan zuckte mit den Schultern. »Ich weiß nichts von ihnen, Mira. Es ging dann alles so schnell. Die Stadt ist voller Kranker; ich habe den Überblick verloren.«

Mira schluckte. Konnte sie Herrn Jordan glauben oder verschwieg er etwas? Aber das würde sie jetzt wohl nicht herausfinden. »Was ist mit Hagen Hottenrott?«, fragte sie.

»Die Krankheit wirkt im Anfangsstadium auf jeden, der von ihr befallen ist, verschieden«, erklärte Wolfram Jordan. »Manche werden lethargisch, manche hungrig, manche aggressiv. Josef Riek schläft beinahe ununterbrochen. Hagen Hottenrott ist sehr jähzornig geworden. Er ...« Der Mann verstummte und schluchzte. »Er war doch mein Freund. Und jetzt ... jetzt jagt er mich wie eine Ratte. Er freut sich, wenn man vor Schmerz schreit, wenn man sich im Staub windet ... Er hat seine Hände um meinen Hals gelegt und zugedrückt. Schließlich ließ er von mir ab, aber nur, weil er ganz genau wissen wollte, was ich in meiner Todesangst empfand.«

»Das ist ja schrecklich«, sagte Mira heiser. Sie wusste nicht, wie sie den Mann trösten sollte. Sie konnte sich nicht erinnern, schon jemals eine solch schlimme Geschichte gehört zu haben.

»Noch schrecklicher ist es, wenn die zweite Phase der Krankheit beginnt«, sagte der Mann traurig. »Dann geben die Kranken den Geist auf – im wahrsten Sinne des

Wortes. Sie legen sich hin und reden kaum noch; sie scheinen jegliches Interesse dafür zu verlieren, was um sie herum vor sich geht, was mit ihnen passiert und wer sie sind. Und dann verschwinden sie, als würden sie von einer unbekannten Kraft eingesaugt.«

Wenn alles so war, wie Wolfram Jordan erzählte, dann gab es wohl keine Hoffnung für Translingen. Das Mädchen schaute sich nach Adila um, aber auch die sah nur traurig und hilflos drein. ›Wenn wenigstens mein Bruder hier wäre!‹, dachte Mira.

Nun öffnete sich langsam die Tür und eine große schwarze Gestalt schob sich in den Hausflur. Einen Augenblick hoffte Mira, es wäre Alabusch, aber dann, gerade in dem Moment, als die Tür mit lautem Krachen zufiel, erkannte sie, wer es war: Hagen Hottenrott.

16. Kapitel

Verlassene Zimmer

Alabusch hockte auf dem Dach des Hauses seiner Eltern und lauschte in die Nacht hinaus. Die seltsamen Stimmen schienen verebbt zu sein, aber der Vampir zweifelte nicht daran, dass da noch etwas im Verborgenen auf ihn lauerte. Die Jahre im Sumpf hatten ihn empfänglich gemacht für jeden Ton, für jedes Knistern und Knirschen, für jedes Wispern, Rascheln und Knarren, empfänglich aber vor allem für das Fehlen der Laute, für die Totenstille, die wie Nebel aufstieg und alles verhüllte.

Alabusch knöpfte seinen Mantel zu, setzte die Kapuze auf und verschwand. Doch er fühlte sich nicht sicher, denn auch sein Gegner war für ihn unsichtbar und er musste ihn erst einmal aufspüren.

Er kletterte das Dach hinunter; die Regenrinne jedoch sah so brüchig aus, dass er sich lieber auf seine Flugkünste verließ. Er schwebte zum nächstgelegenen Fenster, und da er es geöffnet vorfand, drang er in das Innere des Raumes.

Soweit die Dinge zu erkennen waren, handelte es sich um eine einfache Stube, aufgeräumt, sauber und von karger Gemütlichkeit. Alabusch allerdings erschauderte. Diese Möbel gehörten nicht seinen Eltern!

Alabusch tastete sich durch die Wohnung wie durch ein Labyrinth. Wer war hier gewesen? Wem gehörten die Stühle und der Tisch aus Plastik und die blauen Schränke? Was bedeutete dies alles? Der Fernseher fühlte sich warm an, als sei er gerade ausgestellt worden.

Er stieß gegen einen eckigen Tisch und ein Glas kippte um. Der Geruch von Alkohol stieg ihm in die Nase und nun wusste er, dass es der Gin seines Vaters war, den die Fremden getrunken hatten.

Das Bild des Vaters stieg in ihm auf; er saß in seinem Ledersessel, das Glas Gin auf einem Tisch, die Zeitung in den Händen. Alabusch erinnerte sich, wie der kleine Olaf Ziegler unter der Zeitung durchkroch und auf den Schoß des Vaters kletterte, um sich an der rauen kratzigen Pullowolle zu reiben wie ein Kätzchen. Er hörte noch das ungnädige Brummen des Papas, aber vertrieben wurde er von dem warmen Platz nicht. Alabusch erinnerte sich an Olaf wie an einen jungen Bruder. Er wusste wohl, dass er selbst dieser Junge gewesen war, aber er fühlte es nicht.

Wo war sein Vater? Und wo seine Mutter?

Da hörte er ein leises Surren. Er folgte dem Geräusch

und das Surren wurde lauter und ein schwaches Licht leuchtete ihm entgegen, als er die Küche betrat. Die Mikrowelle war eingeschaltet, ohne dass sich etwas in dem Gerät befand. Die ganze Küche stand voller Automaten und Alabusch wusste nur zu gut, dass keines dieser Dinge seinen Eltern gehörte. Das Wasser in dem Elektrokocher war noch heiß, die Platten des Herdes waren eingeschaltet und glühten, obwohl kein Topf zu sehen war. Seine Eltern hatten ihr Essen und das Wasser für Tee und Kaffee immer auf Gasflammen gekocht.

Wer war hier gewesen? Wer waren diese Fremden?

17. Kapitel, Zuerst kommt der Marienkäferpapa …

Hagen Hottenrott zündete ein Streichholz an und schaute sich in dem Hausflur um. »Wolfram Jordan!«, schrie er, »du entkommst mir nicht! Glaube ja nicht, dass du mir, deinem alten Freund, entkommen könntest.«

Hagen Hottenrotts Haut war von dunkelblauer Farbe, ja fast schwarz.

»Wen hast du da bei dir, du Feigling?!«, kreischte er. Seine Stimme überschlug sich.

Wolfram Jordan antwortete nicht, er duckte sich und

sein Körper rollte sich zusammen, als sei er ein Igel. Nur leider hatte er keine Stacheln, die ihn schützten.

Hagen Hottenrott verpasste ihm einen verächtlichen Fußtritt. »Steh auf und kämpfe!« grölte er. Das Streichholz erlosch und der Eindringling fluchte.

»Warum wollen Sie mit ihm kämpfen, wenn er doch Ihr Freund ist?«, mischte sich Mira ein. Hagen Hottenrott starrte sie verblüfft an. Offenbar erkannte er das Mädchen im Dunkeln nicht. Mira stellte sich vor den Mann, der wie ein Wollknäuel dalag, und stemmte ihre Fäuste in die Hüften. »Man schlägt doch niemanden, der schon am Boden liegt«, sagte sie.

Hagen Hottenrott glotzte, dann lachte er. Er lachte laut und schlug sich auf die Schenkel und hielt sich den Bauch und konnte gar nicht aufhören zu lachen.

Mira wartete. Der Mann sah ganz anders aus als früher. Die Haare waren ihm ausgegangen, sogar die Augenbrauen, die Wimpern und der Schnurrbart. Sein Gesicht wirkte wie ein verfaulter Apfel, in dem die Maden ihre Spuren hinterlassen haben. Dicke Falten hatten sich in seine Stirn gegraben und in den Furchen saßen Wasserperlen wie Ameisen. Auch sein Hals glänzte vor Schweiß und er roch wie ein Pferd, das ziemlich schnell und lange herumgaloppiert ist. In seinem Mund fehlten sämtliche Zähne.

Mira bekam Mitleid mit ihm. Er sah wirklich sehr krank aus.

Dann hörte der Mann abrupt auf zu lachen. Aus einem Gürtel zog er ein langes Messer. Mira betrachtete es interessiert, denn der Griff war kunstvoll geschnitzt, und es schien, als halte der Mann einen grimmig blickenden Adler in der Hand.

»So ein ähnliches Messer hatte ich auch mal«, sagte sie. »Leider bin ich es in der Schule losgeworden. Die Lehrer denken wohl, jeder, der mit einem Messer herumläuft, muss auch jemanden erstechen.« Mira kicherte. Adila flog nervös wie eine aufgescheuchte Motte um Hagen Hottenrott herum.

Als der Mann den Arm mit der Waffe nach oben riss, stürzte sich die kleine Fee auf seine Hand und biss zu.

»Aaaaaaaaaaahhh!« Der Gebissene brüllte und ließ das Messer fallen. Mira musste ein Stück zur Seite springen um nicht getroffen zu werden.

»Adila!«, rief sie empört, »du hättest mich beinahe verletzt!« Sie hob das Messer auf und strich mit dem Zeigefinger vorsichtig über die glatte kalte Klinge. »Es ist ein bisschen stumpf«, sagte sie und reichte es Hagen Hottenrott, dem nur ein »Oh!« entfuhr.

Sein Mund stand ein paar Sekunden lang weit offen und Mira konnte die dicke blaue Zunge sehen.

»Sie sollten ein solches Stück besser pflegen«, schlug sie freundlich vor.

Der Mann schwieg und drehte das Messer in den Händen, als dächte er über Miras Mahnung nach. Dann stieg ein wütendes Knurren aus seiner Kehle, aber Mira wischte sich mit dem Handrücken die Nase, die langsam kalt wurde, und achtete nicht auf den Laut.

»Apropos Schule. Wie geht es denn eigentlich Vera so?« Vera war Hottenrotts Tochter und Mira hatte im Zeichenunterricht und in den Mathematikstunden neben ihr gesessen.

»Malt sie noch so gern Mariechenkäfer?« Mira lächelte. »Vera hat immer alles voll Mariechenkäfer gemalt, auch wenn wir eigentlich den verschneiten Marktplatz von Translingen zeichnen sollten oder das Gesicht unserer Lieblingslehrerin. Sogar in ihren Matheheften wimmelte es nur so vor roten Käfern mit schwarzen Punkten.«

Hagen Hottenrott ließ die Arme hängen und sagte nichts. Schließlich steckte er sein Messer zurück in den Gürtel. »Zuerst kommt der Marienkäferpapa«, flüsterte er. Tränen rollten aus seinen Augen, große runde Tropfen. Sie rannen über seine Wangen und über sein Kinn und platschten vor seine großen Füße.

»Und dann kommt die Marienkäfermama«, sagte Mira und seufzte.

»Und hinterdrein«, sagte Hagen Hottenrott und schluchzte. »Und hinterdrein ... ganz klitzeklein ... Marienkäfer...«

»...kinderlein«, ergänzte Mira.

»Vielleicht ist Vera zu Hause und wartet auf mich«, sagte Hottenrott.

»Ja, vielleicht«, sagte Mira.

»Ja, dann«, sagte Hagen Hottenrott, »dann gehe ich mal.«

»Auf Wiedersehen«, sagte Mira höflich. »Liebe Grüße

an Vera. Ich saß im Zeichnen und in Mathe neben ihr, wissen Sie?«

Der Mann nickte, aber er schien nicht richtig hinzuhören. Er schlurfte davon und winkte einmal kurz, ohne sich jedoch umzudrehen.

18. Kapitel Die Macht des Mantels

Alabusch hörte eine hohe weibliche Stimme singen und er flog auf die Melodie zu wie ein Falke auf die Maus im Feld.

Er fand Mira und Adila unversehrt in dem Eingang eines alten Hauses. Mira sang ein Lied für einen Mann, der zusammengekrümmt auf dem Boden lag; der Mann zitterte, als hätte er Schüttelfrost.

Das Mädchen hörte auf zu singen und wartete, dass Alabusch sich neben ihnen niederließ.

»Der Mann heißt Wolfram Jordan«, sagte sie. »Er hat die blaue Krankheit.«

Alabusch nickte. »Ich habe euch gesucht«, sagte er vorwurfsvoll und streifte den am Boden Liegenden mit einem gleichgültigen Blick.

»Du warst es doch, der einfach davongeflattert ist«, gab Mira kühl zurück. »Aber das ist jetzt unwichtig. Du musst ihm helfen.«

»Wem?« Alabusch schaute suchend umher und sein Blick blieb schließlich auf dem Häuflein Unglück zu seinen Füßen haften.

»Die Stadt ist voll von Kranken«, sagte er.

Mira sprang auf. »Das weiß ich auch!«, schrie sie wütend.

Sie sahen sich lange an, dann senkte Alabusch die Lider. »Ich werde es versuchen«, sagte er leise. Einen Moment klang seine Stimme hell wie die eines Kindes.

Das Mädchen beugte sich zu ihm und küsste ihn rasch auf seine kalte weiße Wange. »Das wirst du, Bruderherz.«

Langsam zog Alabusch seinen schweren schwarzen Mantel aus und legte ihn auf den Todkranken.

Einen Tag und eine Nacht wachten sie am Lager Wolfram Jordans. Sie hausten wie Tiere in einer Höhle, ohne Nahrung und ohne Licht. Obwohl das Haus bewohnt war, bat niemand sie zu sich hinein. Wer bittet schon einen Vampir, eine Fee, einen Kranken und ein seltsam gekleidetes Mädchen in die eigene Wohnung. Auch waren die meisten Hausbewohner selber krank, lagen stumpfsinnig in ihren Betten und warteten auf das Ende.

Schließlich zogen sie in das ›Prinzeneck‹ um. Sie transportierten den Kranken auf einer Schranktür, in der die Holzwürmer gewütet hatten, hinüber ins andere Haus.

In der Gaststätte fanden sie einige Kerzenstummel, Wasser und zwei Tüten Zwieback. Mira zerbröselte einen Zwieback in etwas Wasser und flößte Wolfram Jordan den Brei ein, wenn er für einige Minuten halbwegs bei Bewusstsein war. Nach und nach ging es dem Mann besser. Er verlor sogar die blaue Farbe; erst wurde sein Gesicht bleich, dann seine Hände, dann die übrige Haut.

»Es funktioniert«, flüsterte Mira. »Es funktioniert wirklich. Er wird gesund! Wir können die Menschen heilen, Alabusch!«

Der Vampir verzog missmutig das Gesicht; er konnte den Optimismus seiner Schwester nicht teilen. »Es dauert zu lange«, sagte er. »Wir haben nur einen Mantel, aber Hunderte von Kranken. Uns fehlt die Zeit, Mira.«

Auch behagte ihm die Vorstellung nicht den Mantel auf längere Zeit entbehren zu müssen. Er konnte sich nun nicht mehr unsichtbar machen. Er vermisste es, sich allen Augen entzogen im Wind treiben zu lassen. Er vermisste es, auf den Dächern spazieren zu gehen und in die Fenster zu spähen um Neues zu erfahren. Er fühlte sich gefesselt, aber davon erzählte er dem Mädchen nichts.

»Wir haben keine andere Wahl«, sagte Mira. »Sie sterben wie die Fliegen.«

Adila kam hereingeflogen. Sie trug einen Korb bei sich mit Heilkräutern aus dem Sumpf und aus dem Wald. Sie zwitscherte vor sich hin wie ein Vogel.

Mira winkte ihr müde lächelnd zu. »Hast du mir eine Tüte Pommes frites mit Ketschup mitgebracht?«

Sie wusste nicht, wen sie mit ihrer Frage eigentlich aufheitern wollte: Adila oder sich selbst. Vielleicht sprach auch nur ein verärgerter leerer Magen aus ihr. »Oder ein Wiener Würstchen mit Senf?« Das Mädchen hielt ihre Nase über das Grünzeug und schnupperte. Sie verzog das Gesicht und seufzte. »Na, ich seh schon. Nicht mal eine Hand voll Popcorn fällt für mich ab.«

Adila hob bedauernd die Hände und rollte mit den Augen. Dann tauchte sie ihre Finger in die Pflanzen und fischte ein paar rote Kugeln aus dem Korb. »Wie wär's mit frischen Walderdbeeren?«, fragte sie.

Mira jubelte leise und stopfte die Früchte gierig in den Mund. Adila hatte auch noch zwei große Steinpilze, ein paar Maronen und Butterpilze gefunden.

»Das gibt ein leckeres Abendbrot«, meinte Mira.

»Und ich gehe mal wieder leer aus«, murrte Alabusch. Er hatte tatsächlich Hunger; die Mücken trieben kaum noch Nahrung auf, da das Blut der Kranken ungenießbar war. Nur einige wenige Mücken fanden den Weg ins ›Prinzeneck‹ und sie teilten ihre klägliche Beute gerecht mit ihrem Herrn und Meister.

»Nun, etwas ist auch für dich dabei«, sagte Adila und zauberte ein Glas hervor, das sie am Morgen aus der

Gaststätte mitgenommen hatte, und auf dem noch ein Bildchen mit Gurken klebte.

Der Vampir nahm das schwere Glas schweigend entgegen und verbarg es vor Miras neugierigen Augen.

»Es sind Blutegel«, erklärte die Fee dem Mädchen. »Ich habe nur welche ausgesucht, die dick und voll gesaugt sind.«

»Danke«, sagte Alabusch und schaute Adila fragend an.

Auch im Sumpf bereiteten die Feen ihm manchmal eine Blutegelsuppe. Aber die gab es nur zu seltenen Gelegenheiten; statt Weihnachten und Geburtstagen feierten die Bewohner des Moors das Erblühen einer violetten Sumpfblume, die nur alle zwei Jahre ihren Kelch öffnete und einen betörenden Duft verströmte. Dann gab es noch das große Fest der Feen, die Tanzabende der Fledermäuse und natürlich zahlreiche Froschkonzerte.

»Gibt es etwas zu feiern?«, fragte Alabusch schließlich.

In diesem Augenblick erwachte Wolfram Jordan aus seiner Bewusstlosigkeit und blickte erstaunt um sich.

Adila wies statt einer Antwort auf den Mann, als habe sie ihn gerade erweckt. »Wir feiern die Macht deines Mantels, Alabusch«, sagte sie fröhlich.

Wolfram Jordan blinzelte in das Feuer hinein, das in der Mitte des Raumes prasselte. Mira legte ihm beruhigend den Arm um die Schultern. Niemand sprach.

Dann öffnete sich die Tür und ein Mensch plumpste zu Boden wie ein Mehlsack. Mira sprang auf. »Es ist Josef Riek«, sagte sie.

Sie trugen den Mann an einen Platz nahe des Feuers und bedeckten seinen Körper mit dem schwarzen Mantel, den Wolfram Jordan nun nicht mehr brauchte.

19. Kapitel: Im Zentrum der Gefahr

So schnell wie Feuer in einem trockenen Wald verbreitete sich die Kunde von Alabusch und seinem Wundermantel in Translingen.

Mittlerweile glich die Gaststätte einem Krankenhaus. Die Translinger brachten eilig ihre Kranken und auch Lebensmittel, Kerzen, Holz für den Kamin, Bettdecken und Kopfkissen schleppten sie heran.

Fast vergessen war die Angst vor dem Untoten. Die blaue Krankheit wütete schlimmer als der blutrünstigste Vampir. Überall im ›Prinzeneck‹ lagen die Blauhäutigen; sie stöhnten, weinten oder schliefen.

»Ich kann nicht mehr warten, helft mir doch!« Dieser

Ruf erscholl oft und jedes Mal klang er verzweifelt und flehend. Aber es half nichts; alle mussten warten. Es gab eine Reihenfolge und die bestimmte Alabusch. »Zuerst die Schwerstkranken, die Schwächsten.«

Anfangs wählte er vor allem bewusstlose Kinder aus. Manche von ihnen waren so abgemagert, dass zwei oder sogar drei von ihnen unter den Mantel passten. Die Kinder erholten sich erstaunlich schnell. Es dauerte nur ein paar Stunden, dann wechselten sie in den Raum, in dem sich die Genesenden erholten. Hier wurden sie von Mira und Adila umsorgt; das Mädchen und die Fee verteilten Kräutersäfte und Trostworte, manchmal auch Kekse oder Bonbons, lasen Geschichten vor oder sangen Lieder. Bei den schwerkranken Erwachsenen dauerte es länger, bis das Blau aus ihren Körpern wich. Mitunter lagen sie einen Tag und eine Nacht unter dem Mantel, ohne dass es ihnen sichtbar besser ging. In den Wartezimmern brüllten und jammerten die anderen und Alabusch fiel es oft schwer, die Ruhe zu bewahren.

Einmal, als er nahe daran war, den Mantel von seinem Patienten zu reißen, um sich den verzweifelten erwartungsvollen Blicken zu entziehen und für immer davonzufliegen, sprang die Tür auf, als wüte draußen ein Sturm. Aber dann war es ein Mann, der vor ihm stand, ein Mann, den er sehr wohl kannte: sein Vater.

Einen Augenblick standen sie sich schweigend gegenüber, dann wandte Alabusch sich ab, er versuchte sich und seine langen Zähne zu verbergen.

»Wo sind meine Kinder?«, fragte der Mann leise und plötzlich schrie er: »Wo sind Mira und Olaf?! Was hast du mit ihnen gemacht, du Monster?«

Der Vampir drehte sich um.

Das Haar seines Vaters war grau geworden; er wirkte abgemagert; die Haut spannte sich über den Wangenknochen. Er sah unrasiert aus und seine Kleidung schlotterte um seinen Körper. Aber er lebte und er schien auch nicht krank zu sein.

»Mira ist hier«, sagte Alabusch schlicht. Er führte den Mann zu seiner Tochter, die gerade einem kleinen Jungen und einer alten Frau das Märchen vom Kleinen Muck erzählte. Nicht einmal als ihr Vater sich räusperte, wandte sie den Kopf.

»Mein Kind«, sagte der Mann schließlich leise. Mira brach mitten im Satz ab. Sie richtete sich auf und erhob sich langsam, dann wandte sie sich um und sah ihren Vater an.

Da erklang ein Schrei, ein schriller Schrei aus dem Nebenzimmer, aus dem Raum, in dem der Patient mit dem Mantel lag. Augenblicklich stürzte Alabusch auf die kreischende Stimme zu, und als er die Tür aufriss, erblickte er eine Frau mit weißen Haaren, die seinen Mantel trug! Er sprang auf sie zu, griff aber ins Leere.

Alabusch beugte sich aus dem Fenster; der Himmel verstrahlte sein giftiges Blau und weit, weit oben flatterten weiße Haare und ein schwarzer Mantel. Höhnisch winkte die Frau dem Vampir zu; sie segelte um das Haus herum, auf Armeslänge an dem Fenster vorbei, so dass Alabusch ihre glitzernden Katzenaugen sah.

Sie rief ihm etwas zu und er hörte ihre blecherne Stimme, die hallte, als käme sie aus einem hohlen Raum.

Er konnte ihre Worte nicht verstehen und schon gar nicht konnte er sie fangen. Er stand wie erstarrt. Er dachte nicht einmal daran, ihr nachzufliegen. Ein scharfer Geruch fiel ihm auf, ja, ohne Zweifel, es duftete nach Zitronen. Und dann verschwand sie und all das Blau zog sie mit sich wie einen riesigen Schleier.

Schließlich schob der Vampir Mira und auch seinen Vater beiseite; er rief nach Adila, und als sie endlich erschien, riss er ihr die Kräuter, die sie bei sich trug, aus den Händen und herrschte sie an, dem Blau zu folgen. Adila gehorchte, ohne zu zögern.

Das Zimmer füllte sich mit Kranken und immer mehr Kranken und alle redeten durcheinander. Einige beschimpften Alabusch, andere jammerten und weinten, andere warfen sich wie trotzende Kleinkinder auf den Boden und verlangten nach dem Mantel oder nach ihrem alten gewohnten Leben.

In dem allgemeinen Durcheinander flüchtete Alabusch. Er verließ das ›Prinzeneck‹ und machte sich auf den Weg zum Haus seiner Eltern.

Das Haus wirkte dunkel und verlassen. Aus keinem der Fenster drang auch nur ein kleiner Schimmer. Sogar die Straßenlaternen schienen nicht. So still war es, dass er seinen eigenen Atem hörte.

Alabusch stieß die schwere Tür auf, betrachtete einen Moment versonnen die Briefkästen mit den vertrauten Namen und ging die Treppen hinauf, als sei er nur ein normaler Besucher.

Die meisten Klingeln waren abmontiert und Alabusch klopfte an die Wohnungstür seiner Eltern. Die Tür gab dem leichten Druck seiner Hand nach und er schritt durch die leeren Räume. Er berührte die fremden Möbel nur mit den Fingerspitzen; er schlich wie ein Einbrecher umher, der gefasst darauf ist, ertappt zu werden.

Aber es geschah nichts. Und von Adila keine Spur. Wo steckte sie nur? Alabusch blieb schließlich vor dem Fernsehapparat stehen. Der Bildschirm war schwarz und stumm. Aber es kam ihm vor, als würde das Gerät auf etwas lauern. Doch worauf?

Der Vampir schaltete den Fernseher an. Ein blauer Blitz sauste auf ihn zu, aber er wich ihm nicht aus, und es schien ihm, als würde der Strahl durch seinen Körper gleiten. Er streckte seine Hände aus, aber er stieß nur auf das Glas des Apparates.

Alabusch beugte sich über den Fernseher. Waren da nicht diese seltsamen Stimmen? Er lauschte angestrengt, aber es konnte auch sein, dass es nur das Summen der Fliege war, die um die Lampe flog. Er schaute auf und sah dem Insekt zu, und als die Fliege aus dem Zimmer flog, folgte er ihr. Er fand sie einen Raum weiter, sie surrte am Fenster, gewiss ebenso gleichmütig wie zuvor. Alabusch wandte sich zum Gehen; er warf noch einen Blick zurück, und da erst nahm er wahr, wo das schwarze Tierchen gegenstieß: die alte gesprungene Scheibe. Konnte das möglich sein? Aber es gab keinen Zweifel: Der feine Riss zog sich quer über das Fensterglas.

Es genügte ein leichter Druck ... Dann knirschte es und das Fenster zerbrach. Er nahm zwei große Scherben auf; die eine schien der anderen vollkommen zu gleichen. Er schaute durch die eine und betrachtete die Fliege. Sie wirkte plötzlich groß wie unter einem Mikroskop. Ihr Körper war schmutzbesudelt und ihre Augen blickten starr und glasig.

Ein fauliger Geruch ging von ihr aus und von ihrem Rüssel tropfte Speichel. Im Sturzflug sauste sie auf Alabusch zu, aber der Vampir wich ihr auflachend aus und hielt die zweite Scheibe vors Auge. Das Bild änderte sich abrupt. Die Fliege summte friedlich; es klang, als singe sie ein Weihnachtslied. Sie lächelte und zwinkerte dem Vampir zu und winkte mit ihrem Rüssel. Auch von dem Gestank war nichts geblieben und ihr dicklicher Körper sah sauber aus.

»Danke«, sagte Alabusch, so freundlich er konnte. »Hab Dank für deine Hilfe.«

Er wickelte beide Teile sorgfältig in einen Fetzen Stoff, den er aus seinem Hemd gerissen hatte und band sich das Päckchen um den Hals. Die Hüter dieses Schatzes sollten seine Zähne sein.

Alabusch suchte nach weiteren Zeichen seiner Kindheit, aber kein Spielzeug, kein Buch und kein Bild erinnerten an vergangene Zeiten. Auch Miras Sachen waren verschwunden. Der Raum war karg eingerichtet, mit weißen Plastikmöbeln und Computergrafiken an der Wand.

Plötzlich war ein Geräusch zu hören, ein Geräusch, als klappere Glas gegen Glas. Alabusch verharrte in seiner Bewegung und lauschte. Er nahm auch Stimmen wahr und Schritte auf der Treppe. Es klang, als würden da zwei unbekümmert von ihrem Einkauf zurückkehren. Ahnten die beiden nicht, in welcher Gefahr sie schwebten? Wusste denn niemand außer ihm, dass das Blau hier seinen Ausgangspunkt und sein Zentrum hatte? Oder irrte sich Alabusch? Lauerte die Gefahr überall? Wie konnte er ihr dann begegnen?

Nun gelang es ihm, die Stimmen voneinander zu unterscheiden: Er hörte ein Kind und einen Mann reden, Mira und ihren Vater, seinen Vater. Mira plapperte aufgeregt wie ein kleines Mädchen. Als er ihr die Tür öffnete, fiel sie ihm um den Hals und nur seine sperrigen Zähne hielten sie davon ab, ihn zu küssen.

»Ich wusste, dass du hier bist«, rief sie. »Vater und einige der Translinger, die du gerettet hast, haben Blut für dich gespendet.«

Alabusch streifte die gefüllten Flaschen mit einem flüchtigen Blick und sein Magen knurrte unüberhörbar.

Mira kicherte und schluchzte gleichzeitig.

»Sie ist überarbeitet«, erklärte ihr Vater leise. »Sie ist noch so jung ... deine Schwester ...« Er schaute Alabusch nicht an und legte seinen Arm um die zuckenden

Schultern des Mädchens. Mira versuchte mit dem Gekicher und dem Geheule aufzuhören und schaute sich fassungslos in der Wohnung um.

»Was ist denn hier passiert?«, fragte sie und rieb sich mit beiden Händen die Tränen von den Wangen.

Max Ziegler seufzte. »Es geschieht nur noch Seltsames, Mira. Tagelang war ich auf der Suche nach dir, habe auf jeden Klingelknopf gedrückt und jeden Translinger befragt ... Es war wie damals, als ich dich suchte, Olaf ...«

Der Mann schaute seinen Sohn an und wandte den Blick wieder ab. »Dann wurden die Leute krank. Aber ich gab nicht auf. Ging in die Wohnungen, die sich seltsam veränderten, zu den Menschen, die sich veränderten. Als ich eines Tages nach Hause kam, war eure Mutter verschwunden. Und statt unserer alten Möbel fand ich fremde Dinge vor und der Fernseher lief. Ich habe nichts verändert, weil ich hoffte, die Fremden würden vielleicht wiederkommen. Nur sie wissen, wo eure Mutter zu finden ist ...« Max Ziegler ließ sich auf einen Plastikstuhl fallen. »Aber ich bin froh, dass ihr nun hier seid, meine Kinder.« Der Mann lächelte und reichte Alabusch die randvoll gefüllten Flaschen. »Wir haben die Hoffnung nie aufgegeben, Olaf.«

Der Vampir nickte. Er musste sich stärken, bevor er die andere Welt betrat. Der Bildschirm des Fernsehers war dunkelblau angelaufen. Es wurde höchste Zeit.

»Wenn du gehst, gehen auch wir!«, sagte sie entschieden.

20. Kapitel
Bruder und Schwester

Sie sagte diesen Satz nicht zum ersten Mal. Und nicht zum ersten Mal schüttelte Alabusch energisch den Kopf.

»Mira, sei vernünftig. Wir haben keine Zeit uns zu streiten. Ich gehe allein. Für euch ist es zu gefährlich.«

»Lass wenigstens mich mitkommen«, bat Max Ziegler, und auch er wiederholte seine Worte. »Mich hat die blaue Krankheit bisher verschont. Ich bin ein alter Mann ... Und vielleicht finden wir eine Spur von eurer Mutter, Olaf.«

»Er heißt jetzt Alabusch«, sagte Mira. Sie stampfte ärgerlich mit dem Fuß auf. Seit wann war ihr Vater alt? Vielmehr fand sie, dass er jünger geworden war, so wie er jetzt vor ihr stand. Ja, zum ersten Mal konnte sie stolz sein auf ihren Vater, der seine ewige Müdigkeit ein für alle

Mal abgestreift zu haben schien. Und seit wann sorgte sich Alabusch um sie? Irgendwie wirkte der Bruder plötzlich so schrecklich erwachsen. Die Erwachsenen laberten nur, statt zu handeln. »Ich jedenfalls sitze nicht hier und drehe Däumchen.«

»Mira, die blaue Krankheit ist gefährlicher als der Sumpf und die Schlangen, gefährlicher als Samanta, die Riesenspinne, und sogar gefährlicher als das Krokodil, das dich beinahe gefressen hätte!«

»Ich habe keine Angst«, sagte das Mädchen. »Wir müssen unsere Mutter finden. Wir müssen es wenigstens versuchen!«

Alabusch seufzte und band sorgsam das kleine Päckchen von seinem Hals. Er reichte Mira eine der beiden Scherben. »Das ist das Glas, durch das du das Gute siehst. Es ist unsere mächtigste Waffe. Halte dich immer dicht bei mir. Du, Vater, bleibst bitte hier.«

Als Max Ziegler protestieren wollte, sagte Alabusch schnell: »Jemand sollte da sein, falls Mutter nach Hause kommt.«

Mira drehte das Stück Glas ein wenig ratlos in den Händen. »Woher willst du wissen, dass dieser Trick mit den Scherben klappt?«

»Trick?« Alabusch zog belustigt die Brauen hoch. »Es sind keine gewöhnlichen Scherben, Mira. Nur mit einer ungewöhnlichen Kraft können wir versuchen zu den Fremdlingen zu gelangen. Die Fliege, von der ich euch erzählte, hat mir den Weg gewiesen.«

»Die Fliege, so, so.« Mira lächelte ungläubig. »Na, ich hoffe, wir landen nicht wieder in einem Spinnennetz!«

Eine Zeit lang saßen sie noch beieinander und sahen dem Blau zu, das auf der Mattscheibe pochte wie ein Herz. Als Erste erhob sich Mira. Sie küsste ihren Vater zum Abschied auf die Wange.

»Ich habe zwei mutige Kinder«, sagte der alte Mann leise. Er hob langsam den Kopf und sah dem Vampir lange ins Gesicht. »Beschütze meine Tochter.« Er berührte den Arm seines Sohnes und drückte ihn kurz.

Alabusch aber nahm Mira bei der Hand; die Scherbe des Bösen richtete er gegen das pulsierende Blau auf dem Bildschirm. Und da öffnete sich ein Schlund, ein Tunnel, der kein Ende zu haben schien, und er saugte die Geschwister ein, dass Mira Hören und Sehen verging. Alabusch hielt seine Schwester mit eiserner Kraft und Miras Finger krampften sich so fest um die Scherbe, dass sie bluteten.

Plötzlich ging es bergab wie auf einer Riesenrutsche. Sie schossen auf etwas zu, das aussah wie ein wogendes Meer. ›Haifische!‹, ging es Mira durch den Kopf. ›Dort werden die Haie auf uns lauern!‹

Aber sie fielen nicht ins Wasser; sie landeten weich und irgendetwas spritzte nach allen Seiten, als seien sie in Pudding gefallen. Sie überschlugen sich und rollten durch eine warme glibbrige Masse.

Es waren Würmer, komische blaue Würmer. Ein Feld voller tintenblauer Würmer. Alabusch und Mira sprangen auf und vollführten einen wilden Tanz um die Tiere abzuschütteln. Sie schlugen um sich, stampften und trampelten, denn die Würmer krochen auf sie zu und versuchten an ihnen hochzukriechen. Dutzende klebten wie Kletten in ihren Sachen und in ihrem Haar.

»Die Scherbe!«, schrie Alabusch. »Zeig ihnen die Scherbe!« Mira hob die Scherbe des Guten in die Höhe, aber die Biester ließen nicht von ihnen ab. »Du musst hindurchschauen, Mädchen!«

Mira blickte durch das Glas und sah ... – sie blinzelte überrascht – ... Kornblumen. Ein Kornblumenfeld. Ein leichter Wind strich über die strubbligen Blütenköpfe hinweg, als wolle er sie streicheln. Und vor ihnen tat sich ein Weg auf. Ein sandiger Weg mit runden Kieselsteinen und einigen schimmernden azurfarbenen Käfern am Rand. Kein einziger Wurm weit und breit.

»Die Würmer waren nur ein kleiner klebriger Willkommensscherz«, meinte Alabusch. Das Kornfeld wogte zu beiden Seiten und streckte sich bis zum Horizont. »Es hört nicht auf«, sagte Alabusch. »Das Feld ist wie ein Tuch, das alles zudeckt. Ich werde durch die Scherbe des Bösen schauen.«

»Nein!«, schrie Mira. »Bitte keine Würmer! Lieber laufe ich bis zum Ende der Welt!«

Alabusch nahm sein Päckchen vom Hals. »Vertrau mir«, bat er leise.

Mira seufzte. »Ich schätze, es bleibt mir wohl nichts anderes übrig.«

Die Geschwister schoben die beiden Teile übereinander, und dann blickten sie gemeinsam hindurch.

Einen Augenblick sah es so aus, als würden die Würmer über die Blumen herfallen und sie fressen. Dann jedoch blies der Wind die Tiere davon und die Kornblumen lagen wie niedergewalzt. Alabusch und das Mädchen kämpften sich durch den Sturm, der sie immer wieder ein Stück zurückschob, als wolle er sie zur Umkehr zwingen.

»Drei Schritte vor, zwei zurück oder ist es umgekehrt?«

Alabusch verstand nicht, was Mira sagte; er hörte nicht einmal, dass Mira etwas sagte und das Mädchen erwartete auch gar keine Antwort. Sie fluchte vor sich hin und ließ sich von Alabusch ziehen, bis der Wind allmählich schwächer wurde.

Da standen sie vor einem Berg. Keinem gewöhnlichen Berg, keine bröckligen Felsen; das Gestein war glatt und glänzte. Es sah aus, als stünden sie vor einem riesigen Edelstein.

»Da müssen wir doch nicht etwa hinüber?«, schrie Mira.

»Du brauchst nicht zu schreien«, sagte Alabusch. »Ich verstehe dich ganz gut.« Der Vampir sah in die Höhe und strich über die kalte Bergwand. »Wie schön er ist«, sagte er leise. »Und wie böse.«

Mira runzelte die Stirn. »Schön und böse. Grässlich und gut. Was soll das? Müssen wir rüber, ja oder nein?«

»Ja«, antwortete Alabusch. »Wir müssen. Oder siehst du einen anderen Weg?«

»Vielleicht gibt es wenigstens irgendwo eine Seilbahn ...« Aber das Mädchen machte sich gar nicht erst die Mühe sich umzuschauen. »Ich hoffe nur, das Raumschiff Enterprise findet uns rechtzeitig und wir werden hinübergebeamt. Das hier sieht jedenfalls aus wie ein verrückter Planet. Erst diese Ekelwürmer und dann sollen wir auch noch auf allen vieren diese eingeseifte Rutsche hinauf.«

Mira plapperte weiter, während sie zu klettern begannen. Ihre Hände klebten noch immer vom Schleim der Würmer. Das kam ihnen nun zugute. Auch war die Wand nicht so steil, wie es erst den Anschein hatte. Sie arbeiteten sich wie Schnecken voran, langsam und zielstrebig.

»Aber was ist, wenn hinter diesem Hügelchen hier schon das Nächste lauert?«, fragte Mira.

»Dann klettern wir hinüber«, sagte Alabusch.

»Und wenn wir es mit einer ganzen Sammlung von schneeglatten polierten runden Bergen zu tun haben?«

»Dann klettern wir hinüber.«

»Na klar«, sagte das Mädchen. »Warum bin ich nur nicht von selbst darauf gekommen?« Sie stemmte ihre Füße gegen das Gestein und rutschte auf dem Bauch einen halben Meter weiter. Ihre Hände tasteten nach einem festen Halt, aber da war nichts, kein Ast, kein Felsvorsprung, nichts.

»So langsam geht mir diese Farbe auf die Nerven«, stöhnte Mira. »Dir nicht?«

Alabusch schwieg. Er kroch dicht neben ihr und hielt sie mit einer Hand fest.

»Du könntest mich ruhig ein wenig unterhalten«, beschwerte sich Mira.

»Scht. Still!« Alabusch erstarrte und auch Mira bewegte sich nicht. Über ihnen grollte es; zunächst klang es wie ein fernes Gewitter. Die beiden schauten nach oben. Etwas fiel. Begann es zu regnen? Zu schneien? Zu hageln? Flogen Steine?

»Das glaubt mir keiner«, flüsterte Mira. Es waren Murmeln. Gläserne blaue Murmeln. »Eine Murmellawine!«, schrie Mira und zog die Scherbe des Guten vor ihre Augen.

Statt Murmeln flogen nun Schmetterlinge auf sie zu. Kleine zarte Schmetterlinge, deren Flügel bläulich schimmerten.

Alabusch und Mira schauten sich ratlos an. Sie standen nun inmitten einer großen Wolke, die sich aus hunderten oder gar tausenden Faltern bildete. Die Tiere strahlten ein Licht aus wie Glühwürmchen, das blendete, wenn man direkt hineinschaute. Sie flatterten unruhig umher, so als seien sie auf der Suche nach einem Landeplatz.

Auch der Berg begann sich nun zu verändern. Er verlor seine glatte harte Form und wurde schlabbrig weich. Statt steil nach oben, führte er jetzt allmählich hinauf. Mira kam es vor, als würden sie sich auf einem Wasserbett fortbewegen oder auf einer Hopsburg für kleine Kinder. Jedenfalls war es nicht einfach, vorwärts zu kommen, alles unter ihnen schaukelte und bei jedem Schritt gab der Boden nach. Aber wenigstens versanken sie nicht; sie schwankten nur schwerfällig über die gummiähnliche Oberfläche dahin und fächelten sich die Schmetterlinge aus den Gesichtern.

Wieder wanderten sie, ohne dass sich die Landschaft veränderte, und ohne zu wissen, wohin dieser seltsame Weg sie führte. Einmal verlor Mira das Gleichgewicht. Sie stürzte auf die schlingernde Fläche und blieb liegen. Bei dem sanften Wiegenrhythmus fielen ihr die Augen zu und sie wünschte sich einen Moment nichts sehnlicher als an Ort und Stelle einzuschlafen, als tief und traumlos zu schlafen.

Doch Alabusch zog sie hoch, schüttelte sie unsanft und schubste sie vor sich her.

»Warum darf ich kein Nickerchen machen?«, maulte Mira. »Hier kann uns doch nichts passieren.«

»Nichts passieren? Mira, komm zu dir! Dies hier ist weder Traum noch Spiel. Wir sind im Land des Blau! Wenn wir die blaue Krankheit nicht vernichten, wird sie dich vernichten, Translingen, deine Mutter und deinen Vater!«

»Warum tust du das alles?«, fragte das Mädchen, immer noch schläfrig. »Stehst du nicht auf der anderen Seite? Auf der Seite des Bösen? Schließlich bist du ein Vampir, oder nicht?«

Alabusch ließ sie los. »Ja«, sagte er langsam. Sein Blick wanderte über die schwankende Landschaft. »Du hast Recht. Ich bin ein Vampir. Und dies auch deshalb, weil ich mich auf eurer Seite, auf der Seite der Menschen, nie wohl gefühlt habe. Aber es ist nicht so, dass ihr auf der Seite des Guten lebt und ich auf der anderen. So einfach ist es nicht, Schwester. Ich dachte, das hättest du begriffen.«

Sein Gesicht war weiß geworden vor Zorn und seine Augen funkelten. Mit einer kräftigen wütenden Bewegung erhob er sich in die Lüfte. Einen Moment fühlte Mira die alte Angst in sich. Alabusch kreiste eine Runde über ihr, als wolle er sich auf sie stürzen. Dann raste er wie eine Rakete aufwärts und das Mädchen erschrak erneut. ›Bruder, du willst mich doch hier nicht allein lassen?!‹ Sollte sie ihn rufen? Ihn um Verzeihung bitten? Er konnte sie doch nicht einfach ihrem Schicksal preisgeben? Sie aussetzen in einer Welt, die verrückter war als ein Alptraum?! Doch dann landete er neben ihr und stand da, wie ein kleiner Junge, dem man etwas weggenommen hat.

»Entschuldige, Bruder«, sagte sie leise und hustete verlegen. »Es war nicht so gemeint ... Aber wenigstens hast du mich wieder munter gemacht.« Sie warf einen Blick auf Alabuschs Zähne, die ihr so lang und schwer vorkamen wie nie zuvor.

»Schon gut«, sagte Alabusch schlicht. »Ich bin ein Vampir und ich bin dein Bruder.«

Mira nickte. »Hast du von da oben etwas gesehen? In welche Richtung müssen wir?«

Alabusch schüttelte den Kopf. »Ich habe nichts gesehen und ich weiß nicht, wohin dieser Weg uns führt. Führt er überhaupt irgendwohin? Ist es überhaupt ein Weg? Sind wir denn schon vorangekommen? Vielleicht treten wir immer auf derselben Stelle? Vielleicht müssen wir in die entgegengesetzte Richtung gehen oder einen Gang nach unten graben?«

»Oh, da kommt Freude auf«, murmelte das Mädchen vor sich hin. »Du verstehst es, einem Mut zu machen.«

»Nun, es bleibt uns nur auf die Scherben zu vertrauen.«

Mira schwieg eine Weile, dann sprach sie aus, was sie schon lange beschäftigte: »Was ist eigentlich damals aus meinem Frosch geworden?«

»Nun«, Alabusch lächelte. »Dieses kleine Tier ist so schlau wie du. Es konnte fliehen.« Mira wartete, dass ihr Bruder weitersprechen und erklären würde, was geschehen war. Aber nach einer Minute angestrengten Schweigens sagte er nur: »Das ist alles, was ich darüber weiß.«

Mira nickte. ›Du möchtest wohl auch keinen Fehler zugeben‹, dachte sie bei sich.

Schmetterlinge setzten sich auf ihren Kopf und ihre Schultern, Mira schüttelte sie unwillig ab und griff nach der Scherbe. Wieder legten sie die Teile übereinander.

21. Kapitel
Die Stadt der toten Helden

Zunächst schien es ihnen, als würde sich die Landschaft nicht sonderlich verändern. Zwar waren die Schmetterlinge wie vom Erdboden verschluckt, aber der Weg, den sie entlangliefen, glich dem alten wie ein Zwillingsbruder. Nur wurde es jetzt noch rutschiger, so dass sie ausglitten, sich aneinander festhielten und zusammen hinfielen. Mira lachte und fluchte gleichzeitig. Alabusch tat, als wäre nichts. Es gelang ihm sogar, würdevoll auszusehen, wenn er aufstand, sich die Sachen abklopfte und einen Schritt weiterging. Doch spätestens nach drei Metern rutschte er wieder aus und schlug lang hin und das sah ganz und gar nicht würdevoll aus.

Doch dann standen sie unvermittelt vor einer kleinen runden Tür und als sie die Klinke berührten, sprang die

Tür auf, als hätte sie die beiden erwartet, und sie blickten in einen Tunnel.

»Seid willkommen!«, schallte eine Stimme und dann zog etwas sie in die Öffnung hinein, eine unsichtbare starke Kraft. Der Sog schien die Geschwister auseinander reißen zu wollen, aber Alabusch hielt Mira fest, und das Mädchen klammerte sich an den Bruder. Ein finsteres Blau umgab sie, und obwohl Mira nichts sehen konnte, hatte sie das Gefühl angestarrt zu werden. Sie gerieten in einen Strudel, der sie herumwirbelte. Alles ging so schnell und Mira meinte, sie würde tausendmal durch die Luft geschleudert.

Dann fielen sie plötzlich in die Tiefe und dem Mädchen schwanden die Sinne.

Alabusch hielt den bewegungslosen Körper seiner Schwester und wartete auf den Aufprall. Er hatte die höhnische Stimme, die sie willkommen hieß, wieder erkannt: Es war die Stimme der weißhaarigen Frau gewesen.

Der Gedanke, dass sie ihn und vor allem Mira in ihrer Gewalt hatte, behagte ihm gar nicht. Er wusste, dass es nur die Scherben seiner Kindheit waren, die Mira und ihn schützten, die sie durch dieses Labyrinth führten. Das scharfe Glas schnitt in seine Zunge, aber er spürte keinen Schmerz. Der Mund schien ihm der sicherste Aufbewahrungsort für diesen Schatz, jedenfalls solange er Mira tragen musste. Und seine Schwester war keineswegs ein Fliegengewicht.

Der Tunnel spuckte sie aus und sie sausten ein Stück durch die Luft. Alabusch erkannte die Konturen einer Stadt oder eines Dorfes. Aber was für ein Durcheinander herrschte in diesem Ort?!

Da ragten spitze Türme in die Höhe, Burgen standen klobig neben bunt bemalten Indianerzelten, Holzhütten neben schillernden Palästen. Alabusch machte sich auf eine harte Landung gefasst, aber schneller als vermutet sauste er in angenehm warmes Wasser. Mira im Schlepptau schwamm er ein paar Meter, bis er das steinige Ufer erreichte. Er legte seine Schwester vorsichtig ab, dann blickte er auf das Meer hinaus, das kaum größer war als ein Dorfteich.

Auf dem Wasser tanzte ein grelles giftiges Licht. Alabusch senkte die Lider vor den hellblauen Strahlen. Aber ein Hilferuf zwang ihn erneut aufzuschauen. Ein Berg tauchte auf und schoss in die Höhe und der Hilfeschrei schallte hinüber. Ein Wal! Und an ihn gekettet hing ein Mensch, ein Mann, der winkte und schrie. Der Vampir schaute dem seltsamen Schauspiel zu, ohne sich zu rühren. Auf Armeslänge von ihm entfernt schwamm der weiße Wal, aber Alabusch rührte keinen Finger. Er wusste, dass er dem Mann nicht helfen konnte. Dieser Mensch hing gefesselt in seiner eigenen Geschichte. Alabusch erinnerte sich an diese Geschichte, Olaf Ziegler hatte sie einst gelesen. Und noch etwas ließ den Vampir erstarren: Die Augen des Wals sahen wie Murmeln aus, gläsern und tot; die Haut des Tieres wirkte stumpf und hart; das Wasser perlte nicht ab, sondern lief in Bächen hinunter.

Alabusch riss sich los von diesem Anblick, schöpfte mit beiden Händen von dem Wasser, das ihm weich wie Watte erschien, und trug es zu seiner Schwester. Er benetzte ihre Stirn, ihr Gesicht, die Haut, unter der die Adern wild pochten. Miras Lider bewegten sich rasch, aber sie öffnete die Augen nicht. Der Vampir entdeckte eine hohle fußballgroße Muschel; er brach die beiden Teile auseinander und holte Wasser und begoss seine Schwester wie eine ausgetrocknete Pflanze. Zwar sah das Mädchen nun aus wie ein Spatz, der ausgiebig in einer Pfütze geplanscht hatte, aber wach wurde sie noch immer nicht.

Der Vampir seufzte und ließ sich neben ihr nieder. Auch Kapitän Ahab hing noch an Moby Dick und winkte. Nur gab er keinen Laut mehr von sich. Alabusch winkte zurück; dann beschloss er die ungewollte Pause für ein Nickerchen zu nutzen.

Die Gefahren erschienen ihm hier so nah und so fern wie auf einem Fernsehbildschirm und so gefährlich wie Seifenblasen.

Vorsichtshalber ließ er die Scherben in seinem Mund und band sich mit seinem Gürtel an Mira fest. Dann sank er in einen traumlosen Schlaf.

Als Mira erwachte, sah sie zuerst einen Mann über sich gebeugt. Er trug einen großen filzigen Cowboyhut, unter dem sein Gesicht schwitzte, er blickte streng und besorgt.

»Aus welchem Genre kommt ihr denn?«, fragte er. Erschrocken schaute das Mädchen sich um. Alabusch lag reglos neben ihr, ihr linkes Handgelenk war an sein rechtes gefesselt. Die Scherben konnte sie nirgendwo entdecken.

»Lass mich raten«, sagte der Mann. Mira erkannte erst jetzt, dass ein Pfeil in seinen dicken Bauch eingedrungen war. Ein dunkler Blutfleck saß wie ein Schmetterling auf seinem weißen Hemd.

»Horror? Sciencefiction? Thriller?« Der Cowboy lächelte freundlich. »Irgendetwas mit Mord und viel Blut, stimmt's?«

Mira verzog das Gesicht und schüttelte automatisch den Kopf.

»Dein Kollege da ist doch wohl ein Vampir, oder?«, fragte der Mann. Er klang etwas gekränkt. Mira beeilte sich zu nicken. Vielleicht hatte sie es ja mit einem Geistesgestörten zu tun?

»Ach du meine Güte!«, schrie der Mann plötzlich. »Ach, warum komme ich erst jetzt darauf. Es ist Dracula, Graf Dracula! Wir haben uns schon gedacht, dass er eines Tages zu uns kommt.«

Mira starrte auf den Pfeil, der im Bauch des Mannes vor Aufregung zu wackeln begann. Der Cowboy bemerkte ihren Blick und schob sich den Hut aus der Stirn. sagte er. »Entschuldige, kleines Fräulein. Ich vergaß mich vorzustellen.« Er hielt ihr eine breite klobige Hand hinunter; Mira richtete sich halb auf und ergriff sie.

»Ich heiße Bill«, sagte er. »Meinen Nachnamen kenne ich leider nicht und ich kenne niemanden, der ihn kennt.« Er kicherte. Seine Finger fühlten sich kalt und ledern an. »Ich komme aus der Schlacht am Little Big Horn. Schon davon gehört?« Ohne Miras Antwort abzuwarten, sagte er: »Custer. Sitting Bull. Na, jetzt dämmert's, was? 1876. Kein Weißer überlebte.«

Der Mann deutete stolz auf den Pfeil in seinem Bauch. »Ich war Scout. Späher. Stell dir vor, mein Großvater soll ein Roter gewesen sein. Ein Indianerhäuptling. Vielleicht bin ich mit meinem Mörder verwandt. Über drei Ecken versteht sich.«

Der Mann schüttelte noch immer die Hand des Mädchens.

»Ich bin Mira«, sagte Mira schüchtern. »Mira Ziegler. Und das hier neben mir ist Alabusch. Mein Bruder.«

»Freut mich«, sagte Bill, aber er schien ein wenig enttäuscht. »Bei den Prachtexemplaren von Zähnen dachte ich, Graf Dracula persönlich würde uns die Ehre geben«, murmelte er. »Na, macht nichts.« Er winkte ab und prüfte mit dem Zeigefinger die Spitzen der Vampirzähne.

Alabusch erwachte von der Berührung und setzte sich beinahe sofort auf. »Wo sind wir?«, fragte er barsch.

»Mein Herr«, sagte Bill und kicherte. »Mein Herr, ihr seid in der Stadt der toten Helden.«

»Wir sind nicht tot!«, protestierte Mira. An der Seite ihres erwachten Bruders fühlte sie sich wieder stark.

»Schon gut«, sagte der Cowboy freundlich. »Aber

wenn ihr mir die Bemerkung erlaubt: Vampire sind zwar Untote, doch zu den Lebenden zählen sie nicht. Das wisst ihr sicher besser als ich. Und du, kleines Mädchen, bist sicher sein liebstes Opfer. Oder willst du behaupten, er hätte dich nicht ausgesaugt?« Ehe Mira antworten konnte, plapperte Bill weiter: »Hier leben viele Tote aus Kino und Fernsehen. Manche sind auf ewig verletzt, wie Kapitän Ahab, dem ihr ja schon begegnet sein dürftet. Er heißt alle Neulinge auf seine Art willkommen. Manche nennen diesen Ort auch die Stadt der Verlorenen oder die Stadt der Verdammten. Die meisten von uns laufen mit ihrem Tod umher und ihr Schicksal ist es, ihn nicht abstreifen beziehungsweise ...« Bill lachte laut auf und tätschelte seinen Pfeil. »... herausziehen zu können.«

»Oh je!« Mira schüttelte sich. ›Ich hoffe nur, uns begegnet kein Geköpfter‹, dachte sie.

»Du brauchst dich nicht zu fürchten«, sagte der Mann. »Alle hier sind harmlos. Die armseligen Gestalten haben die Nase voll vom Kämpfen und von den Gefahren jeder Art. In der Amtssprache der Blauen heißt die Stadt einfach Abteilung Drei.«

»Abteilung Drei?«, wiederholte Alabusch.

Der Cowboy nickte. »Serafisa, die blaue Herrscherin, nennt diesen Ort so. Es gibt dann noch die Abteilung Zwei, das ist die Stadt der Gefangenen. Meist Fernsehgucker, die von den Blauen entführt worden sind.« Der Mund des Mannes zog sich belustigt in die Breite. Mira sah, dass er keine Zähne mehr hatte. »Wie es dort aussieht, wissen wir nicht. Wir kommen hier nicht heraus. Es gibt einen blauen Strahlenkranz, der die Stadt einkreist. Wer ihn berührt, schmilzt wie Schnee in der Sonne. Das sagen die Blauen. Und wir glauben ihnen, weil wir unsere Ruhe haben wollen.«

»Wozu braucht ihr Gefangene?«, fragte Alabusch.

»Wir?« Bill schnaubte entrüstet. »Serafisa braucht sie. Sie lässt sie für sich arbeiten. Ihre Geschichten sollen eingesaugt und verwertet werden. So eine Art Recycling.« Der Pfeil hüpfte ein paar Mal vergnügt mit dem Bauch, in dem er steckte. »Aus dreimal alt mach einmal neu.«

»Wie bitte?!«, fragte Mira.

Der Cowboy zuckte mit den Achseln. »So viel weiß ich auch nicht darüber. Die Lebensgeschichten von Herrn X, Frau Ypsilon und Herrn Z plus Mord und Totschlag gleich ... ein neuer Thriller. So ungefähr. Die Leichen landen früher oder später bei uns.«

»Aber wozu das Ganze?«, fragte Mira verblüfft.

»Nun, ich denke mal, die ehrenwerte Serafisa bastelt sich ihre eigene Welt. Mit neuen Thrillern fängt sie neue Opfer. Die lieben Leute starren gebannt in ihre Fernsehkisten und schon treffen sie die blauen Strahlen und sie vergessen, wer sie sind. Serafisa ist eine Jägerin. Je mehr sie erbeutet, desto größer wird ihre Macht. Hier seid ihr allerdings auf recht unbedeutendem Gebiet. Die Abteilung Drei ist nur so eine Art Müllkippe für Serafisa.«

»Und ...« Alabusch band sich von Mira los. »Und die Abteilung Eins?« fragte er beiläufig.

»Serafisas Residenz«, sagte Bill knapp. Er schwieg und blickte sich nach allen Seiten um.

»Wovor hast du denn noch Angst?«, fragte Mira plötzlich wütend. »Du bist doch schon ...«

»Hab Dank«, fiel Alabusch ihr rasch ins Wort. »Hab Dank für deine Auskünfte. Meine kleine Schwester ist manchmal etwas ungeduldig.«

Mira senkte verlegen den Kopf. Geduld gehörte wirklich nicht zu ihren Stärken. Trotzdem hatte Alabusch kein Recht so über sie zu reden. Sie warf ihm einen bösen Blick zu, doch der Vampir beachtete sie gar nicht.

»Bist du schon einmal dort gewesen?«, fragte er den Cowboy.

»In Serafisas Residenz?« Bill schüttelte den Kopf. »Es heißt«, murmelte er leise, »es heißt, von dort kehrt niemand zurück.« Er hüstelte und zwischen fast zusammengepressten Lippen zischte er: »Die Lady versteht leider keinen Spaß. Wer unbequem wird oder hinter ihre Kulissen schaut, den löscht sie aus. Ein Knopfdruck und das Band ist gelöscht, die Geschichte existiert nicht mehr. Schlimmer noch: Es hat sie nie gegeben. Versteht ihr?«

Mira schüttelte den Kopf. Alabusch schien in Nachdenken versunken; er stand eine Weile da, ohne sich zu bewegen und ohne zu sprechen. Bill näherte sich ihm vorsichtig und strich über die perlmutt schillernden Zähne. »Wie viel Zahnpasta verbrauchst du so am Tag?«, fragte er nun wieder laut. »Wahrscheinlich benutzt du eine Klobürste zum Zähneputzen, was?«

Mira hoffte einen Moment, ihr Bruder würde dem Mann für seine Frechheit einen Tritt gegen sein Schienbein versetzen, aber Alabusch lächelte nur schwach. Er schien überhaupt nicht zugehört zu haben.

In der Stadt der toten Helden gab es nur eine einzige Straße. Diese jedoch wand sich spiralförmig wie eine eingerollte Schlange um die Gebäude des Ortes. Mira hatte das Gefühl im Kreis zu laufen und doch sah sie immer wieder Neues.

Da gab es einen Wohnwagen, schon etwas rostig, aber bunt gestrichen, in dem drei Zigeuner lebten. Bill grüßte sie laut und herzlich und die drei winkten ihn und seine Begleiter zu sich. Die Männer trugen breitkrempige Hüte aus Stroh und Verbände um Hälse, Arme und Beine. Ihre Verwundungen rührten von einer wüsten Messerstecherei und der Film, in dem sie gestorben waren, hieß ›Die Löwen der Puszta‹. Sie spielten zauberhaft Gitarre, Geige und Flöte. Junge Katzen und abgemagerte Hunde strichen dabei um ihre Beine, hockten unterm Tisch, in Erwartung eines Happens rostbraunen Fleisches. Mira verstand ihre Sprache nicht, aber sie lächelte, wenn ihre Gastgeber lächelten, und sie genoss die leichte beschwingte Musik und das knusprige Steak.

Das Nachbarhaus war ein Bürogebäude, ein Wolkenkratzer mit neunundneunzig Stockwerken. Die Gestalten, die ein und aus huschten, hatten Sonnenbrillen auf den blassen Nasen und dicke Akten unter jedem Arm. Die

Einschusslöcher auf der Stirn, die Blutspritzer auf ihren weißen Hemden trugen sie unverhüllt, nicht stolz, eher gleichgültig. Hier gab es nichts zu verstecken.

Mira griff nach der Hand ihres Bruders. Zum ersten Mal bedauerte sie, dass Alabuschs Haut sich so kalt anfasste. Bill begleitete sie und schwatzte unaufhörlich. Erst auf dem Marktplatz machten sie Halt. Die Straße führte nicht weiter. Sie standen vor dem ersten, dem ältesten Haus dieser Stadt: einem Schloss. Eine Hecke aus verwelkten Rosen umrankte das brüchige Gemäuer. Vor den schweren hölzernen Toren standen Wachen, die Lanzen trugen, die länger waren als sie selbst. Sie standen bewegungslos wie Puppen im Schaufenster einer Boutique.

»Wer wohnt denn hier?«, fragte Mira neugierig.

»Nuuun«, sagte Bill gedehnt, der es ganz offensichtlich genoss, den Fremdenführer zu spielen. »Unsere unglücklichen Helden aus Märchen und Fantasyfilmen glauben ernsthaft, dass niemand anderes als Dornröschen hier ruht. Dass sie womöglich ihr neunundneunzigstes Jahr verschläft ...« Der Cowboy blies seine Backen auf und ließ die Luft geräuschvoll entweichen. »Manche von diesen armen Kerlen hoffen tatsächlich auf die Erlösung durch einen Kuss. Es muss nur der richtige Prinz kommen. Ein Küsschen und peng, die Welt ist schön, alles Böse ist ausgelöscht. Die weniger Romantischen glauben, der Prinz sei schon gekommen, aber da er es nicht geschafft habe, Dornröschen zu wecken, sei er neben ihr eingeschlafen.«

»Ihr glaubt an Märchen?!«, entfuhr es Mira.

»Ich glaube gar nichts«, erklärte Bill spröde. »Das Schloss steht leer. Serafisa benutzt es um sich mit ihren Lakaien zu treffen, mit ihren Helfershelfern. Das sind meist die abscheulichsten Mörder aus den abscheulichsten ...« Bill verstummte und hielt sich die Hand vor den Mund. »Ich rede zu viel«, nuschelte er. »Lasst uns umkehren.«

»Ich bitte dich, warte«, sagte Alabusch. »Wann hält sich Serafisa hier auf?«

»Was weiß ich«, brummelte Bill. Aus den Augenwinkeln schielte er zu den Wachen hinüber. »Ich will es gar nicht wissen, hört ihr? Also fragt besser nicht. Was wollt ihr denn von Serafisa? Nein, ich will es gar nicht wissen.«

»Wir kommen aus einer Stadt, die von den Blauen besetzt wurde«, antwortete Mira. Der Cowboy hielt sich die Ohren zu.

»Außerdem hat sie sich etwas genommen, das mir gehört«, sagte Alabusch, als der Mann die Hände vom Kopf genommen hatte. »Und das werde ich mir zurückholen.«

Bill hustete, sein Gesicht lief rot an. »... will ... gar nicht wissen ...«, stieß er hervor. Er beschleunigte seine Schritte, ja, fast rannte er, und Mira und Alabusch mussten ihm hinterherlaufen, wenn sie ihn nicht verlieren wollten. Und das wollten sie nicht. Kopfschüttelnd sprach er vor sich hin: »... gar nichts wissen ... keine Ahnung ... meine Ruhe ... ist doch nicht zu viel verlangt ... Ich sag nichts mehr ... Ich weiß nichts von einem Mantel ... Ich bin doch nur eine Nebenfigur in einem drittklassigen Western.« Der Pfeil zitterte nervös in seinem Leib.

Mira zupfte Alabusch an der Hand. »Wir sollten den Ärmsten in Ruhe lassen«, meinte sie, obgleich sie die Aufregung des Mannes nicht verstand. Denn das Schlimmste war ihm doch schon widerfahren. Er war tot. Aber augenscheinlich gab es für die toten Helden doch noch eine Gefahr: die, vergessen zu werden. Und das musste es sein, was Serafisa vermochte. Offenbar konnte sie die Erinnerung tilgen, ja jede Vorstellung, jedes Bild verschwinden lassen. Mira wurde sich jetzt erst der Gefahr bewusst. Sollte sie nicht zurückkehren nach Translingen, sollte sie Opfer dieser Hexe werden, eingesaugt und ausgelöscht, würde sich niemand mehr an sie erinnern. So, als hätte es sie nie gegeben.

Nicht einmal die Mutter und der Vater würden ihre Tochter vermissen! Sie schluchzte laut auf und Alabusch sah sie verständnislos an. Mira winkte ab und fluchte ärgerlich, als ihr die Tränen übers Gesicht rannen.

»Ist ja gut. Ist ja gut«, sagte der Cowboy erschrocken. »Ich sage euch schon alles, was ich weiß. Es ist ohnehin nicht viel ... Also gut: Sie kommt einmal die Woche in ihr Schloss. Es ist immer derselbe Tag und dieselbe Stunde ... Morgen ist es wieder so weit ... Sie trägt dieses Dings, diesen Mantel immer mit sich herum. Aber sie hat keine Ahnung, wie er funktioniert. Sie hat einen Preis ausgesetzt für denjenigen, der ihr das Geheimnis des schwarzen Mantels enthüllt.« Bill grinste breit und schadenfroh. »Vielleicht solltest du ihr Nachhilfeunterricht geben, Graf Alabusch.«

Sie standen vor einer Blockhütte, die sich zwischen einer klobigen Ritterburg und einem mehrstöckigen, düster wirkenden Hotelgebäude zwängte. Die Tür stand einen Spaltbreit auf, die Balken verliefen schief und die Fensterläden klapperten. Das Häuschen sah aus, als duckte es sich vor seinen großen Nachbarn, ja, es schien, als wolle es am liebsten zu einem Haufen Brennholz zusammenfallen.

Bill räusperte sich. »Hier wohne ich«, sagte er.

Alabusch musste den Kopf einziehen, damit er durch die Türöffnung passte, und Mira versuchte angestrengt, etwas in dem finsteren Raum zu erkennen. Die Fenster waren mit Brettern vernagelt und einzig durch die Tür drang ein schwacher Schein dämmrigen Lichts.

Bill zündete eine Kerze an und wies mit einer Handbewegung auf die splittrigen Holzbänke. »Setzt euch«, sagte er und seufzte. »Leider kann ich euch nichts anbieten, abgesehen von einem Stück trockenen Brot und etwas Wasser. Ich bin auf Gäste nicht vorbereitet.« Dann sah er den Vampir an und fügte hinzu: »Auf dich schon gar nicht, lieber Graf.« Er bekam wieder einen Kicheranfall und Mira und Alabusch warteten, bis er sich beruhigt hatte.

»Warum hast du deine Fenster zugenagelt?«, fragte Mira.

»Meine lieben Nachbarn haben mir immer wieder die Scheiben eingeworfen«, erklärte Bill. »Und ich friere leicht, wisst ihr.«

Mira überlegte, welche Nachbarn er meinte; die aus der Burg oder Leute aus dem Hotel. Aber sie war zu müde um weiterzufragen; sie schaute die vergilbten Bilder an der Wand an, die Szenen aus einem Western zeigten. Auf einem der alten Fotos war auch Bill zu erkennen. Da hatte er noch keinen Pfeil im Bauch. Er ritt auf einem schwarzen Pferd durch eine bergige Landschaft.

Mira sank auf der harten Bank zusammen und schlief augenblicklich ein. Bill und Alabusch trugen das Mädchen auf eine schmale kastenförmige Pritsche und der Cowboy legte eine nach Pferd riechende Decke über sie.

Am nächsten Morgen verabschiedeten sich die Geschwister von Bill, der ihnen noch einen Stadtplan schenkte, den er extra für sie gezeichnet hatte.

»Viel Glück«, sagte der Cowboy leise. »Passt auf euch auf.« Er lächelte schwach und sein Pfeil zeigte nach unten. Mira wünschte sich plötzlich, dass er noch einmal kichern möge. Als sie gerade darüber nachdachte, womit sie ihn aufheitern könnte, sagte er: »Ich würde euch ja gern umarmen, aber leider ...« Er brach in sein gackerndes Gelächter aus und der Pfeil begann spöttisch zu wackeln. »Grüßt Dracula von mir!«

22. Kapitel: Im Schloss der verwelkten Rosen

Das Schloss stand still und verlassen, umgeben von dürren kahlen Bäumen. Wie in die Luft gereckte Vogelbeine wuchsen in ihrer Nachbarschaft magere, vertrocknete Büsche, an denen einst Rosen geblüht haben mochten. Die Wächter lehnten müde an dem Tor und stützten sich auf Lanzen, die aussahen wie Kinderspielzeug. Auch ihre Rüstungen schienen aus Plastik zu sein. Gelegentlich hielten sie Ausschau nach ihrer Ablösung.

Keine zwanzig Schritt weiter hockten Alabusch und Mira in einem Unterschlupf, der an ein Indianerzelt erinnerte. Um die Stangen hingen nur noch lederne Reste, die jedoch groß genug waren, die Geschwister zu verbergen.

»Die Wachen sind so müde, dass es ein Kinderspiel ist, mit ihnen fertig zu werden«, sagte Mira, die in diesem Moment nicht daran dachte, dass sie ja selbst noch ein Kind war.

Alabusch runzelte die Brauen. »Das ist wohl wahr.« Er nickte nachdenklich, aber schien sich nicht darüber zu freuen.

»Worauf warten wir dann?«, fragte Mira gereizt. Alabusch antwortete nicht. Er starrte unablässig zu den Männern an dem hölzernen Tor. Mira wiederholte ihre Frage. Diesmal klang ihre Stimme noch ungeduldiger.

»Ich weiß es nicht genau«, sagte Alabusch zerstreut.

Mira seufzte entnervt.

»Ich muss näher an die beiden heran«, sagte Alabusch und schaute Mira an. »Du bleibst hier und wartest, bis ich dich hole oder dir ein Zeichen gebe.«

»Nein!«, entgegnete Mira empört. »Wir sind gemeinsam an diesen seltsamen Ort gelangt und nun werden wir auch gemeinsam alle Gefahren durchstehen.«

Alabusch winkte ab; seine Zähne hoben sich ein wenig. Er schmunzelte. »Du bist ein tapferes Mädchen«, sagte er. »Und ganz gewiss werden wir noch viele Gefahren zusammen meistern. Aber falls dieses Schloss eine Falle ist, warum sollten wir uns beide fangen lassen? Ich will erkunden, was es mit diesem Herrschaftssitz der Serafisa und den schläfrigen Wachen auf sich hat, dann hole ich dich.«

Nach diesen Worten schwieg Mira und zog sich

schmollend in eine dunkle Ecke zurück. Ihr Bruder nickte ihr zu, als seien sie sich einig, dann verließ er das Zelt. Das Mädchen sah ihm nach. Er ging an den Wachen vorbei, ohne dass diese auch nur aufsahen.

Als Alabusch die Rückseite des alten Gemäuers erreichte, konnte er nichts Auffälliges entdecken, dennoch fühlte er diese unbestimmte Unruhe in sich. Ein Teppich vertrockneter Rosen lag vor ihm und die verwelkten Blumen zogen sich die Fassade hinauf. Alabusch begann zu klettern, wobei die Stacheln ihn in Hände und Arme stachen, aber er fühlte keinen Schmerz und kümmerte sich nicht darum. Ärgerlich wurde er erst, als seine Zähne sich in den Pflanzen verhakten. Er versuchte sich zu befreien und riss die lästigen Rosen von der Wand. Putz bröckelte hinab.

Da erblickte er ein Auge, das ihn anstarrte! Mitten in dem Gemäuer saß es und seine Pupille glänzte metallisch und gläsern. Einen Moment hielt er dem Blick stand, dann blinkte durch den Pflanzenschleier erneut ein blaues Licht.

»Es sind Kameras«, sagte eine Stimme unter ihm. Er blickte zu Mira hinab und bedeutete ihr mit Handzeichen, dass sie verschwinden solle. Das Mädchen schüttelte den Kopf. »Es hat keinen Zweck«, sagte sie. »Sie wissen, dass wir hier sind. Sie beobachten uns.«

Im gleichen Augenblick erklang ein schrilles Lachen und Serafisa erschien an einem der oberen Fenster. »Warum kommt ihr nicht durch das Tor?!«, rief sie hämisch.

»Meine Wachen geleiten euch gerne herein!« Ihre Stimme klang hallig und falsch, als werde sie von einem Tonband abgespielt.

Alabusch schaute sie an. Ihr weißes Haar glitzerte und umrahmte ihr blasses, bläulich schimmerndes Gesicht wie ein Bild. Sie sah aus wie ein Weihnachtsengel, schön und ohne Leben.

Der Vampir ließ sich fallen, sprang Mira vor die Füße und ergriff ihre Hand. Er zog sie mit sich, fort von dem Schloss, doch es war zu spät. Seltsame Gestalten näherten sich und umringten sie schweigend. Zuerst kamen die Wachen mit ihren Lanzen, deren Spitzen sie nun gegen Mira und Alabusch gerichtet hielten. Ihnen dicht auf den Fersen folgten Männer, bewaffnet bis an die Zähne. Doch während einige von ihnen altertümliche Schwerter, Degen, Dolche und schwere rostige Gewehre trugen, spielten die anderen mit modernen kleinen Pistolen oder ließen glänzende Taschenmesser auf- und zu- und wieder aufschnappen.

Beinahe alle Gesichter waren von tiefen Narben zerschnitten; einige der Männer trugen schmutzige Verbände um Kopf, Arme oder Beine. Niemand sprach ein Wort; die kalten Blicke schienen die Geschwister immer mehr einzukreisen. Und Alabusch wünschte sich in diesem Augenblick, er hätte Mira nie mitgenommen. Allein hätte er kämpfen können; gegen die finsteren Herren und gegen Serafisa. Aber er durfte Mira nicht gefährden.

Das schwere Tor ächzte, als es aufgeschoben wurde;

die Wachen drängten die Gefangenen vor sich her und bei jedem Schritt klirrten ihre Waffen.

Im ersten Saal des Schlosses hingen Spiegel in pompösen goldenen Rahmen, einige davon waren Zerrspiegel. Mira bemerkte, dass sie nur sich sah, wenn sie in die Spiegel blickte. Alabusch war nicht zu sehen.

Die zweite Halle war beinahe leer und die Schritte der Wachleute knallten über den Dielenboden. An der Wand stand ein einfacher Holzstuhl, vor dem zwei Scheinwerfer aufgebaut waren.

Sie überquerten einen Hof mit einem steinernen Springbrunnen, nur spritzte die Fontäne nicht in die Höhe, sondern das Wasser wurde eingesaugt. Mira betrachtete das Schauspiel fasziniert. Es kam ihr so vor, als würde sie einen rückwärts laufenden Film sehen.

Im dritten Saal schließlich saß Serafisa auf einem wie Fischschuppen glänzenden Thron. Kabel führten aus der Wand direkt in den Sessel der Herrscherin. An den Armlehnen befanden sich allerlei Schaltknöpfe.

»Willkommen«, sagte Serafisa und lächelte kalt. »Willkommen, liebe Feinde. Ich freue mich euch zu sehen. Denn ich sehe meine Feinde am liebsten so, wie ihr jetzt seid: als meine Gefangenen.«

Eine Welle herben Zitronendufts rollte durch den Raum und überschwemmte Miras Nase. Und noch etwas fiel ihr auf: der schwarze Stoff, auf dem Serafisa thronte, war kein Kissen, sondern Alabuschs Mantel! Das Mädchen musste sich beherrschen um nicht vor Wut zu schrei-

en. Diese Hexe raubte ihnen das einzige Mittel, das vermochte die Translinger zu heilen, nur um ihren Hintern damit zu wärmen?! Warum unternahm Alabusch nichts? Warum riss er sie nicht von ihrem Fischschuppenstuhl und hieb ihr seine Zähne in den Hals? Fürchtete er sich gar vor diesem Weib? Er stand da, ohne sich zu bewegen, seine Augen waren schmal, beinahe geschlossen, als ginge ihn das alles hier wenig an.

Auch Serafisa schien Alabuschs Gesichtsausdruck zu ärgern. Sie sprang von dem Thron und schüttelte den zerknautschten Mantel aus.

»Pech, dass du auf dein Eigentum so schlecht aufpasst«, sagte sie. »Pech und Torheit. Du bist ein Narr, Alabusch, ein Tölpel, der seine Macht verschüttet wie ein kleines Kind seine Milch.«

Alabusch reagierte nicht.

Serafisa schritt langsam auf sie zu. »Wisst ihr, was euch hier geschehen wird?« Die Frau wartete einen Moment, aber die Gefangenen gaben keinen Ton von sich. »Ich werde euch an meine Maschinen anschließen und sie werden eure Geschichten einsaugen. Keine Angst, es ist fast schmerzlos. Es sind die modernsten Geräte. Die Kabel werden an eure Schläfen angelegt, an euer Herz und euren Bauchnabel. Eine kleine Bewegung meines Fingers genügt. Niemand in der Welt der Menschen wird sich mehr an euch erinnern. Und die Bewohner des Sumpfes werden das wildeste, grausamste Tier zu ihrem König wählen. Dann fallen sie in Translingen ein und fressen, was noch übrig ist.« Sie hängte sich den schwarzen Mantel um ihre Schultern und ihr weißes Haar knisterte elektrisiert. »Die Geschichten, die ihr in euch tragt, reichen sicher für ein oder zwei passable Horrorfilme, vorausgesetzt, wir würzen sie ein wenig mit Blut, Verfolgungsjagden, Schießereien und allem, was uns heilig ist.« Serafisa lachte laut und die Umstehenden fielen in ihr Gelächter ein.

»Dann könnt ihr euch vor mir in den Staub werfen und um Gnade winseln, und wenn ich einen guten Tag habe, lasse ich eure Leichen in die Abteilung Drei, die Stadt der toten Helden, schaffen. Anderenfalls werde ich euch in etwas verwandeln, das weniger ist als der Staub vor meinen Füßen: in ein Wölkchen Nichts!« Die Herrscherin der Blauen umschritt ihre Gefangenen und blieb vor ihnen stehen. »Verrate mir das Geheimnis deines Mantels, Untoter!«, forderte sie. »Anderenfalls wirst du und dieses Gör dort« – sie warf Mira einen verächtlichen Blick zu – »anderenfalls werdet ihr Morgen ausgepustet wie Weihnachtskerzen.«

Alabusch rührte sich nicht; sein Mund blieb fest verschlossen. Serafisa trat plötzlich dicht an den Vampir heran und spuckte ihm ins Gesicht. Alabusch zuckte nicht einmal, seine Züge blieben unverändert; nur seine Lider hoben sich. Aber der Ausdruck seiner Augen war so gleichmütig wie zuvor.

»Abführen!«, schrie Serafisa und harte unnachgiebige Hände packten die Gefangenen.

Mira und Alabusch wurden in einen gläsernen kuppelförmigen Raum gebracht, in dem es nichts gab, abgesehen von einigen Schaltknöpfen, die mit Zahlen beschriftet waren. Die zwei Wachen mit den Plastiklanzen blieben bei ihnen, die anderen starrten von draußen zu ihnen hinein. Das Ding begann sich um seine Achse zu drehen und der größere der beiden Männer drückte seinen Daumen auf die Sieben. Der Fahrstuhl, oder was es war, fuhr nun ein Stück geradeaus, dann nach links; sie durchquerten den Garten mit dem Springbrunnen und schossen dann plötzlich in die Höhe. Als Mira den Kopf hob, erkannte sie das Auge einer winzigen Kamera.

Einen Augenblick hatte Mira die Vorstellung, dass sie mit einem Ufo in den Himmel abheben würden, doch der Lift hielt vor einer Tür, die mit einer großen blauen Sieben beschriftet war.

Einer der Wachen bedeutete ihnen mit einem Kopfnicken auszusteigen; der andere hielt die Spitze seiner Lanze an die Tür, worauf diese sich automatisch öffnete.

In dem fensterlosen Raum standen zwei Pritschen mit blauweiß karierter Bettwäsche, zwei unbequeme hölzerne Stühle und in der Nähe der Tür gab es ein Waschbecken. In den Wänden waren Fernseher installiert.

Die Wachen schoben die Gefangenen mit ihren Plastiklanzen in die Mitte des Raumes, dann gingen sie und die Tür schloss sich hinter ihnen. Beinahe sofort begann es auf den Bildschirmen zu flimmern. Auf dem ersten lief ein Trickfilm mit Robotermenschen, die Jagd auf Robotertiere machten, auf dem zweiten ein Kriegsfilm – unablässig fielen Bomben – auf dem dritten sprang ein brennender Mann aus einem brennenden Haus und auf dem vierten gab es scheinbar eine Störung, blauer Schnee rieselte auf der Scheibe. Der Ton war leise gestellt, die Geräusche klangen so, als kämen sie aus weiter Ferne.

Mira suchte nach Knöpfen und Steckern um die Geräte auszuschalten, aber sie fand nichts. Alabusch setzte sich stumm auf eines der Betten, schaute sich um und spielte dann gelangweilt mit seinen langen Fingern.

»Hast du verlernt zu sprechen?«, fragte Mira gereizt. »Oder magst du nicht mit mir sprechen, mit deiner Schwester, die an allem schuld ist?«

Alabusch verzog den Mund zu einem Lächeln. Einen Moment sah Mira etwas aufblitzen, das mit Zähnen wenig Ähnlichkeit hatte. Die Scherben!

Der Ton der Apparate wurde lauter, die Stimmen und Schreie überschnitten sich.

Mira lief in dem Gefängnis auf und ab. Sie vermied es, in die Fernseher zu blicken, aber aus den Augenwinkeln nahm sie wahr, dass die Bilder rückwärts liefen und dann wieder von vorne begannen. Es kam ihr vor, als schossen kleine blaue Pfeile auf sie zu, aber sie zwang sich ihre Füße zu betrachten. Schritt. Schritt. Schritt. Nur nicht vom Wege abkommen. Sie musste abwarten. Abwarten, was Alabusch im Schilde führte. Sicher wurden sie beobachtet. Die Kameras konnten überall sein. Es fiel ihr schwer, ihn nicht mit Fragen zu überschütten. Aber sie durfte keine Fehler mehr begehen.

Die blauen Pfeile schossen immer dichter; Mira spürte sie: Sie bohrten sich in ihre Stirn, in ihren Hals, in ihr Herz. Der Ton wurde nun ohrenbetäubend laut. Schüsse, Explosionen und Schreie schallten von Wand zu Wand. Mira hielt sich die Ohren zu und ließ sich fallen. Alabusch packte seine Schwester an der Schulter, aber sie entwandt sich ihm und krabbelte auf allen vieren herum. Unter dem Bett, auf dem Alabusch saß, blickte ihr ein gelbes Auge entgegen. Mira fuhr zurück: Es war das Sumpfkrokodil!

Sie stieß einen Schrei aus und Alabusch versuchte sie an sich zu ziehen. Das Mädchen machte sich steif. Sie fühlte, wie sie im Sumpf versank und sah das Krokodil auf sich zuschwimmen. Sie schmeckte das faulige Wasser und spuckte und schrie um Hilfe.

Alabusch reichte ihr seine Hand, wie er es im Moor getan hatte, und das Mädchen klammerte sich angstvoll an ihm fest. Stück für Stück zog er sie näher an sich heran. Noch einmal spürte er, wie damals, den eisernen Willen seine Schwester zu retten. Noch einmal strengte er all seine Kräfte an. Ihre Blicke trafen sich, da erkannte sie ihren Bruder und ihr Körper wurde leicht. Der Vampir nahm sie auf und trug sie in dem Zimmer umher. Miras Gesicht war blau angelaufen und aus ihrem Mund entwich blauer Dampf. Alabusch legte seine bewusstlose Schwester auf das Bett und kühlte ihr die Stirn mit seinen kalten Händen.

Sahen die Wachen, was hier vor sich ging? Würden sie Mira nun holen kommen, sie von ihm trennen?

Alabusch starrte die Tür an und – tatsächlich: die Klinke bewegte sich nach unten. Er sprang auf und stellte sich vor seine Schwester. So einfach sollten sie es nicht haben mit ihm!

Die Tür öffnete sich und Alabusch stieß mit einem weichen Wesen zusammen ...

»Adila!«, sagte Alabusch erfreut. Die kleine Fee kicherte aufgeregt, als sei das hier ein komisches, unterhaltsames Spiel. Der Vampir hielt Ausschau nach den Wachen, doch auf dem Korridor war niemand zu sehen.

»Ich habe den Kerlen einen Schlaftrunk verabreicht«, erklärte die Fee hastig und stolz. Sie flatterte mit den Flügeln, ohne zu fliegen.

Mira kam zu sich und lächelte schwach, als sie Adila erblickte. Einen Moment konnte sie sich nicht erinnern, wo sie war und wie sie hierher geraten war. Sie versuchte allein zu gehen, aber die Beine knickten ihr weg wie Streichhölzer und schließlich ließ sie sich von den beiden stützen.

Adila übernahm die Führung; sie schien sich halbwegs auszukennen. Der Flur war sehr lang und weiß und leer. Kein Bild hing an den Wänden und die Türen hatten keine Türklinken. Von diesem Gang gerieten sie in den nächsten, der ebenso öde wirkte. Und auch der dritte Korridor glich den ersten beiden. Nichts in diesem kalten Gebäude erinnerte an das romantische Äußere des Schlosses.

Sie versuchten rasch und geräuschlos voranzukommen, doch Miras Beine versagten noch immer ihren Dienst und manchmal hustete sie blaue Nebelfetzen. Den Fahrstuhl mieden sie, denn dort würde man sie zuerst entdecken und leicht gefangen nehmen können.

Adila berichtete kurz, dass sie Serafisa – nach dem Diebstahl des Mantels – bis in ihr Reich gefolgt sei und sie Tag und Nacht beobachtet habe. Adila war nicht umsonst bekannt für ihre Geschicklichkeit unter den Feen des Sumpfes. Zwar besaß sie kaum körperliche Kräfte, doch mit Hilfe ihrer magischen Fähigkeiten konnte sie, wenn es sein musste, Lasten heben, die so schwer waren, dass jeder Muskelprotz kapitulieren würde. Allein durch ihren Willen gelang es ihr, von einer Sekunde zur nächsten unsichtbar zu werden oder bis in die Wolken zu fliegen. Adila war sich sicher, dass Serafisa nichts von ihrer Anwesenheit bemerkt hatte.

»Was ist eigentlich passiert?«, fragte Mira nach einer Weile nachdenklich. Adila und Alabusch nickten einander erfreut zu, denn Mira hatte bisher kaum einen Ton von sich gegeben und wirkte bis zu dieser Frage vollkommen apathisch.

»Serafisa ist jedes Mittel recht sich der Erinnerungen, Ideen und Geschichten der Menschen zu bemächtigen. Ihr ganzes Imperium besteht aus solch geraubten Geschichten. Das Fernsehzimmer ist nur eines ihrer Waffen. Die Strahlen bewirken, dass du dich erinnerst und gleichzeitig, dass du vergisst. Je länger du ihnen ausgesetzt bist, umso intensiver und realer werden die Bilder in dir und umso fetter wird Serafisas Beute. Dies war auch der Grund, warum ich euch zu Hilfe eilen wollte.«

Alabusch nickte ernst zu Adilas Worten. »Kannst du dich an die Bilder erinnern, die du in dem Zimmer gesehen hast?«, fragte er Mira.

Das Mädchen schüttelte traurig den Kopf.

»Du musst es versuchen«, drängte Adila. »Noch ist es vielleicht nicht zu spät. Versuch dich zu entsinnen!«

Doch Mira zuckte nur mit den Achseln. »Es wird schon nicht so wichtig gewesen sein«, murrte sie. »Lasst uns doch erst mal von hier verschwinden.«

Sie mochte diese mitleidigen Blicke nicht, die jetzt auf ihr ruhten. Immerhin kannte sie noch ihren Namen, ihre Adresse und wusste, dass sieben mal sieben ... äh ... neunundvierzig ergab. Also war doch noch alles in Ordnung mit ihr?

Ein wenig trotzig machte sie sich von Alabusch und Adila los und lief ohne ihre Hilfe weiter. Nach ein paar tapsigen Schritten ließen die Beine sie nicht mehr im Stich.

»Schön«, sagte Adila, »ich fliege voraus und erkunde die Lage.« Sie verschwand noch während sie sprach und sogar Alabusch sah einen Moment verblüfft aus. Adila war im Land der Blauen eine sehr selbstständige Fee geworden. Sie benötigte seine Anweisungen nicht länger. Sie tat einfach, was sie für richtig hielt.

»Mira«, sagte Alabusch leise, während sie erneut durch einen trostlosen Flur wanderten, »erinnerst du dich an das schrecklichste Tier im Sumpf und erinnerst du dich daran, wer dich vor ihm gerettet hat?«

»Na sicher«, sagte das Mädchen verwundert. »Warum fragst du? Diese eklige Spinne, wie heißt sie gleich, Samanta ... die hatte mich schon in ihrem klebrigen Netz. Befreit hat mich ein kleines Chamäleon; es wollte mich aus dem Moor hinausführen ... und dann ...«

»Und dann ...?«

»Ich bin ihm gefolgt und zuerst ist es immer nur im Kreis gelaufen. Aber schließlich sind wir doch auf dem richtigen Kurs gesegelt. Das habe ich dir doch schon erzählt, oder?«

»Aber du bist mit mir nach Translingen zurückgekehrt.«

Mira stutzte. »Ja«, sagte sie. »Was mag aus dem Chamäleon geworden sein?«

Alabusch wich ihrem Blick aus. Seine Schwester schien nicht einmal zu merken, dass ihrem Gedächtnis ein Stück Vergangenheit fehlte. Sie vermisste nichts und irgendwie füllte sie die Lücken mit Halbwahrheiten aus. Sollte er ihr von dem Krokodil erzählen? Davon, dass es sie gefressen hätte, wäre er ihr nicht zu Hilfe gekommen? Sollte er ihr sagen, dass ihr Gesicht einen bläulichen Schimmer trug?

Adila, die so abrupt auftauchte, wie sie verschwunden war, setzte seinen Überlegungen ein vorläufiges Ende.

»Sie erwarten euch schon!«, berichtete sie aufgeregt. »Sie lauern auf euch auf dem Hof des verkehrten Brunnens!«

»Ist Serafisa dabei?«, fragte Alabusch ruhig.

Die Fee nickte atemlos.

»Hat sie den Mantel?«

»Ja«, antwortete Adila. »Sie ... trägt ihn. Und manchmal ...«

»Sie benutzt ihn als Sitzkissen um mich zu demütigen«, stellte Alabusch sachlich fest.

»Ja.«

»Kann sie uns jetzt sehen?«

»Serafisa kann alle und alles in ihrem Reich sehen, denn es gibt unzählige winzige Kameras. In jeder Lampe, in jedem Spiegel, in jeder Uhr, in jedem Stuhl, in jedem Tisch, ja sogar in Fußböden und Wänden sind sie versteckt. Es gibt eine riesige Halle mit unzähligen Fernsehern; von dort kann sie ihr gesamtes Reich überwachen. Doch auch Serafisa hat nur zwei Augen und ihre Wachen sind nicht so zuverlässig, wie sie glaubt. Wer hat schon Lust in einen Fernseher zu starren, in dem eine Oma ihren Pudel Gassi führt oder Kinder schlafen oder ein Beamter auf seinem Computer herumtippt. In der Stadt der toten Helden ist das Leben nun auch nicht gerade abwechslungsreich. Es gibt viel Alltägliches auf den Bildschirmen, so dass die Wachen nicht selten einnicken und das wenige Wichtige verpassen.«

»Na schön, aber, weiß sie, was wir *jetzt* gerade machen?«

»Sie weiß, dass ihr auf dem Weg zu ihr seid, denn alle Korridore, alle Gänge und Treppen, alle Fahrstühle führen zu dem Platz mit dem Brunnen, der Wasser einsaugt.«

Mira beobachtete die beiden missmutig. Wozu das Geschwafel? War denn Serafisa unbesiegbar? Wohl kaum. Alabusch war ein Vampir und Adila eine Fee. Was konnte ihnen passieren? Und in Translingen wütete die blaue Krankheit. Wenn sie die Stadt befreien wollten, mussten sie Serafisa töten. Es gab keinen anderen Weg. Mira beschleunigte ihre Schritte.

»Mira!«, rief Adila erstaunt. Das Mädchen wandte sich nicht um und lief noch schneller. Alabusch und Adila blieb nichts anderes übrig als hinterherzulaufen.

»Ihr braucht euch um mich nicht zu sorgen!«, schrie das Mädchen. »Ich kann auf mich selbst aufpassen.« Noch einmal steigerte sie ihr Tempo und in dem kahlen Korridor hallten ihre Schritte. Die kleine Fee berührte warnend ihre Schulter; sie schwebte neben ihr her, dann wurde sie unsichtbar.

Wie ein durchgegangenes Pferd stürmte Mira auf den Brunnenplatz.

Serafisa erhob sich überrascht von ihrem Thron, den die Wachen eigens für sie hergeschafft hatten, und starrte dem auf sie zurasenden Kind entgegen.

Mira rannte, als gäbe es kein Hindernis, keine Frau, die sie mit vor Hass funkelnden Augen anblickte. Sie stieß gegen Serafisa und ehe sich die Wachen versahen, fielen beide um.

Mira rangelte wie eine Wildkatze mit ihrer Feindin. Und gerade als die Wachen sich einmischen wollten, sahen sie den schwarzen Mantel über ihren Köpfen fliegen.

Verwirrt liefen sie hin und her; einige sprangen hoch und versuchten, den Mantel zu erreichen, andere beugten sich zu Serafisa, um Anweisungen von ihr zu empfangen. Doch die blaue Frau hatte keine Zeit; sie kämpfte mit einem wild gewordenen Kind, das ihr gerade weiße Haarbüschel vom Kopf riss. Sie heulte schrecklich vor Wut, so dass manchem nichts Besseres einfiel, als sich die Ohren zuzuhalten.

Erst als Serafisa »Packt sie!« schrie, stürzten sich alle Männer auf das Mädchen. Das gab ein solches Gewühl, dass Serafisa unter ihren eigenen Leuten begraben wurde, Mira aber zwischen den vielen Beinen entwischen konnte.

Alabusch wirkte in seinem Mantel wie ein großer schwarzer Vogel. Er umfasste Mira, so dass der schwarze Stoff über sie fiel, und stieg mit ihr in die Lüfte. Adila flatterte neben ihnen. Vergeblich warfen die Wachen ihre Lanzen, richteten sie Armbrust oder Pfeil und Bogen auf die Fliehenden, vergeblich schossen die Männer mit den blutverschmierten Hemden ihre Revolver auf sie ab. Der Mantel schützte die drei.

Die Stadt der toten Helden wurde immer kleiner und zuletzt sah das Schloss aus wie eine Nussschale.

23. Kapitel
Über die Grenze

Ein rauer kalter Wind wehte an der Grenze der Stadt. Doch die blauen Strahlen fuhren durch ihn hindurch, als wollten sie sogar den Wind daran hindern, auf die andere Seite zu gelangen.

Alabusch, Mira und Adila bestaunten das wunderliche Schauspiel: Die blaue Mauer erstreckte sich bis in den Himmel und die Strahlen waren so dicht, dass sie keinen Durchschlupf ließen. Hunderte, ja tausende von ihnen sausten wie gefrorene Pfeile durch die Nacht und Mira fürchtete einen Moment, dass sie plötzlich ihre Richtung ändern und direkt auf sie zufliegen könnten. Adila hatte sich in die Höhe gewagt um festzustellen, wo die Mauer aufhörte. Doch so hoch sie auch flog, es war kein Ende in Sicht.

Eine karge baumlose Landschaft umgab sie; unter ihren Füßen knirschte Geröll, das so schwarz wie Kohle war. Und obwohl die Erde hier flach und gleichmäßig verlief, erinnerte ihr brauner Boden an die erkaltete Lava eines Vulkans. Kein Blatt zeigte sich, kein Vogel zwitscherte. Es schien, als hätten die Strahlen jedes Leben in dem grenznahen Gebiet zerstört.

Die Geschwister und die kleine Fee liefen schweigend an der flirrenden Wand entlang. Je näher sie ihr kamen, desto auffälliger wurde der chemische Geruch und die Kälte, die von den Strahlen ausgingen. Kein Wunder, dass hier keine Wachen standen, keine Waffe wirkte so abschreckend wie dieser Wall. Die drei hielten einen halben Meter Abstand; Mira trug den schwarzen Mantel; in ihrem Gesicht fand sich bloß noch eine Spur von Blau, die nur erkannte, wer sie genau ansah.

»Wir sollten es endlich hinter uns bringen«, knurrte sie. Mira lief nicht weiter und auch die anderen beiden blieben stehen, als hätten sie auf ein Zeichen des Mädchens gewartet.

Alabusch lächelte und reichte ihr die Scherbe. »Ich denke, du weißt, was zu tun ist«, sagte er.

Mira dachte an ihre Mutter, die irgendwo hinter dieser Grenze sein musste. Ihre Mutter, der Junge Franz und die vielen anderen Translinger, die von Serafisa verschleppt wurden. Bestand denn überhaupt die Hoffnung, dass sie noch lebten? Aber in der Stadt der toten Helden hatten sie keinen einzigen Translinger getroffen.

Langsam hob Mira die Scherbe und hielt sie gegen die blaue Wand. Sie schloss die Augen, riss sie wieder auf und schob einen Fuß vor. Alabusch und Adila klebten wie ein Schatten an ihr. Die Scherbe begann zu leuchten, Funken sprangen auf der glatten Fläche. Zuerst schien es, als reflektierte sie nur das Flirren und Flimmern vor ihnen, doch dann sah Mira, dass die Scheibe in allen Farben schillerte. Gelbe Kreise tanzten um rote Punkte, lila Linien schlängelten sich um grüne Sterne, schwarze Quadrate rahmten braune Dreiecke ein.

Und dann wichen die Strahlen, sie erloschen vor dem bunten Licht der Scherbe. Die gefrorenen Pfeile schienen zu schmelzen und die drei huschten durch die schmale Schneise. Kaum waren sie hindurchgelangt, schon schloss sich hinter ihnen die Mauer und die Strahlen rasten weiter.

Lange Zeit wanderten sie durch flaches Land. Die Strahlenmauer, die nun weit hinter ihnen lag, warf nur noch einen matten bläulichen Schein. Der Boden war braun und trocken. Staub setzte sich auf ihre Schuhspitzen; die Haut ihrer Gesichter und Hände wurde spröde und ihre Zungen rau. Völlige Windstille wechselte mit kräftigen Sturmböen und in ihren Ohrmuscheln sammelte sich ein feiner Sand. Mira klagte über Hunger und Durst und so machte sich Adila auf, die Gegend zu erkunden und nach Nahrungsmitteln zu suchen.

Abgesehen von dem schwächer werdenden Schimmer der Strahlen, gab es kein Licht. Kein Laut war zu hören außer ihren Schritten; kein lebendes Wesen weit und breit. Noch nie hatte Mira einen solch leeren einsamen Landstrich durchquert. Und ausgerechnet hier wollte sie ihre Mutter finden?

Doch gerade, als diese Frage in ihr auftauchte, fiel ihr Blick auf einen kleinen bunten Fleck auf dem braungrauen Erdboden. Mira bückte sich und entdeckte zwischen zwei Steinen eine Pflanze. Die Blume war kaum zu erkennen, jedes Gänseblümchen hätte neben ihr wie ein Riese gewirkt. Ganz vorsichtig streichelte Mira mit den Fingerspitzen die winzigen roten und gelben Blütenblätter. Sie dachte an den Garten zu Hause, an die Margeriten und Rosen, an Tulpen und Vergissmeinnicht. Wenn die Mutter sie zum Unkrautjäten mitnahm, fand Mira schon bald etwas, das sie mehr interessierte: Sie sammelte Schnecken und ließ sie um die Wette laufen; Sie fütterte die Kaninchen oder spazierte auf der Mauer herum, hinter der der Nachbarhof begann. Die Blumen ihrer Mutter hatte sie nie sonderlich beachtet. Und nun hockte sie vor diesem Minigewächs, als wäre es eines der Weltwunder!

Es hatte auch Schnittlauch in dem Garten gegeben; Schnittlauch und Petersilie und einen Birnenbaum. So süß schmeckten die Früchte! Miras Magen knurrte wie ein wildes Tier und einen Moment spürte sie den Saft über ihr Kinn rinnen.

Alabusch stand ein paar Meter von ihr entfernt und starrte in die Ferne; er schien auf sie zu warten, doch offenbar wollte er sie nicht stören.

Mira erhob sich langsam; es fiel ihr schwer, sich von dem Pflänzchen zu trennen.

»Sag mir doch, wo meine Mama ist«, flüsterte sie. Mira lauschte einen Moment, als hoffte sie wirklich auf eine Antwort, dann lief sie Alabusch nach. Der Bruder musterte sie mit einem schnellen Blick. Er nahm ihre Hand und drückte sie einen Moment. Mit großen Schritten liefen sie über das Geröll; Mira nahm drei Steine auf, als sei sie eine Urlauberin am Meer. Die Brocken waren kantig und kalt, doch das Mädchen hielt sie fest, als seien sie etwas Besonderes.

Als Adila zurückkehrte, winkte sie ihnen schon von weitem zu. Sie schwenkte Arme und Beine und flatterte hektisch mit den Flügeln. Sie sah aus wie ein großer weißer Schmetterling, der am Himmel Rock'n Roll tanzte.

Ganz außer Atem plumpste die kleine Fee vor Miras Füße. Sie hielt etwas an ihren Körper gepresst, das von ihrem Gewand verdeckt wurde. Aber Mira konnte es riechen: Brot! Es duftete nach ofenfrischem Brot!

»Ich habe sie gefunden«, berichtete die Fee und rang nach Luft,»... gar nicht weit ... Eine Stadt! Häuser ...« Adila reichte Mira den Laib, der noch ganz warm war.

24. Kapitel:

Die blaue Stadt

Die Häuser sahen alle gleich aus: zweistöckig und blau gestrichen. Überall roch es nach frischer Farbe. Manche Blauhäutigen standen auf wackligen Leitern vor ihren Reihenhäusern und pinselten ein neues Blau über das alte. Sie schienen eifrig bei der Sache und kümmerten sich nicht um die Farbspritzer, die nach allen Seiten flogen. Auch die Türen, Fensterläden und Regenrinnen blieben von der Einheitstönung nicht verschont.

Adila, Mira und Alabusch wurden kurz, aber höflich gegrüßt, wenn sie jemandem begegneten. Einmal überreichte ihnen eine Alte wortlos ein Krug mit frischem Wasser und Mira und Adila nippten daran.

»Warum streicht ihr all eure Häuser blau?«, fragte Mira.

»Es ist Gesetz«, lautete die gleichmütige Antwort.

Die Frau blickte Mira nicht an, als sie den Krug aus ihren Händen zurücknahm. Sie wandte sich ab und schlurfte auf eine veilchenfarbene Tür zu.

Erst jetzt nahm Mira ein Kind wahr, das auf der Bordsteinkante hockte und mit kleinen Steinen spielte. Das Kind hatte blonde Locken und Pausbacken; es musste etwa vier Jahre alt sein.

»Wie heißt du?«, fragte Mira.

Der Junge hob den Kopf und seine Lippen stülpten sich verärgert vor, als wolle er auf keinen Fall eine Antwort geben. Mira hockte sich zu ihm und wiederholte ihre Frage. Sie legte die drei schwarzen Geröllbrocken zu seinen Füßen. In ihrer Hand waren sie beinahe warm geworden.

»Ich weiß nicht«, gab das Kind mürrisch zurück. Es sammelte seine Steinchen ein, zögerte, nahm dann auch die fremden Klumpen, sprang auf und lief ins Haus. Einen Moment konnte Mira einen Blick durch den Flur in die Wohnung werfen: Der Teil, den sie sehen konnte, schien einfach eingerichtet, zwei Stühle, ein Tisch, ein Sofa. Schwere Rahmen hingen an der Wand, aber es fehlten die

Bilder in ihnen. Ein Fernsehgerät flimmerte und der Junge hockte sich davor.

Dann tauchte das Gesicht der Großmutter auf, die Warzen unter ihrer Lippe glänzten wie Blaubeeren im Morgentau. Sie winkte flüchtig und ließ die Tür ins Schloss fallen.

Mira betrachtete sich in einem Schaufenster: Sie sah mager aus, blass, die Haare flatterten strähnig um ihren Kopf und unter ihren Augen lagen Schatten. Neben ihr stand Alabusch, doch die Glasfläche schien ihn zu ignorieren; auch Adila, die jetzt zu ihnen schwebte, hatte kein Spiegelbild. Alle drei starrten nun in den Laden, auf Schweinsköpfe und Haxen, auf rohe in einer Blutlache schwimmende Leber, auf sorgfältig nach Größe sortierte Zungen. Alabusch stöhnte leise und Mira fiel ein, dass er tagelang nichts zu sich genommen hatte.

»Ich gehe hinein«, sagte sie leise.

»Ich begleite dich«, meinte Adila fröhlich.

Alabusch schluckte und konnte kein Wort herausbringen.

Als sie das Geschäft betraten, läutete eine Glocke, die so traurig klang, als hätte sie einst einer Kuh gehört, die nun zerstückelt in den Regalen lag. Fliegen surrten um die von der Decke herabhängenden Keulen und es roch nach süßem Blut. Adila begutachtete ein Dutzend in einer braunen Soße eingelegte Schwänze. In einer Ecke des Ladens brodelte ein Topf mit Suppe, und als Mira genauer hinblickte, erkannte sie in dem Gefäß Augäpfel, die einen makaberen Tanz aufführten. Der Mann, der das Gebräu mit einem langen Holzlöffel umrührte, stellte die Flamme kleiner und wandte sich ihnen zu.

Er reckte beflissen das Kinn vor, ohne ein Wort an sie zu richten. Mira überlegte nervös, welche dieser Tierleichenteile nun am meisten Blut enthalten mochten und schaute Hilfe suchend Adila an. Die kleine Fee schien nur darauf gewartet zu haben. Mit ihren dünnen Fingern deutete sie auf den Bottich mit den hopsenden Augen.

»Was kochen Sie dort Feines, mein Herr?«

»Blutsuppe mit Beilage«, antwortete der Mann, ohne auf die Freundlichkeit der Fee einzugehen.

»Schön. Wir hätten gern drei Liter.«

»Dickflüssig oder verdünnt?« Der Mann griff nach einer riesigen Schöpfkelle und stellte einen Eimer bereit.

»So dick wie möglich«, sagte Adila fröhlich.

Der Mann führte den Auftrag aus und Mira senkte den Blick auf ihre Schuhspitzen.

Adila bestellte dann noch ein Kilo von der rohen Leber und ein Pfund in Gallensoße eingelegte Ochsenschwänze.

Mira suchte nach etwas, wo sie sich festhalten konnte, aber die mit Schmutz und Blut besudelte Vitrine mochte sie nicht anfassen.

»Womit möchten Sie zahlen?«, fragte der Mann.

Zahlen? Ach, du lieber Gott. Daran hatte sie überhaupt nicht gedacht.

»Wir haben leider kein Geld«, brachte Mira mühsam hervor.

Der Blauhäutige betrachtete sie, als verstünde er nicht, wovon sie rede.

»Hier bezahlt man nicht mit Geld«, erklärte Adila ruhig.

»Womit …?« Mira starrte erschrocken auf das lange blutverklebte Messer, das im Gürtel des Verkäufers steckte.

»Ein Lied wäre mir angenehm«, sagte der Mann erschreckend sanft. »Ein Kinderlied … Kennen Sie noch ein Kinderlied?«

»Ein Kinder…«

»Ja.«

Mira nickte folgsam. »Und ein Einziges genügt Ihnen?«

»Wenn Sie den Text noch wissen und nicht nur La La singen, dann genügt ein Einziges«, erklärte der Verkäufer geduldig.

Mira räusperte sich. Das erste Lied, das ihr einfiel, war ›Hänschen klein‹. Sie sang es dem Mann vor und bemühte sich, ihre Stimme weich und harmonisch klingen zu lassen, als singe sie nicht für einen Erwachsenen, sondern für den hübschen Vierjährigen, der am Rand der Straße gehockt hatte. Der Verkäufer schloss die Augen und wiegte seinen bulligen Körper hin und her und erst einige Sekunden, nachdem Mira verstummt war, hob er die Lider und warf einen Blick auf den Kessel, aus dem gerade etwas von dem dickflüssigen Inhalt schwappte. Wortlos griff er nach dem besenstiellangen Holzlöffel und begann eifrig zu rühren.

Die drei Gefährten liefen eine Straße hinab, die sauber und ordentlich aussah, und bogen in eine enge Gasse ein. Adila rührte die Suppe um und öffnete das Paket mit der Leber.

Mira sprang auf. »Ich warte lieber auf euch. Sagen wir ... auf dem Marktplatz? Es macht euch doch nichts aus?« Sie sah ganz bleich aus, blasser sogar als Alabusch, der ja fast so weiß wie ein Schneemann war. Ohne eine Antwort abzuwarten, lief sie davon. Alabusch und Adila hätten ihr ohnehin jetzt schlecht antworten können. Beide kauten und schlürften bereits mit Hingabe.

Mira irrte in den gleich aussehenden Straßen umher, zwischen blauen Häusern und teilnahmslos wirkenden blauhäutigen Menschen. Sogar die Wäsche auf den Leinen flatterte in der Farbe der Kornblumen vor sich hin.

Die Häuser am Marktplatz sahen nicht ganz so adrett aus wie die anderen. Von mancher Wand blätterte etwas Farbe und die Straße war nicht eben und glatt, sondern holprig.

Eine Tür stand weit auf und an der Wand lehnte eine Tafel. *Gafé und Guchen* las Mira. Erfreut eilte sie durch den Eingang und tatsächlich wehte ihr ein süßer Duft entgegen. Auf den Tischen lagen gebügelte blaue Tischdecken; die Stühle sahen bequem und einladend aus und doch saß kein Gast auf ihnen. Eine freundlich lächelnde rundliche Frau watschelte breitbeinig auf Mira zu und rückte ihr einen Stuhl zurecht.

»Gafé? Guchen?«, fragte sie.

Das Mädchen nickte.

»Zwei Stüge Guchen?«

»Ja, gern«, antwortete Mira, so brav sie konnte. Die Frau nickte und rieb sich die Hände. Sie verschwand hinter einem Samtvorhang und Mira hörte Geschirr klappern. Das Gesicht der Frau kam ihr irgendwie bekannt vor. Die Lachfältchen um Augen und Mund erinnerten sie an jemanden. Doch an wen?

Das Mädchen musste nicht lange warten. Mit einer leichten Verbeugung stellte die Frau eine Tasse und ein kleines Kännchen auf Miras Tisch, dann verschwand sie wieder und brachte zwei noch warme Stück Kuchen.

»Danke«, sagte Mira gerührt. Die Frau schenkte ihr das Getränk ein und das Mädchen sah, dass es rot und durchsichtig war. Vielleicht trank man Kaffee ja hier so? Das Mädchen schnupperte vorsichtig. Es roch nach Tee, Früchtetee, vielleicht Hagebutte.

»Alles in Ordnung?«, fragte die Frau besorgt.

Mira beeilte sich, zu nicken. »Alles bestens«, sagte sie.

Der Kuchen duftete so verführerisch, dass sie sich nicht länger beherrschen konnte. Sie biss ein großes Stück ab und es schmeckte so köstlich, wie es aussah. Zu ihrer Verwunderung entdeckte Mira Stückchen von Gurken und Mohrrüben in dem Gebäck.

»Das Rezept müssen Sie mir verraten«, nuschelte sie mit vollem Mund. Die Frau schaute zufrieden zu, wie Mira alles gierig verspeiste.

»Ganz einfaches Rezept«, sagte sie. »Herbstblätterteig und Gemüse. Zuger. Fertig.«

Mira nickte, obwohl sie nicht ganz verstand, was die Frau mit Herbstblätterteig meinte. Sie kannte nur den mit Äpfeln oder Pflaumenmus gefüllten Blätterteigkuchen, den ihre Mutter sonntags manchmal zubereitete, und der hatte mit richtigen Blättern nichts zu tun. Die Frau schien ihre Gedanken zu erraten; sie huschte hinter ihren Vorhang und kehrte mit einer Schüssel trockener brauner Blätter zurück. »Sehr gute Herbstblätter«, sagte sie, »du gannst probieren ...« Das Mädchen schüttelte den Kopf und klopfte auf ihren Bauch. »Danke. Ich bin satt.«

»Gut und gnusprig«, sagte die Frau.

Mira lehnte nochmals höflich ab. Sie schlürfte ihren Hagebuttenkaffee, der angenehm nach Karamel schmeckte. »Warum sind hier so wenig Gäste?«, fragte sie.

Die Frau seufzte laut. »Die Leute gönnen nicht bezahlen«, sagte sie. »Sie wissen nicht, womit. Sie haben alles vergessen. Nichts fällt ihnen ein. Und die gnädige Frau Serafisa sagt, das Logal ist unnütz. Menschen brauchen nur Fernseher. Brauchen gein Gafé und gein Guchen.«

Tränen stiegen in ihre Augen und Mira sagte schnell: »Aber dein Kuchen ist wunderbar!« Und nach einer Weile fragte sie kleinlaut: »Womit kann ich denn bezahlen?«

»Siehst du«, sagte die Frau, »siehst du, dir fällt auch nichts ein.« Weinend räumte sie das Geschirr ab. Das Mädchen dachte nach und wartete, dass sich die Frau wieder zeigte. Doch der Vorhang regte sich nicht.

»Ich möchte zahlen!«, rief Mira schließlich.

Die Frau erschien augenblicklich mit einem ungläubigen Lächeln, das ihre Lippen von einem Ohr zum anderen zog. Sie reichte Mira ein leeres Stück Papier. »Die Rechnung«, sagte sie stolz.

»Ich brauche einen Stift«, sagte das Mädchen.

Einen Moment sah die Frau verdutzt drein, dann kramte sie aus ihrer Schürzentasche ein Stück blaue Kreide.

Mira schrieb ein großes K auf das Papier. »Ich zahle mit dem Buchstaben K«, erklärte sie. »Kaffee, Kuchen, Käse, Krümel, Kastanie, Klapperschlange, Katze, Kannibale, Kolibri, Kilimandscharo, Kofferradio, Klimaanlage, Kohle, Kreide, König, Krapfen, Kuss, Krokodil.«

Die Frau hielt den Kopf schräg, als könne sie so besser erkennen, was das Mädchen auf den Zettel geschrieben hatte. Mira musste plötzlich an die Pizzeria in Translingen denken. Jeden Montag Abend war sie mit ihren Eltern Pizza essen gegangen. Viktoria servierte eine besonders leckere vegetarische Calzone, die geraspelte Mohrrüben und Gurkenstückchen enthielt, und der Tee, den sie kochte, schmeckte lieblich nach Karamelzucker ...

»Gaffee, Guchen, Grümel ... Glapperschlange ... Grogodil ...«, murmelte die Frau.

Mira schüttelte den Kopf und biss sich auf die Unterlippe um nicht zu lachen. »Kkkkkkaffee«, sagte sie. »Ka. Der Buchstabe heißt Ka, Viktoria.«

»Ga«, sagte die Frau. Ein paar Mal versuchte sie den

Laut richtig aus der Kehle zu stoßen und ihr Gesicht wurde rot vor Anstrengung. »Ich erinnere mich nicht«, gab sie schließlich zu. »Ich erinnere mich nicht an einen solchen Buchstaben.« Es klang so, als könne sie es selbst nicht glauben. Sie begann das Alphabet aufzusagen, doch nach dem J folgte aus ihrem Mund ein L.

»Versuchen Sie sich zu erinnern«, sagte Mira. Sie wünschte plötzlich, sie hätte mit etwas anderem bezahlt, einem Lied oder der Zeile aus einem Gedicht.

Die Frau brachte nun die seltsamsten Laute hervor; sie gurrte wie eine Taube; sie keuchte, als wäre ihr etwas im Halse stecken geblieben, und sie gurgelte, als wolle sie ihren Rachen ausspülen. Dann brach sie plötzlich ab und schaute Mira groß an. »Und wer, mein Gind, ist Vigtoria?«, fragte sie.

»Eine Pizzabäckerin«, antwortete Mira. Das Mädchen erzählte von Translingen, wie sie die Stadt gekannt hatte, bevor die blaue Krankheit alles veränderte und zunichte machte.

»Ich lebe in der blauen Stadt, seit ich dengen gann«, sagte die Frau. »Ja, ich wusste nicht einmal, dass es noch andere Orte gibt.«

»Könnte es sein, dass Sie es nur vergessen haben?«, fragte Mira schnell. Doch da schrillte ein greller Pfeifton und setzte ihrem Gespräch ein jähes Ende.

Die Frau erhob sich und eilte, ohne sich von Mira zu verabschieden oder auch nur zu winken, aus dem Café. Das Mädchen sprang auf und folgte ihr. Auch die anderen

Blauhäutigen strömten aus ihren Häusern und alle liefen in die gleiche Richtung. Mira versuchte die Frau einzuholen, doch es waren so viele Menschen unterwegs, dass sich keine Lücke ergab, durch die sie hätte schlüpfen können. Sogar die eifrigsten Maler ließen ihre Leitern und Farbtöpfe stehen. Schulter an Schulter marschierten die Bewohner der Stadt dem unangenehmen Fiepen nach. Ein kleines Kind weinte und wurde auf den Arm genommen. Sonst herrschte Schweigen in dem Zug.

Mira schaute sich nach dem Vampir und der Fee um, aber sie konnte sie nirgends entdecken. Hielten sie irgendwo ein Verdauungsschläfchen? Oder suchten sie auf dem Marktplatz nach ihr? Vielleicht auch war Alabusch das Tierblut nicht bekommen und er quälte sich in einer dunklen Ecke mit Magenkrämpfen herum?

Das Pfeifen wurde immer lauter und aufdringlicher. Sie näherten sich der Stadtmauer, hinter der das öde Grenzland begann. Dann stoppte der Zug und alle starrten in eine Richtung. Mira glaubte ihren Augen nicht zu trauen. Aus der Mauer wuchs ein Fernseher, ein Apparat doppelt so breit und dreimal so hoch wie eine Kinoleinwand.

Blaue Strahlen tanzten auf dem Bildschirm; sie setzten sich zu Sternen zusammen, explodierten und wirbelten wie irre Vogelschwärme umher. Dann erschien das Gesicht der Serafisa. Durch die Menge ging ein ehrfurchtsvolles Raunen.

»Ich grüße dich, Volk der Blauhäutigen!«, rief Serafisa, als spräche sie mit einer Person. »Ich grüße mein Volk!«

»Schönheit und Macht seien mit dir, Königin Serafisa!«, riefen die Leute.

Die Herrscherin war nun in ihrer ganzen Gestalt zu sehen. Sie trug ein dunkelblaues Kostüm, das weit geschnitten war. Sie bewegte sich langsam und stolz, ein Strahlenkegel gab ihrem Gesicht etwas Magisches und sogar Mira konnte sich dem nicht ganz entziehen.

»Macht und Schönheit sind bei mir, dank euch!«, sprach Serafisa. Die Einwohner lächelten zufrieden. Mira spürte eine Gänsehaut auf ihrem Rücken wachsen. Waren dies die Gefangenen, die sie befreien wollten? Stand ihre Mutter jetzt irgendwo hier und betete dieses Weibsbild an? Hatten die Translinger unter den Blauen ihre Heimatstadt, hatten sie ihre Freunde, Kinder, Enkelkinder und Nachbarn vergessen?

Wenn dem so war, dann sollten Alabusch, Adila und Mira lieber so schnell wie möglich zurückkehren und in Translingen retten, was es noch zu retten gab.

Doch Mira schenkte ihren eigenen Gedanken keinen Glauben und auch ihr Herz sprach eine andere, empörte Sprache. Ohne es zu wissen, ballte sie ihre Hände zu Fäusten.

»Volk, hört meine Fragen«, rief Serafisa laut und ihre Stimme hallte, als würde sie in eine Schlucht sprechen. »Welche Farbe hat der Himmel?«

»Blau!«, antworteten die Frauen, Männer und Kinder.

»Wie streicht ihr eure Häuser?«

»Blau!«, schrien alle wie aus einem Mund.

»Und nennt mir die Hautfarbe des erhabensten Volkes!«, forderte Serafisa und ihre Augen funkelten.

»Blau! Blau! Blau!«

Serafisa schwieg einen Moment, dann fragte sie leise: »Sagt mir, wie sieht die Milch aus, mit der ihr eure Babys nährt?«

»Blau!«, riefen die Mütter begeistert.

»Beschreibt mir die Augen eurer lieben Kleinen!«, verlangte Serafisa.

»Veilchenblau!«, »Himmelblau!«, »Kornblumenblau!«, schrien die stolzen Väter.

»Und die Gedanken?«, fragte Serafisa weiter. »In welcher Farbe erblühen eure Gedanken?«

»Blau«, lautete erneut die Antwort. Doch Mira glaubte ein leises Zögern wahrzunehmen. Wie konnten Gedanken blau sein? Kicherte da nicht jemand? Mira blickte um sich, aber die Leute schauten starr und unbewegt auf den Bildschirm.

Plötzlich sah Mira ein Gesicht, das sie kannte: ein junges schmales Gesicht. Es war Franz! Franz Martschenko! War er nicht das erste Opfer in Translingen gewesen? Und nun stand er nur wenige Meter von ihr entfernt! Mira starrte ihn an, bis er den Kopf zu ihr wandte. Aber seine Miene blieb gleichgültig. Er erkannte sie nicht. Trotzdem nickte sie ihm freundlich zu und versuchte sich zu ihm durchzudrängen. Doch niemand rückte auch nur ein halbes Schrittchen zur Seite, selbst dann nicht, als sie leise darum bat.

Im Fernsehen tanzten nun blaue Schneeflocken, doch das Publikum wartete geduldig auf die Fortsetzung des Spektakels. Werbefilmchen begannen über die Leinwand zu flimmern: eine gesichtslose Stimme warb für einen automatisch schließenden Gürtel, elektrische Kämme und eine neue Sorte Äpfel. »Kauft Leute, kauft jetzt! Gute Ware zum halben Preis! Gebt eure lästigen, unliebsamen Erinnerungen her für Schönheit und den edelsten Kunststoffapfel, der je auf eurem Fernseher gelegen hat!«

Die Stadtbewohner jedoch traten nun von einem Fuß auf den anderen. Die Kinder wurden unruhig und begannen durch die Beine der Erwachsenen zu krabbeln. Männer gähnten und Frauen fuhren sich gereizt durchs Haar.

»Was für unliebsame Erinnerungen?«, spottete eine Frau neben Mira. »Ich erinnere mich an keine Erinnerung mehr.«

Unvermittelt erschien Serafisa wieder und ihr Gesicht füllte den gesamten Bildschirm aus. »Hört nun, mein Volk, die schlechte Nachricht des Tages!«

Augenblicklich wurde es still; ein Mann, der erkältet schien, presste ein dickes Tuch vor den Mund um seinen Husten zu ersticken. Auch Mira hielt den Atem an.

»Feinde sind in eure Stadt eingedrungen!«

Die Leute stöhnten, einige kurze erbitterte Flüche schallten durch die Menge. Mira fühlte ihre Beine weich werden.

»Es sind Dämonen, die eure Stadt vernichten wollen!«

Ein Bild wurde eingeblendet, eine Zeichnung, die Alabusch darstellen sollte. Die Zähne waren noch länger gemalt, als sie eigentlich waren; seine Augen glotzten unheimlich und böse. Dann folgte ein Foto von einem Mädchen. Mira brauchte eine Weile, ehe sie sich selbst erkannte. Sie ging in Lumpen und ihr Gesicht war schmutzbesprenkelt. Auch ihr Haar klebte wenig ansehnlich um ihren Kopf. Zuletzt folgte eine Zeichnung, die ein mottenähnliches Wesen zeigte. Mira lachte, dann runzelte sie ärgerlich die Stirn. Das sollte Adila sein?! Wie gemein diese Bilder waren!

»Ihr werdet eure Feinde leicht erkennen!«, rief Serafisa. »Ihre Haut ist weiß. Sie sind hässlich und laufen in Lumpen herum. Ihr Anführer ist der Vampir Alabusch. Er ist ein Untoter, ein blutsaugendes Monster. Aber wir werden diese Bastarde nicht bei uns dulden. Wir werden sie fangen und töten!«

Zustimmendes Gebrüll wurde laut. »Schönheit und Macht seien mit dir, Königin Serafisa! Wir werden kämpfen und siegen!« Die Herrscherin hob beide Hände, aber die Männer schrien noch einige Male »Kämpfen und Siegen!«, ehe Stille einkehrte.

»Und nun schaut euch um«, sagte Serafisa leise. »Vielleicht sind sie mitten unter euch. Nehmt eure Feinde gefangen und werft sie in den Kerker!« Das Bild der Herrscherin erlosch und die Blicke wandten sich von der leeren Leindwand ab.

Mira hielt Ausschau nach einem Fluchtweg, doch es

war hoffnungslos. Eingekeilt stand sie in der Menge. Sie versuchte ihr Gesicht mit der Hand zu verdecken und sie wünschte sich in diesem Moment nichts sehnlicher als unsichtbar zu werden oder sich wenigstens wie ein Igel einrollen zu können. Dutzende Augenpaare richteten sich nun auf sie und als Mira den Blick hob, erkannte sie Franz und Viktoria unter den Umstehenden.

»Ich bin nicht euer Feind«, sagte Mira mutig. »Serafisa lügt. Ihr liegt nichts an euch. Nur ihre Macht ist ihr wichtig. Merkt ihr nicht, wie sie eure Erinnerungen raubt? Gegen sie müsst ihr kämpfen! Ihr müsst euch befreien, damit ihr zurückkehren könnt in eure Heimatstädte und Dörfer.«

»Was erdreistet du dich, unsere Königin zu besudeln. Du bist der Dämon!«, schrie eine Frau. Wütendes Gebrüll kam nun von allen Seiten. Franz drang vor und schrie mit sich überschlagener Stimme: »Diese Hexe hat mich schon die ganze Zeit angestarrt! Sie ist es, die uns verzaubern will!«

»Franz«, sagte Mira ruhig. »Weißt du nicht mehr, wer ich bin? Ich heiße Mira, Mira Ziegler. Du bist Franz Martschenko aus Translingen. Deine Mutter weint um dich. Sie vermisst dich so sehr, dass sie den Verstand verliert.«

Einen Moment schwieg der Junge verblüfft. Dann schüttelte er langsam seinen Kopf. »Ich bin Waise. Serafisa ist meine Mutter, denn sie ist die Mutter aller.«

»Das ist nicht wahr, Franz. Serafisa hat die blaue Krankheit nach Translingen geschleppt. Sie hat euch in ihr Reich entführt! Deine Eltern leben.«

Dem Jungen wich die Farbe aus dem Gesicht, so dass er beinahe bleich aussah. »Ich heiße nicht Franz«, sagte er. »Mein Name lautet Quirinus.«

Mira konnte sich ein Lächeln nicht verkneifen. »Unsere Königin nannte mich so«, fügte der Junge wütend hinzu.

»Wozu das Gelabre. Ergreift sie!«, rief es da aus der Menge. Mira versuchte sich zu ducken, doch zahlreiche Hände packten sie grob und rissen sie hoch.

»Wir haben einen hübschen modrigen Kerker für dich«, sagte ein pickliger Bursche, der neben Franz stand. »Du wirst niemanden mehr verhexen.«

»Wozu sollte ich dich verhexen?«, gab Mira giftig zurück. »Du bist doch schon hässlicher als ein Mülleimer.«

Der Kerl versetzte ihr einen Tritt gegen das Schienbein, doch keine Sekunde später jaulte er auf. Viktoria hatte ihn am Schopf gepackt und schüttelte ihn. »Untersteh dich, nach einem Mädchen zu treten! Geine Gewalt! Weibliche Gefangene werden von Frauen abgeführt! Also macht euch fort!«

Franz, der andere Junge und die Männer maulten und schüttelten die Köpfe, überließen jedoch der Bäckerin und einigen Frauen das Feld.

»Geine Angst«, flüsterte Viktoria. Laut sagte sie: »Los, du Hexe, vorwärts marsch!«

25. Kapitel

Neue Freundinnen

Böse Blicke und Pfiffe begleiteten sie auf ihrem Weg durch die Stadt. Die Frauen hatten Miras Hände gefesselt; doch lag das Band so locker, dass sie es ohne Mühe hätte abstreifen können. Viktoria ging an ihrer Seite; das Mädchen schnupperte den Geruch nach Karamel und Kuchen, den sie verströmte. Nach und nach löste sich die Ansammlung der Einwohner auf. Die Blauen gingen wieder in ihre Häuser, bestiegen ihre Leitern und ergriffen ihre Pinsel. Eine Schar Kinder hüpfte noch eine Weile um sie herum; ein zottliges Mädchen warf eine Hand voll kleiner Steine auf Mira. Viktoria drohte den Kindern, halb ernst, halb spaßig, mit dem Zeigefinger und lachend stoben sie auseinander.

Sie bogen in eine Gasse ein, die so eng war, dass sie nun wie Enten hintereinander gehen mussten. Von den Bewacherinnen waren nur noch drei übrig geblieben; die anderen hatten sich ohne viele Worte verabschiedet. Zwei Frauen liefen vor Mira und Viktoria ging hinter ihr.

Plötzlich sprang eine Tür auf und Viktoria schubste Mira in den Raum.

»Schnell, schnell«, flüsterte sie. Auch die anderen beiden Frauen huschten mit hinein und streiften der Gefangenen die Fessel ab. Viktoria nahm Mira an der Hand und zog sie mit sich. Sie wanderten über einen langen Korridor mit knarrenden Dielen durch eine große leere Küche, liefen eine Treppe hinauf und gelangten in eine kleine dunkle Wohnung. Die Möbel sahen alt und verschrammt aus, der Teppich hatte Löcher und das Muster der Tapete war so verblichen, dass es nicht mehr zu erkennen war.

»Hier gannst du dich erst einmal verstegen«, sagte Viktoria.

»In der Nacht, wenn die Dunkelheit uns schützt, bringen wir dich zu den Rebellen«, erklärte eine andere Frau. »Zeig dich nicht am Fenster, sei leise und vor allem, verlass die Wohnung nicht!«

»Ihr bringt euch in Gefahr«, murmelte Mira erschöpft. Sie ließ sich auf das Sofa nieder, das sogar unter ihrem Gewicht wie ein Schweinchen quiekte.

Viktoria tätschelte ihre Schulter. »Weißt du, ich habe dich erst für einen von Serafisas Spitzeln gehalten«, sagte sie. »Du hast so viele Fragen gestellt. Doch als du mir sagtest, dass ich Vigtoria heiße, gonnte ich mich undeutlich an diesen Namen erinnern …«

»Wir sind gekommen um euch zu helfen«, sagte Mira. Sie erzählte von Alabusch und Adila, von Translingen, der blauen Krankheit und von der Stadt der toten Helden. Obwohl sie versuchte, so knapp wie möglich zu berichten, nahm ihre Geschichte kein Ende und sie war sich nicht sicher, ob die Frauen ihr in allem folgen konnten.

»Nicht so viel reden«, unterbrach eine der Frauen sie schließlich. »Die Wände sind dünn.«

Die Frau rührte in einer Schale etwas hellblaue Farbe an. »Ich heiße Elgine«, sagte sie zu Mira. »Und ich werde dich jetzt ein wenig verschönern.« Sie tupfte dem Mädchen ihren Pinsel ins Gesicht; die Farbe war trocken wie Staub.

»Nenn mich Roda«, sagte die andere Frau, »meinen richtigen Namen weiß ich nicht mehr.« Sie reichte Mira ein blaues Baumwollkleid und flache blaue Schuhe. »Zieh das an, du Dämon«, sagte sie lächelnd.

Mira lief unruhig in der kleinen Wohnung umher. Einige Minuten verbrachte sie vor einem fleckigen alten Spiegel, betrachtete ihr blaues Gesicht und das fremde Kleid. »Darf ich vorstellen: Fräulein Ziegler.« Sie machte einen artigen Knicks, dann streckte sie ihrem Spiegelbild die Zunge heraus.

Sie goss die wenigen Pflanzen, die vor Trockenheit

schon vergilbten. Sie blätterte in dicken staubigen Büchern, ohne in ihnen zu lesen. Sie setzte sich schließlich in einen Schaukelstuhl, wippte hin und her und wartete auf die Dunkelheit. Als es schummrig wurde, zündete sie eine Kerze an; es gab keine Lampen in der Wohnung, ja kein einziges elektrisches Gerät.

Die Nacht kam und mit ihr erschienen Viktoria, Elgine und Roda.

»Sie suchen dich überall«, berichtete Elgine. »Serafisa wütet auf allen Fernsehbildschirmen der Stadt. Wir haben ihr erzählt, der Vampir habe dich befreit. Ich hoffe, sie hat es geglaubt. Sie droht jeden auszulöschen, der dir oder deinen Freunden hilft. Und sie verspricht jedem, der dich ergreift, eine Belohnung.«

»So?«, fragte Mira. »Was für eine Belohnung denn?«

»Nun, einen neuen Fernseher, einen automatisch schließenden Gürtel, einen elektrischen Kamm und einen blauen Kunststoffapfel.«

»Ist das alles?«, fragte Mira enttäuscht.

»Eine Belohnung ist eine Belohnung«, sagte Roda etwas unwirsch. Elgine nahm Miras Kinn zwischen Daumen und Zeigefinger und betrachtete das geschminkte Gesicht. Schnell griff sie nach dem Pinsel und strich noch einmal über Miras Wangen, Nase und Stirn. Roda half dem Mädchen in einen blauen Mantel mit großer Kapuze, und Viktoria brach aus einem Brotlaib ein Stück für sie ab.

»Ohne euch säße ich jetzt im Kittchen«, sagte Mira leise.

Von der Unruhe, die in der Stadt herrschen musste, war auf den nächtlichen Wegen nichts zu merken. In den Gassen begegnete ihnen niemand. Es war dunkel und still. Hin und wieder schimmerte aus einem der Fenster der Schein eines Fernsehapparates; die meiste Zeit jedoch war es so finster, dass Mira ihre Begleiterinnen nicht sehen konnte. Dennoch zog sie die Kapuze über den Kopf, die ihr Gesicht in einen schützenden Schatten hüllte. Sie hielt sich dicht an Viktoria und ihren süßen Geruch; in dieser warmen Wolke fühlte sie sich halbwegs sicher.

»Wo laufen wir eigentlich hin?«, fragte sie die Bäckerin.

Die Frau hielt warnend den Finger vor den Mund und erklärte leise, dass sich der Unterschlupf der Rebellen außerhalb der Stadt befinde.

Mira gab sich mit der Antwort zufrieden, obgleich es sie danach drängte, mehr über diese Aufständischen zu erfahren. Waren sie vor Serafisa nur geflohen oder wagten sie tatsächlich den Kampf gegen sie? Die Ungeduld ließ Mira schneller gehen, wobei sie Roda beinahe in die Hacken trat. Da spürte sie plötzlich eine kalte Berührung; eine eisige Hand fuhr in ihr Gesicht und nur, weil diese Hand ihr den Mund zuhielt, schrie Mira nicht in die Stille der Nacht hinein.

»Ich bin's«, raunte da ein Stimmchen und das Mädchen erkannte, wer es war: Adila.

»Hast du mir einen Schrecken eingejagt«, flüsterte Mira vorwurfsvoll.

»Keine hundert Meter von hier stehen Serafisas Wachen«, berichtete die Fee, die nun sichtbar wurde. »Die ganze Stadtmauer ist umstellt.«

Die Frauen betrachteten die kleine Elfe erstaunt. Sie berührten ihr spinnwebendünnes Haar und die Federn ihrer Flügel.

»Was machen wir jetzt?«, fragte Mira.

»Es gibt einen Weg«, antwortete Adila. »Ich habe mit den Mäusen und Ratten gesprochen. Sie führen uns.«

Im gleichen Augenblick sprangen die langschwänzigen Nager aus Kellerfenstern und Mauerrissen, als hätten sie nur auf ihr Stichwort gewartet. Adila begann seltsame piepsende Laute auszustoßen und die Tiere antworteten ihr alle auf einmal. Die Fee winkte beschwichtigend ab und deutete dann auf eine außergewöhnlich große Ratte. Das Tier richtete sich auf und quiekte, wobei seine Nagezähne golden glänzten. Adila hörte geduldig zu und nickte und schließlich strich sie der Ratte freundlich über den Kopf.

»Wir tauchen unter«, sagte sie zu Mira und den Frauen. »Es gibt viele Keller hier, die von Haus zu Haus miteinander verbunden sind. Alabusch wird die Wachen ablenken, verwirren und falsche Spuren legen. Ihr müsst sehr sehr leise sein. Wenn wir dort unten entdeckt werden, gibt es kein Entrinnen.«

Mira spürte plötzlich Schweiß auf der Stirn: Was wäre ihr geschehen, allein, in den Fängen Serafisas? Am liebsten hätte sie sofort Adila, Viktoria, Elgine und Roda umarmt. Stattdessen folgte sie der Fee und ihren neuen Freundinnen.

Wenn es schon in den Gassen finster gewesen war, so wurde es nun in den Gewölben unter den Häusern pechschwarz. Doch allmählich passten sich die Augen Miras und ihrer Begleiterinnen an die Dunkelheit an. Und nach einigen Metern begann Adilas Körper schwach zu leuchten, so als hätte er das Licht der Oberwelt gespeichert.

Die Ratten und Mäuse wuselten vorneweg und um die Beine der Flüchtenden herum, so dass Mira und die Frauen Acht geben mussten, nicht zu stolpern. Anfangs versuchte das Mädchen an den Wänden Halt zu finden, doch das Gestein war feucht und bröcklig und dicke Spinnweben klebten am Gemäuer. So begnügte sich Mira mit der breiten Hand Viktorias, die sie energisch mit sich zog.

Manchmal kam die Ratte mit den Goldzähnen auf Adila zugesprungen. Die Fee nahm das Tier auf und setzte es sich auf die Schulter. Die Ratte fiepste kurz in das Ohr der kleinen Fee und alle anderen warteten stumm. Sie schlugen dann eine neue Richtung ein oder machten eine kurze Pause, damit Adila und ihre vierbeinige Ratgeberin einen Erkundungsgang unternehmen konnten.

Schließlich verkündete die Fee ein wenig ratlos: »Hier enden nun die Keller der blauen Stadt. Wir müssen uns wieder hinaufwagen. Aber nicht weit von hier gibt es einen geheimen Tunnel, den die Rebellen unter der Stadtmauer gegraben haben.«

»Hoffentlich ist der Gang auch wirklich geheim«, flüsterte Mira kaum hörbar, doch die Frauen und Adila hatten sie trotzdem verstanden.

Die Fee lächelte, als hätte das Mädchen nur gescherzt. »Selbstverständlich werden Goldzahn und ich den Tunnel erst überprüfen«, erklärte sie.

Trotzdem könnte uns Serafisa dort in die Falle locken, wollte Mira widersprechen, doch die Miene der kleinen Elfe hielt sie davon ab. Erst jetzt fiel ihr auf, dass das Gesicht der Fee nicht nur gekränkt, sondern auch schmal und sorgenvoll aussah. Dabei lagen die Züge des zarten Geschöpfes offen wie ein aufgeschlagenes Buch.

Die Ratten und Mäuse huschten davon; ihre Aufgabe hatten sie erfüllt und die Stadt wollten sie nicht verlassen. Nur Goldzahn blieb bei ihnen, und Adila machte sich mit dem Tier auf den Weg um die Lage der Dinge auszukundschaften.

Mira und ihre Begleiterinnen setzten sich auf ein muffig riechendes Sofa und warteten. »Was wisst ihr eigentlich über die Rebellen?«, fragte das Mädchen beiläufig.

»Nichts«, antwortete Roda schroff. »Wir kennen nur Gerüchte. Wir wissen nicht einmal, ob es sie tatsächlich gibt.«

Dem Mädchen schauderte, aber Elgine warf ein: »Ach, Roda! Was erzählst du!? Es sind nicht nur Gerüchte. Du glaubst doch nicht etwa, wir laufen zum Spaß durch diese Kellerlöcher?«

Mira wartete eine Weile, doch als niemand mehr etwas sagte, stellte sie leise noch eine Frage, die sie schon eine ganze Weile beschäftigte: »Warum helft ihr mir? Warum stellt ihr euch gegen Serafisa, die die Macht hat euch auszulöschen?«

Viktoria streichelte Miras Arm und lächelte erstaunt: »Aber du hast es doch schon selbst gesagt: Serafisa bestiehlt uns. Sie nimmt uns das Wichtigste, das wir besitzen: unsere Erinnerungen. Ich weiß doch gaum noch, wer ich bin. Und ich möchte geine blaue Puppe sein. Und Serafisa will mein Gafé schließen. Es ist ihr ein Dorn im Auge. Denn es ist mein Gafé. Ich bage und goche und bewirte jeden freundlich, der zu mir gommt. Es gommen wenige, aber einige doch. Und von denen erfahre ich so manches über die Machenschaften der gnädigen Frau ...«

Elgine nickte. »Zu Hause war ich Kosmetikerin«, berichtete sie. »Ich weiß nicht mehr, wo ich gewohnt habe. Und ich erinnere mich nicht an die Gesichter meiner Eltern. Ich hatte ein Kind, aber ich kenne nicht einmal mehr seinen Namen.« Die Frau verstummte einen Moment, als sei ihr die Kehle zugeschnürt. »Meine letzte Erinnerung, die an mich selbst, will ich nicht hergeben«, sagte sie heiser.

»Und du?«, fragte Mira und schaute Roda an, die mit gesenktem Blick den anderen zuhörte.

»Ich weiß nicht«, antwortete Roda mürrisch. »Ich erinnere mich nicht an meinen richtigen Namen und nicht an meinen Beruf. Ich kann ganz gut mit Stoffen umgehen.

Vielleicht war ich Schneiderin. Ich weiß nicht, woher ich komme, und ich wüsste nicht, wohin ich zurückkehren sollte. Ich hasse die Herrscherin nicht. Aber ich denke, es kann nicht so bleiben, wie es jetzt ist. Wir wollen unsere Vergangenheit zurück. Deshalb müssen wir gegen Serafisa kämpfen.«

Elgine murmelte zustimmend und Viktoria verteilte etwas von ihrem Gemüsekuchen. »Wenn allen Bewohnern der blauen Stadt wieder einfallen würde, welchen Schaden Serafisa angerichtet hat, würden sie sicher einen Aufstand wagen«, meinte die Bäckerin kauend.

Elgine seufzte. »Da magst du Recht haben«, sagte sie. »Aber wie erobern wir das Gedächtnis einer ganzen Stadt zurück?«

»Das ist doch ganz einfach! Wir müssen ihnen eben erklären, dass sie nur Gefangene sind und keine freien Bürger«, sagte Mira kämpferisch. »Serafisa ist eine Dikto ... äh, eine Diktatorin! Sie muss vom Volk gestürzt werden.«

Die drei Frauen schwiegen verlegen. Mira war schon ein seltsames Kind. Wie sie da vor ihnen stand in ihrem blauen Kleid, die Arme in die Hüften gestemmt, die Hände zu Fäusten geballt, sah sie aus wie ein zorniger Engel.

»Die Macht dieser Frau«, sagte Viktoria schließlich leise, »ist geine irdische. Serafisa besitzt magische Gräfte. Wir sind nur ihre Gefangenen und gein freies Volg. Das stimmt. Doch sie hat uns nicht nur in der Hand; sie betrachtet uns als ihr Eigentum, ihr Spielzeug.«

»Dann jagt sie zum Teufel!« Mira hielt erschrocken die Hand vor den Mund. Wie konnte sie nur vergessen, in welcher Gefahr sie sich befanden?! Schon klappte über ihnen eine Tür. Doch die Gesichter, die erschienen, gehörten einer Fee, die wie ein Weihnachtsstern leuchtete, und einer Ratte mit goldenen Schneidezähnen.

Der Tunnel, den sie unbehelligt erreichten, entpuppte sich als ein enger niedriger Gang, durch den sie nur hindurchgelangen konnten, wenn sie sich auf allen vieren vorwärts kämpften. Adila krabbelte voraus und spendete Licht; die Fee war von so kleinem Wuchs, dass die Ratte noch bequem auf ihrem Rücken sitzen konnte.

Der unterirdische Weg bot auch für Mira, Elgine und Roda ausreichend Platz. Einzig Viktoria mühte sich verzweifelt und ihr unterdrücktes Stöhnen löste heftiges Mitleid bei Mira aus.

»Vielleicht sollte ich besser umgehren«, jammerte die Bäckerin.

»Ja, tu das«, sagte Roda kalt. »Serafisa wird dich mit offenen Armen empfangen.«

»Wir können nicht zurück«, meinte auch Mira, die hinter Viktoria kroch. »Keine Angst. Ich helfe dir.«

Mit aller Kraft stemmte sie sich gegen das dralle Hinterteil der Frau. Aber es half nichts. Keinen Zentimeter ging es voran.

»Leg dich hin und robbe!«, rief Mira der Bäckerin zu. Doch Viktoria schluchzte und schien nicht zu hören, was das Mädchen ihr riet. Kurzerhand griff Mira nach den stämmigen Beinen vor ihr und zog sie nach hinten, so dass Viktoria nun auf dem Bauch lag.

»Du musst wie eine Schlange kriechen«, sagte nun auch Roda. »Besser langsam weiterkommen als gar nicht.«

Stückchen für Stückchen kämpfte sich Viktoria durch den schmalen Gang. Immer wieder feuerte Mira sie an, obwohl ihr in der sauerstoffarmen Luft schon die Puste ausging.

Schließlich mündete der Tunnel in eine Art Höhle, in der auch Viktoria beinahe bequem stehen konnte. Sie schlenkerte ihre zerschrammten Glieder erleichtert hin und her; es sah aus, als vollführe sie einen exotischen Tanz. Mira klatschte belustigt; es war allerdings eher ein angedeuteter Beifall, denn noch immer verhielten sie sich leise.

Befanden sie sich nun schon im Gebiet der Rebellen? Das Mädchen wandte sich suchend nach Adila um, doch die kleine Fee und das große Nagetier waren schon wieder verschwunden.

26. Kapitel: Rebellen, Gnome und Blisetten

Über das ebene Land fegte ein eisiger Wind und Mira zog die Kapuze über die Ohren. Wie froh war sie jetzt über den Mantel, den Roda ihr gegeben hatte. Warm und weich wie Watte schmiegte er sich um ihren Körper.

Adila kam herangesaust; die Ratte klammerte sich ängstlich an ihren Hals. Auch diesmal sprach die Fee ohne Worte; ihr Gesicht strahlte wie eine Laterne. Statt zu sprechen, deutete sie nur in die Richtung, aus der sie gekommen war, und schlug aufgeregt mit den Flügeln. Das konnte nur eins bedeuten: Sie hatte die Rebellen gefunden!

Keine zwei Minuten war sie fort gewesen. Mira stellte sich auf die Zehenspitzen; doch sie konnte nichts erkennen außer Geröllhaufen und Sträuchern, die sich unter dem Wind beugten.

»Kommt«, sagte die Fee. »Kommt nur, kommt.« Sie zupfte dem Mädchen am Ohr. Wie warm Adilas Hand auf einmal war; sie glühte beinahe.

»Du hast gut lachen«, sagte Mira fröhlich. »Bist uns immer eine Nasenlänge voraus.«

»Dabei hat sie die kleinste Nase von uns allen«, neckte Elgine.

»Und die hübscheste«, fügte Viktoria hinzu.

»Mal abgesehen von Goldzahn«, meinte Roda spöttisch.

Die Ratte verzog ihr Schnäuzchen.

Die nächsten Schritte liefen sie leicht und rasch, so dass die Kiesel unter ihren Füßen knirschten. Mira und Elgine hüpften Hand in Hand; Adila flatterte mit Goldzahn auf dem Rücken über den beiden. Viktoria wiegte sich im Walzerschritt, gab den Tanz jedoch auf, als sie bemerkte, dass sie zurückblieb. Nur Roda spazierte gemächlich, als gäbe es nichts auf der Welt, für das es sich zu eilen lohnte.

Dann bedeutete ihnen Adila stehen zu bleiben und leise zu sein.

Mira, die Elgines Hand festhielt, griff noch nach Viktorias Fingern, und auch Roda drängte sich nun an sie.

Beinahe lautlos, nur mit einem leisen eintönigen Gesumm, wuchsen gigantische Pilze aus dem Boden. Jedenfalls schien es Mira zunächst so. Doch die Riesenchampignons besaßen keinen Stiel, stattdessen aber Bullaugen und runde Türen. Es waren Kuppelbauten, die da aus der Erde drangen. Steinerne Iglus. Die meisten von ihnen schimmerten in einem ziegelroten Ton, doch es gab auch quittegelbe, olivgrüne und silberweiße. Ihre Kuppeln bildeten einen Kreis um einen Bau in der Mitte, der alle anderen überragte. Das Haus schimmerte in Regenbogenfarben und jetzt öffnete sich die Tür. Zuerst trat ein kleiner Junge ins Freie, dann eine Frau und ihnen folgte ein Mann. Alle drei legten die rechte Hand über ihr Herz und hoben würdevoll die Linke.

Mira, Adila und die Frauen taten es ihnen gleich; dann gingen sie langsam aufeinander zu.

Eine Weile standen sie sich gegenüber und es herrschte ein beinahe feierliches Schweigen. Einzig die Ratte zeigte keine Scheu; sie sprang von Adilas Schulter und trippelte neugierig um die Fußpaare herum.

»Wir freuen uns euch hier zu sehen«, sagte der Mann schließlich höflich. Seine Stimme klang tief und erinnerte Mira sofort an eine Märchensendung, die sie jeden Sonntagmorgen im Radio gehört hatte.

Konnte es denn sein, dass sie dem Geschichtenerzähler, dem alle Translinger Kinder am Wochenende lauschten, ausgerechnet hier an diesem seltsamen Ort begegnete? Der Mann war eine imposante Erscheinung – über seiner Lippe spross ein Schnurrbart, der wie das Wasser eines Springbrunnens nach allen Seiten floss. Die Brauen wölbten sich buschig über den dunkelbraunen, fast schwarz wirkenden Augen; die kräftige Nase glich dem Schnabel eines Raubvogels. Auch das Haar war lang und zu einem Zopf gebunden. Er trug einen runden breitkrempigen Hut, einen hellen, fleckigen Mantel und kniehohe Stiefel. Der Mann wirkte wie ein Räuber aus einem der Märchen, die Mira gehört hatte. Seine Hautfarbe wie auch die der Frau und des Kindes waren von einem leichten Blau überzogen. Die blaue Krankheit schien sie nur gestreift zu haben. Und dennoch waren sie hier, im Reich der Serafisa.

Die Ratte sprang nun auf den Kleinen zu und begutachtete mit ihrem Schnäuzchen ein Loch in der Hose, aus dem das nackte Knie hervorlugte. Als die Barthaare ihn kitzelten, sprudelte aus dem Jungen ein helles Lachen. Er griff rasch nach dem Tier, setzte es auf seinen Arm und streichelte es. Pechschwarze Locken rankten sich um das hübsche Gesicht des Jungen, der nicht älter als vier oder fünf Jahre sein mochte.

»Wir freuen uns, dass ihr den Weg zu uns gefunden habt«, sagte die Frau. »Mein Name ist Ursina. Dies hier sind mein Sohn Launo und mein Mann Hilarius. Tretet ein.«

Mira warf noch einen Blick auf die Eingänge der anderen Häuser, bevor sie der Aufforderung nachkam, aber dort regte sich nichts.

Auch Ursina hatte etwas Verwegenes an sich; ihr langes schwarzes Haar fiel ihr wie ein Schleier um ihre – keineswegs zierlich wirkenden – Schultern. Sie schritt betont aufrecht, als wolle sie zeigen, dass sie durch nichts und niemanden zu beugen oder gar zu brechen sei.

Im Innern der Kuppel brannte ein kleines Feuer und es roch nach der Suppe, die darüber brodelte. Mira spürte sofort ein nagendes Hungergefühl, und auch Viktoria seufzte erwartungsvoll.

Der Mann reichte seinen Gästen ein Körbchen mit frisch gebackenen Hörnchen und die Frau schöpfte die Suppe in kleine Schalen. Launo warf die überrascht quiekende Ratte in die Luft und fing sie wieder auf.

Seine Mutter ermahnte ihn leise, aber der Junge scherte sich nicht darum.

Als sie einträchtig um das Feuer saßen und aßen, spürte Mira eine Bewegung: Die Tür schloss sich und es ging wie im Fahrstuhl abwärts. Doch abgesehen von Roda sah niemand beunruhigt aus und so griff auch Mira nach dem nächsten Hörnchen.

»Launo hat sie gebacken«, erklärte Ursina stolz. Der Junge senkte verlegen den Blick und fütterte die Ratte mit der knusprigen Rinde.

Die Fahrt hinab dauerte nicht lange. Sie landeten so sanft, dass nicht einmal die Suppe überschwappte.

Die Tür wurde aufgeschoben und niemand anderes als Alabusch trat ein. Er grüßte die Runde mit einem knappen Nicken und setzte sich zwischen Mira und Adila.

»Dein Bruder Alabusch hat uns schon einiges von dir erzählt, Mira.« Ursina lächelte den Geschwistern zu. »Wir möchten euch helfen Translingen zu retten. Und wir möchten auch den Blauen helfen ihre Erinnerung wieder zu finden und in ihre Heimatstädte zurückzukehren.«

»Das ist gut«, sagte Mira und zögerte. »Seid ihr ...« Das Mädchen räusperte sich. »Seid ihr die einzigen

Rebellen hier?« Mira schaute Hilarius an, der gerade seinen Schnurrbart hochhob und sich ein Stück Brot in den Mund schob. Statt zu antworten, deutete er auf die Tür, die noch immer offen stand. Langsam und unsicher erhob sich Mira und warf Alabusch einen fragenden Blick zu.

»Geh nur«, sagte er.

Launo sprang an ihre Seite. »Ich zeig dir alles«, sagte er eifrig. Die Ratte saß mittlerweile auf seinem Kopf wie in einem Nest.

»Ich gomme mit dir, Mädchen!«, rief Viktoria, und auch die anderen Frauen folgten ihr hinaus ins Freie.

Das Bild hatte sich ganz und gar verändert; zu ihren Füßen erstreckte sich eine grüne Wiese und zwischen dem Gras wuchsen gelbe und violette Erdbeeren. Nun schien das Leben in der kleinen Stadt erwacht; überall liefen Kinder herum, die die Früchte einsammelten oder vor der Haustür ein wenig fegten. Sie schienen kaum größer zu sein als Launo. Doch auf den zweiten Blick erkannte Mira, dass ihre Gesichter älter waren und keineswegs kindliche Züge trugen. Auch hatten die kleinen Geschöpfe zwei Nasen und vier Ohren und ihre Augen leuchteten grün wie die von Katzen. Auch die Farbe ihrer Haut war ungewöhnlich: Die meisten von ihnen hatten gelbe Gesichter und violette Arme und Hände, bei manchen war es auch umgekehrt.

»Ach herrjeh«, sagte Roda, »und wo ist Schneewittchen?«

Mira bückte sich und pflückte zwei Früchte. Die gelbe Erdbeere, an der sie vorsichtig knabberte, schmeckte ähnlich wie Kartoffel, nur schien sie schon angenehm gewürzt zu sein. Die violette Frucht duftete süßlich und als Mira hineinbiss, strömte augenblicklich ein köstlicher Saft in ihren Mund. Das Mädchen kaute und überlegte, woran der Geschmack sie erinnerte. Eigentlich schien es ihr eine Mischung aus verschiedenen Früchten zu sein; was zuerst tatsächlich nach Erdbeere schmeckte, wandelte sich in Kiwi, um plötzlich einem Mangoaroma zu weichen.

»Pass auf! Gleich wächst dir eine zweite Nase«, spottete Roda. Doch dann bückte auch sie sich und las das seltsame Obst auf.

»Schmeckt, nicht wahr?«, fragte Launo. »Die Gnome wissen, was gut ist. Nur meine Mama mag nicht, wenn ich zu viel von den Blisetten esse. Sie meint, ich würde Bauchweh davon bekommen. Außerdem wachse ich langsamer, wenn ich die Zwergennahrung zu mir nehme.«

»Ach ja?« Viktoria betrachtete das Kind besorgt. »Wie alt bist du denn, mein Gleiner?«

»Ich werde neun!«, erklärte Launo stolz.

Mira ließ ihre Frucht fallen. »Du bist fast so alt wie ich ...?« Launo sah aus wie ein Kindergartenkind.

Roda zuckte mit den Schultern und aß weiter. »Ich wachse sowieso nicht mehr«, meinte sie schmatzend.

Der Junge nahm eine violette Blisette auf und sog den Duft ein. »Sie schmecken einfach zu gut«, sagte er und biss in die Frucht.

»Wie kommt es, dass ausgerechnet unter der Erde solche wunderbaren Früchte wachsen, dass ausgerechnet an solchem Ort alles blüht ...?«, fragte Mira.

»Das ist Lavaboden«, antwortete Launo kauend. »Serafisas Strahlen reichen nicht bis hierher und die Lava des Lebens hat den Boden so fruchtbar gemacht, dass die Pflanzen sogar ohne Licht gedeihen.«

»Die Lava des Lebens?« Mira lächelte verständnislos.

Launo nickte. »Im Land der Gnome gab es einen Vulkan. Es heißt, er sei lebendig gewesen und seine Lava habe Wunder gewirkt. Doch seit Serafisa über diese Gegend herrscht, ist er verschwunden. Die Gnome sagen, sie hören sein Herz nicht mehr schlagen.«

»Vulkane haben manchmal die schlechte Angewohnheit zu explodieren«, meinte Roda und leckte sich den Blisettensaft von den Fingern wie eine Katze.

Launo bedachte sie mit einem ärgerlichen Blick.

»Na ja«, Roda zuckte mit den Achseln, »*manchmal* – vielleicht hält euer Berg ja nur so eine Art Winterschlaf«, fügte sie versöhnlich hinzu.

Indessen kamen einige der Gnome näher und beäugten die Fremden misstrauisch.

Die kleinen Frauen umringten Adila, schnupperten an ihr und zogen an ihren Haaren. Die Fee, die nur einen Kopf größer war als die Gnome, lächelte geduldig. Doch als eine Alte mit graugrünen Haaren sie immer wieder in die Wangen kniff, schlug sie gereizt mit den Flügeln und verschwand kurzerhand.

»Eu! Eu!«, riefen die Gnomweibchen. Aber sie wunderten sich nicht lange, sondern wandten sich Mira und den Frauen zu.

»Erak? Erak?«, fragten sie.

»Sie fragen euch, ob ihr Freunde seid«, erklärte Launo.

»Erak«, antwortete Elgine.

Die Gnome schüttelten ihre Köpfe. Der Junge lachte. »Ihr müsst es zweimal sagen, sonst bedeutet das Wort Feinde.«

»Erak! Erak!«, beeilte sich Elgine zu rufen. Die Mienen der kleinen Leute hellten sich auf.

»Sie gebrauchen wenig Worte, aber sie sind ein weises Volk, sagt mein Vater«, erklärte Launo. »Sie sind die Ureinwohner dieses Landes und nun müssen sie sich in ihrer Heimat verborgen halten. Zum Glück kann ihnen die blaue Krankheit nichts anhaben. Das kommt auch von den Blisetten.«

»Du meinst«, fragte Elgine, »wenn wir von den Dingern essen, werden wir gesund?«

Der Junge nickte. »Es sieht so aus. Als meine Eltern mit mir hierher kamen, waren wir so blauhäutig wie ihr jetzt. Und uns fehlten eine Menge Erinnerungen. Besonders in der ersten Zeit haben wir viele Blisetten gegessen und mein Vater konnte sich wieder an seinen Namen erinnern und an das Haus, in dem er geboren und aufgewachsen war und sogar an die Farbe des Fahrrades, mit dem sein Vater jeden Tag unterwegs war. Und es fielen ihm alle Märchen wieder ein, die er einst für die Kinder erzählt hat. Meine Mutter erinnerte sich, welchen Namen sie mir nach meiner Geburt gab. In ihrem Gedächtnis tauchte auf, dass sie Fernseher und Radios reparieren, dass sie eine ganz besonders schmackhafte Pilzsuppe kochen und Klavier spielen konnte.«

Viktoria und Elgine sahen sich an, dann bückten auch sie sich nach den Früchten. Die Gnome klatschten erfreut in die Hände und erst jetzt bemerkte Mira, dass sie an jeder Hand zehn Finger hatten.

»Fibro! Fibro!«, riefen sie.

»Das heißt: Greift zu!«, erklärte Launo schlicht. Nach einem kurzen Zögern warf er seine halb gegessene Frucht fort und musterte Mira von der Seite. »Ich werde sicher auch noch wachsen«, meinte er traurig.

Das Mädchen sah ihn erschrocken an. »Aber natürlich!« sagte sie. »Es tut mir Leid«, stammelte sie. »Ich meine ... ich wollte dich nicht kränken vorhin ...«

»Schon gut«, sagte der Junge. »Meine Mutter sagt mir auch, dass ich zu klein für mein Alter bin. Aber unter den Gnomen falle ich nicht auf.«

Wie ein Museumsführer begleitete Launo die Gäste; er stellte ihnen die Gnome vor, die ihnen über den Weg liefen, und zeigte ihnen einige der Häuser. Meist war es im Innern einer Kuppel finster und nur die Augen ihrer Bewohner leuchteten.

»Sie können im Dunkeln sehen«, erklärte Launo.

Oft entzündeten die Gnome jedoch Kerzen oder

Petroleumlampen, damit die Fremden sich umschauen konnten. Auch außen an den Häusern waren einfache Lämpchen und Fackeln befestigt.

»Nein, es gibt hier keinen elektrischen Strom«, erläuterte der Junge, als Mira ihn danach fragte. »Serafisa wird hierher nicht eingeladen. Die Leute kommen sehr gut ohne Fernsehen aus.«

»Und wer bietet ihnen Unterhaltung?«, fragte Elgine und blickte sich zweifelnd in dem nicht gerade geräumigen Iglu aus Stein um.

»Vielleicht gibt es ja sonntags ein Kasperletheater«, meinte Roda. Doch niemand lachte. Roda schien das nicht zu stören; sie saugte an ihrer Frucht wie ein Baby an der Mutterbrust. Launo deutete auf ein dunkles Knäuel, das an einem Fensterbrett hing.

»Die Gnome mögen Haustiere. Diese Fledermäuse zum Beispiel. Sie beobachten sie nicht nur, sondern freunden sich mit ihnen an, besorgen ihnen Leckerbissen, knackige Fliegen oder kleine dicke Würmer. Manche Gnome erlernen sogar die Sprache ihrer Lieblinge. Sie brauchen allerdings meist Jahre dafür. Es leben auch noch Eulen, Eichhörnchen, Igel und sogar Maulwürfe hier. Und ab heute eine Ratte.« Launo nahm das Nagetier auf beide Hände und reichte sie zwei Gnomenkindern zum Streicheln. Die beiden berührten das Tier nur mit den Fingerspitzen und juchzten, wenn es sich bewegte.

»Die Ureinwohner sind auch Meister im Brettspiel. Als ich ihnen zeigte, wie man Mensch-ärgere-dich-nicht spielt, entwickelten sie innerhalb einer Woche zweihundert Versionen. Auch Schach spielen sie indessen in allen Varianten. Natürlich bekommt jeder Spieler zwei Könige, zwei Damen, die doppelte Anzahl Bauern oder es sind vier Gnome am Spiel beteiligt, jeder gegen jeden. Das ist schon spannend, wenn man zusieht, aber wenn du erst mal mit ihnen spielst, kommst du so schnell nicht davon los.«

Und tatsächlich sahen sie in der nächsten Wohnung zwei Gnomenfrauen und zwei Gnomenmänner gegeneinander spielen. In der Mitte stand ein Pappding, das einer Torte ähnelte. Die Spieler hielten Karten in den Händen, die an der Seite geriffelt waren wie Schlüssel. In der Pappwand befanden sich Schlitze, die sich vollkommen glichen, und jede Karte durfte nur einmal geschoben werden.

»Ein Ratespiel«, sagte Mira etwas enttäuscht. Aber nach einigem Zusehen erkannte sie, dass die Gnome zwar lange überlegten, sich jedoch nur äußerst selten irrten.

»Sie nennen es nicht Raten, sondern ›Rumada Rumada‹. Das bedeutet soviel wie Spürnase. Die Gnome glauben nicht an Zufall. Hinter allem wittern sie eine Bedeutung. Wenn ein Kind stolpert und sich verletzt, diskutieren sie so lange darüber, bis eine Erklärung gefunden worden ist.«

»Vielleicht lag ihm nur ein Stein im Weg«, meinte Roda.

»Ja, aber die Gnome fragen: Warum hat das Kind den Stein nicht gesehen? Ist es vielleicht kurzsichtig? Hat es gerade ein Problem, mit dem es sich Tag und Nacht beschäftigt, so dass es auf nichts anderes mehr achtet? Was könnte das für ein Problem sein? Oder wollte es sich wehtun, damit die Mutter es tröstet und nicht nur das weinende Baby?«

»Ach du meine Güte«, entfuhr es Viktoria. »Die armen Ginder!«

»Das sollte doch nur ein Beispiel sein«, sagte Launo zerknirscht. »Es kommt vor, dass ein Gnom zwei völlig unterschiedliche Antworten auf ein und dieselbe Frage gibt und beide werden akzeptiert. Manchmal allerdings auch keine. Es ist alles ein Spiel.«

»Da gomm ich nicht mit«, gab Viktoria zu.

»Nun ja, um es einfach zu sagen, die Leute hier meinen, dass es auf jede Frage mindestens zwei Antworten gibt. Und aus jeder Antwort ergeben sich mindestens zwei neue Fragen. Und in jeder Brust hausen zwei Seelen, eine gute und eine böse. Aber auch die gute hat ihre Schattenseiten und sogar in dem Bösen gibt es noch Lichtblicke. Alles klar?« Launo lächelte und einen Moment dachte Mira, er wolle sich über sie lustig machen. Aber tatsächlich wollte er wohl beides – seine Gäste aufklären und sie gleichzeitig in die Irre führen.

»Mit dem Herzen bist du wohl auch schon einer von ihnen?«, fragte sie.

»Nun, ich lebe hier«, antwortete der Junge nüchtern. »Und es gefällt mir nicht schlecht.«

Schweigend zogen sie weiter und Viktoria hatte unterdessen so viele Blisetten gesammelt, dass sie sie nicht mehr tragen konnte. Ein hübsches Gnomenmädchen mit großen sanften Augen eilte auf sie zu und reichte Viktoria einen Korb.

»Oh Dange!«, rief die Frau. Das gelbe Gesicht des Mädchens lief violett an und sie huschte in ihr Häuschen zurück. Viktoria winkte freundlich zu dem Fenster hinüber, hinter dem das Mädchen sie schon eine Weile beobachtet haben musste.

»Wenn du die alle isst«, meinte Roda, »dann hast du sicher bis Weihnachten Durchfall.« Sie nahm sich die größte Blisette aus dem Korb, eine zartviolette Frucht, und biss hinein.

Elgine kicherte nervös und schaute dann besorgt drein. »Sie hat Recht. Was willst du mit den vielen Früchten?«

Viktoria antwortete nicht gleich und atmete heftig. Sie nahm eine gelbe und eine fliederfarbene Blisette auf und hielt sie ehrfürchtig und stolz auf der ausgestreckten Hand. »Guchen bagen«, stieß sie schließlich hervor. »Ich werde in mein Gafé zurüggehen und einen neuen Obstguchen unter die Leute bringen.«

Einen Moment sagte niemand etwas, doch dann meinte Mira: »Es ist zu gefährlich. Wir dürfen Serafisa nicht unterschätzen ...«

»Es muss natürlich schnell gehen und disgret«, fiel Viktoria ihr ins Wort. »Ich habe geine Angst mehr vor Serafisa. Diese Früchte werden mir Graft und Mut geben.«

Elgine nickte. »Eine gute Idee. Ich werde mit dir gehen.«

»Ich erinnere mich gerade an etwas«, sagte Roda verblüfft. Sie hielt die halb gegessene Frucht in beiden Händen, als könne sie in ihr ihre Vergangenheit sehen. »Ich habe mal als Vertreterin kostenlose Proben von Waschmittel verteilt«, erklärte Roda grinsend. »Ich kenne mich mit Klingelknöpfen und Haustüren bestens aus. Wenn ihr wollt, bin ich mit von der Partie.«

Schon am nächsten Morgen waren die drei Frauen bereit zum Aufbruch. Sie standen in dem größten der Kuppelbauten, der sich allmählich nach oben bewegte.

»Abwärts ging's aber schneller«, maulte Roda ungeduldig.

»Seid ihr sicher, dass ihr nicht hier bleiben wollt?«, fragte Mira.

Sie hatte eine schlaflose Nacht hinter sich, denn sie war sich keineswegs sicher, dass Serafisa tatsächlich annahm, Alabusch hätte sie befreit. Zwar waren sie bei ihrer Flucht durch die dunkelsten Gassen und Gänge gelaufen, aber vielleicht hatte doch eine von Serafisas Kameras brauchbare Bilder von ihnen festgehalten?

»Nun fürchte dich nicht länger«, sagte Adila, »ich werde vorausfliegen und sollte irgendeine Gefahr drohen, kann ich die drei warnen.«

»Wir werden das Kind schon schaukeln«, sagte Roda, »und wenn es uns gelingt, die Erinnerungen der Leute freizuschaufeln, dann wird es auch nicht in den Brunnen fallen.«

»Wir passen schon auf uns auf, Mira«, meinte Viktoria, »keine Angst, mein Kind.«

»Wie bitte?« Mira lächelte verwirrt, als hätte sie ihre Freundin nicht verstanden. Viktoria wiederholte ihre Worte.

»Du kannst es sagen!«, rief das Mädchen. »Du hast *keine* gesagt und *Kind*!«

»Kaffee, Kuchen ...«, murmelte Viktoria nachdenklich. »Klimaanlage, Krokodil, Kannibale.« Die Frau nickte stolz und sagte laut: »Klapperschlange, Kofferradio ... Käsekuchen!«

Elgine klatschte und Mira fiel mit ein, sogar Roda lachte. »Es funktioniert!«, schrie sie. »Die Blisetten sind Gift für Serafisa!«

»Katzenkuss, Kohlekönig, Kastanienkrümel«, sagte Viktoria glücklich. »Kamelkamm, Klingelkissen, Kartoffelkapitän.«

Die Frau riss Mira an sich und drückte sie einmal kräftig. Auch Elgine umarmte das Mädchen zum Abschied, und Roda klopfte Mira herzlich auf den Rücken. »See you later, alligator«, sang sie dabei.

»Ja, wir sehen uns wieder«, sagte Mira, die Abschiede nicht mochte. »Wer weiß, vielleicht in der Pizzeria von Translingen ...?«, meinte Viktoria. »Dann serviere ich dir eine Knusperkarottenkürbiscalzone!«

27. Kapitel
Die Flüchtlinge

Schon wenige Tage nachdem Viktoria, Elgine und Roda aufgebrochen waren, tauchte die erste Gruppe der Blauen in der Gnomenstadt auf. Sie wirkten erschöpft, unsicher und ängstlich, aber auch entschlossen den Kampf gegen Serafisa aufzunehmen.

»Eure Früchte haben uns die Augen geöffnet«, bedankten sie sich bei den Gnomen.

»Wir dulden es nicht länger, dass die Herrscherin uns zu Clowns und willenlosen Hampelmännern macht.«

Die Flüchtlinge drängten sich um Ursina, Hilarius und Launo. Sie wollten wissen, was sie jetzt tun sollten.

Mira staunte nicht schlecht, als sie unter den Gesichtern das von Franz Martschenko entdeckte. Er stand etwas abseits in einer Gruppe junger Leute, die laut miteinander sprachen, die Fäuste ballten und in die Luft schlugen. Auch Franz sah Mira und einen Moment maßen sie sich mit kühlen Blicken.

Ursina winkte beschwichtigend und sagte ruhig: »Zunächst brauchen wir Freiwillige, die den Nachschub an Blisetten in die blaue Stadt liefern.« Die Männer und Frauen murrten, die Kinder hatten nur Augen für Launo und die Kunststücke, die er mit der Ratte veranstaltete. Das Tier trippelte auf zwei Beinen. Es spitzte mit seinen goldenen Zähnen einen Bleistift an. Und von Launos Kopf sprang es saltoschlagend quer durch den Raum.

Ursina wiederholte ihre Worte, doch die Leute, die gerade aus der Stadt geflüchtet waren, wollten nicht dorthin zurück.

»Wir wollen kämpfen!«, schrien sie. Ein pickliger Kerl, der neben Franz stand, brüllte: »Wir brauchen Waffen, kein Gemüse!«

Mira erinnerte sich nur zu gut an ihn, bei ihrer Festnahme in der Stadt der Blauen hatte der Bursche sie getreten.

»Gebt uns Waffen, dann ziehen wir in den Krieg gegen Serafisa!« Die jungen Leute um ihn herum johlten und klatschten.

Schließlich erschien Adila, die mit den Flüchtlingen gekommen war, in Begleitung von drei Gnomen.

»*Wir* gehen«, sagte sie schlicht und unterdrückte ein Gähnen. »Ich kenne den Weg wie meine Westentasche und die Gnome passen gut durch den Tunnel und können viele Blisetten tragen.«

»Na schön«, sagte Ursina. »Aber jetzt suchst du dir erst einmal ein ruhiges Plätzchen und schläfst zwei drei Stunden.«

»Aber ich ...«, begann die Fee zu widersprechen, doch vor Müdigkeit schlief sie plötzlich stehend ein. Alabusch, Ursina und Mira fingen die Umsinkende auf und trugen sie in einen abseits gelegenen Kuppelbau. Zwei Gnomenmädchen setzten sich zu der Schlafenden auf das Moosbett und summten leise eine auf und ab wallende Melodie.

»Das verscheucht die bösen Träume«, flüsterte Ursina.

Alabusch zupfte seine Schwester an der Hand und schob sie ein wenig ungeduldig vor sich her, hinaus auf die duftende Blisettenwiese. Eine Weile liefen sie nebeneinander und schauten den Gnomenkindern zu, die um sie herumtollten und Früchte in Körbe sammelten.

»Es sieht so aus, als müssten wir bald ein Flüchtlingslager hier errichten«, meinte Alabusch. Mira nickte unbestimmt und wartete ab. Sie spürte, dass der Bruder ihr etwas mitteilen wollte. Eine der kleinen Frauen, die nach ihrem jüngsten Kind Ausschau hielt, das auf der Wiese umherkrabbelte, winkte ihnen zu. Alabusch hob die Hand und grüßte zurück. Mira fand es immer wieder erstaunlich, wie wenig Vorurteile die Gnome hatten. Selbst die Zähne Alabuschs konnten die Zwergwüchsigen nicht verschrecken.

»Hilarius und ich«, begann Alabusch schließlich, »haben beschlossen in Serafisas Residenz zu gehen, um zu erfahren, was sie vorhat. Es liegt auf der Hand, dass sie alles versuchen wird uns und die Gnome zu überfallen und auszulöschen. Wir müssen ihr zuvorkommen, sonst sind wir verloren.«

»Darauf habe ich schon gewartet!«, rief Mira aus. »Natürlich werde ich mit euch kommen.«

Alabusch schüttelte den Kopf. »Diesmal geht es wirklich nicht«, sagte er sachlich. »Du musst mit Ursina die Flüchtlinge empfangen und den Blisettennachschub organisieren. Du bist hier vonnöten.«

An der undurchdringlichen Miene des Bruders erkannte sie, dass jeder Versuch ihn umzustimmen vergebens wäre.

»Ihr solltet auch dafür sorgen, dass die Wachen verstärkt werden, und dass es zwischen den Flüchtlingen und den Gnomen nicht zu Reibereien kommt.«

Alabusch wirkte sehr ernst und seine Augen schienen zu flimmern. Er wich dem fragenden Blick seiner Schwester aus und Mira ahnte, dass er Hunger hatte. Bei den Gnomen gab es nicht einmal Tierblut; die kleinen Geschöpfe ernährten sich ausschließlich von den Blisetten.

»Wann brecht ihr auf?«, fragte Mira trocken.

»Noch in dieser Stunde«, antwortete Alabusch ebenso

bedächtig. »Die Zeit drängt. Die Scherben werde ich euch lassen.«

Mira schüttelte heftig den Kopf. »Ihr müsst in die Abteilung Eins!«, sagte sie ironisch. »Serafisa wird euch nicht gerade Tür und Tor öffnen!«

Einen Moment hellte sich Alabuschs Gesicht auf. »Wir haben auch nicht vor anzuklopfen«, meinte er.

Die Geschwister lächelten sich zu, doch dann verfinsterte sich die Miene des Vampirs wieder. Mira kam es so vor, als hörte sie Alabuschs Magen knurren. Nun, sie hatte noch von keinem Vampir gehört, der verhungert wäre. Trotzdem spürte sie heftiges Mitleid in sich nagen. Wenn sie ihrem Bruder nur helfen könnte!

»Ich schaue jetzt bei Ursina vorbei«, sagte sie zu Alabusch. »Es gibt sicher noch einiges zu besprechen.«

Alabusch nickte knapp und wandte sich ohne ein weiteres Wort ab.

Mira lief ein paar Schritte, dann verharrte sie und wartete, bis ihr Bruder außer Sichtweite war. Ihr fiel auf, dass er leicht schwankte; er schaute sich nicht mehr nach ihr um.

Das Mädchen ging nicht gleich zu Ursina. Sie steuerte auf einen Kuppelbau zu, auf dem seltsame Bilder und Zeichen gemalt waren. Pferde mit aufgerissenen Mäulern und geblähten Nüstern, ein Turm einzeln übereinander gestapelter Blisetten, Abdrücke von großen und winzigen Händen und Füßen, Krähen mit Flossen und Fische mit Beinen, ein Kaktus auf dem Schirme wuchsen und allerlei bunte Kreise, Dreiecke und Sterne.

Mira klopfte und wartete eine Weile; sie betrachtete das Bild über dem Eingang: Es zeigte einen Vulkan, aus dem leuchtend rote Lava floss. Als niemand etwas sagte, trat sie ein. An dem schwach flackernden Feuer saßen ein alter Gnom mit weißem wallendem Bart und seine etwa gleichaltrige grauhaarige Frau. Die beiden rösteten schweigend Früchte, die sie auf Stäbe gespießt hatten. Ein Geruch, der Mira an den Weihnachtsmarkt erinnerte, schwebte in dem Raum. Und obwohl die beiden nichts sagten, fühlte Mira sich eingeladen und setzte sich zu ihnen.

»Rulrul und Lynlyn, ich grüße euch«, murmelte das Mädchen.

Langsam wie eine Schildkröte wandte die Frau sich zu ihr und lächelte. »Wir grüßen dich, Mira«, sagte sie. »Wir sprechen deine Sprache.«

Mira nickte. Sie hatte sich an diesen Satz schon gewöhnt. Lynlyn gebrauchte ihn als eine Begrüßungsformel.

»Ich bin sehr froh, dass ihr meine Sprache sprecht«, sagte Mira höflich. Lynlyn reichte dem Mädchen ihren Spieß herüber und Mira pflückte sich eine heiße Frucht davon. Sie bedankte sich und aß und erst als sie fertig war, bissen die Alten in ihre Früchte.

Normalerweise vermied Mira es, Blisetten zu essen, doch den gerösteten konnte sie nicht widerstehen. Sie schmeckten so süß und saftig wie Backpflaumen und Bratäpfel.

Ein wenig ungeduldig wartete das Mädchen auf das Ende der Mahlzeit.

Schließlich hob Rulrul den Kopf und schaute sie mit seinen wässrigen Augen an. »Du sorgst dich, Kind?«

»Ja«, sagte Mira erstaunt. Konnten die beiden etwa hellsehen? Rulrul und Lynlyn waren die ältesten Bewohner und die Seele dieses Ortes. Sie heilten Knochenbrüche, zogen Zähne, halfen den Babys auf die Welt zu kommen, aber sie beschworen auch heilige Kräfte, wenn Unheil drohte oder spendeten Trost, wenn ein Gnom starb.

»Es geht um meinen Bruder«, sagte Mira leise.

Lynlyn und Rulrul nickten, als seien sie nicht überrascht.

»Alabusch ist sehr ... geschwächt. Er ...« Mira stockte und suchte nach den richtigen Worten. Vielleicht waren die Gnome nur deshalb so zutraulich, weil sie von den Gewohnheiten der Vampire nichts wussten?

»Er ist ein Vampir«, half Lynlyn weiter.

»Und er braucht Blut«, ergänzte Rulrul.

Ein verwirrtes, erleichtertes Lächeln huschte über Miras Gesicht.

»So ist es«, sagte sie. »Und ich möchte ihm helfen.«

Lynlyn erhob sich, schlurfte zu einer bunt bemalten ovalen Kiste, die sich in den Raum schmiegte wie ein Ei in ein Nest. Mira betrachtete ehrfürchtig den gebeugten Rücken. Wie alt mochten Rulrul und die weise Frau sein?

Lynlyn kehrte mit einem Kästchen zurück. Mira schob ihren Ärmel hoch und als die kalte Nadel in ihre Haut fuhr, schloss sie die Augen. Sie konnte kein Blut sehen.

Die Ratte mit den Goldzähnen tanzte auf dem Teig umher, den Ursina und Launo kneteten und zu Brotlaibern formten. »Wir erwarten viele Gäste«, sagte Ursina fröhlich, als Mira erstaunt in dem Raum umherblickte, der nun einer Backstube glich.

Mira hatte ihren Bruder und Hilarius noch ein Stück des Weges begleitet und die Männer dann mit gemischten Gefühlen ziehen lassen.

Sie verstand nicht, warum Alabusch es vorzog mit dem Bärtigen fortzugehen statt mit ihr. Immerhin hatte sie sich ihrem Bruder bisher gewachsen gezeigt. Warum nahm er plötzlich darauf Rücksicht, dass sie jung und ein Mädchen war? Andererseits glaubte sie tatsächlich, dass Ursina ihre Hilfe brauchen würde. Viele der Blauen, die in die unterirdische Gnomenstadt flüchteten, waren aggressiv und aufgebracht und suchten nach einem Blitzableiter für ihre wieder entdeckten Gefühle.

Franz Martschenko, sein pickliger Freund Herrmann und ein paar andere machten kaum einen Hehl aus ihrer Abneigung gegen die Gnome. Sie spotteten über das Aussehen, die Sprache und die Gewohnheiten ihrer Gastgeber und nur wenn Alabusch oder Hilarius in der Nähe waren, verstummten ihre höhnischen Stimmen für eine Weile. Aber auch diejenigen unter den Blauen, die den Gnomen dankbar waren für ihre Rettung, kamen nur schwer mit der Wirkung der Blisetten zurecht. Je mehr dieser Früchte die Ankömmlinge aßen, desto wütender wurden sie: Sie erkannten, was Serafisa ihnen geraubt hatte. Die selbst ernannte Herrscherin hatte sie aus ihrer Heimat und von ihren Familien fortgerissen.

Eltern erinnerten sich plötzlich an ihre Kinder, deren Existenz sie als Blaue vergessen hatten. Und Kinder erinnerten sich an ihre Eltern. Aber es kam auch zu Wiedersehensszenen. Ein alter Mann, der am Stock ging, und mit niemandem ein Wort wechselte, sah sich plötzlich von einer Schar seiner Enkel umringt. Feierlich, mit heiserer wie eingerosteter Stimme, nannte er die Namen der Kinder und die Jungen und Mädchen drängten sich in die raue Wolle seines Mantels.

Mira brach sich etwas Brot aus einem warmen Laib heraus. Von dem Blutverlust fühlte sie sich noch ein wenig geschwächt. Der Bruder hatte das in Blätter gehüllte Fläschchen vorsichtig entgegengenommen. Seine Augen bedankten sich bei Mira.

»Ich kann dir nicht einmal sagen, dass du es zurückbekommst, Schwesterherz«, meinte er lakonisch.

Mira kaute gegen das mulmige Gefühl in ihrem Magen an und streichelte die Ratte, die sich das gnädig gefallen ließ. Sie schaute den kräftigen Händen Ursinas zu und den kleinen zierlichen ihres Sohnes Launo.

»Ich backe die Brote für die Kinder«, erklärte Launo, als er bemerkte, dass Mira ihm zusah. »Die werden kleiner und knuspriger.«

Die Ratte krabbelte den Arm des Mädchens hinauf und sprang mit einem gewaltigen Satz auf Launos Schulter. Der Junge lachte sein sprudelndes Lachen, dem Mira immer lauschte wie einer schönen fremden Musik. Nie hatte sie ein übermütigeres Lachen vernommen. Mira wollte einen Blick in den Backofen werfen, damit sie Ursina und Launo angemessen loben konnte, doch sie fühlte plötzlich einen jähen Schwindel und ließ sich auf einen Holzhocker plumpsen. Eigentlich hasste sie es, sich Blut abzapfen zu lassen!

»Geht es dir nicht gut?«, fragte Ursina besorgt. »Du bist so blass.«

Noch ehe Mira antworten konnte, wurde die Tür aufgestoßen und zwei junge Burschen schauten hinein.

Es waren Franz Martschenko und sein Freund Herrmann. Immer wenn sie die beiden sah, beschlich sie ein ungutes Gefühl.

»Wo ist Hilarius?!«, brüllte der Picklige.

Ursina betrachtete ihn missbilligend und sagte nur: »Unterwegs.«

»Es kommen Neue!«, schrie Franz aufgeregt. »Die Wachen melden es!«

»Komm«, sagte Herrmann. »Oder willst du die Lage mit Weibern und Kindern beraten?«

Die beiden polterten hinaus und vergaßen die Tür zu schließen. Mira und Ursina sahen sich an. »Das gibt Ärger«, prophezeite die Frau leise.

Seit ein paar Tagen trieben sich Herrmann und Franz immer wieder in der Nähe der Schächte herum. Sie belauerten die Gnome, die zu ihrer Arbeit wollten, und diejenigen, die wieder auftauchten. Unter der Kuppelstadt, unter den Blisettenwiesen, existierte eine Etage, die den Flüchtlingen nicht zugänglich war. Die Schächte, die dorthin führten, waren so schmal, dass nur die Gnome hinuntergelangen konnten.

Herrmann und Franz suchten sogar Lynlyn und Rulrul auf, um sie über das Wunder der Gnomenstadt auszufragen; sie taten dabei so, als hätten sie ein wissenschaftliches Interesse, doch von den Alten erhielten sie nur höflich nichts sagende Antworten.

Die Gnome waren nicht nur geschickte Techniker, sie konnten auch, wenn es darauf ankam, ein Geheimnis für sich behalten. Nicht einmal Ursina wusste, wie die Zwerge es zu Stande brachten, dass ihre Stadt unter die Erde tauchte und wieder hinauf. Jeden Tag gingen sehr viele der kleinen Leute einer Arbeit tief in der Erde nach; aber sie schwiegen sich darüber aus. Und Ursina und Hilarius akzeptierten, dass sie dieses Rätsel nicht lösen konnten und sollten. Die Gnome schätzten ihre Gäste sehr, doch anfangs hatten sie auch Serafisa blindlings vertraut. Ihre Vorsicht wuchs aus dem Leid, das die blaue Herrscherin über sie gebracht hatte.

Die Neuankömmlinge verhielten sich ihren Gastgebern gegenüber auch weiterhin sehr unterschiedlich. Die meisten zeigten sich dankbar und versuchten sich auf irgendeine Weise nützlich zu machen. So gab es bald schon einen Kindergarten, in dem die Sprösslinge der

Gnome und der Flüchtlinge zusammen spielen konnten. Einige aus der blauen Stadt erlernten die Sprache ihrer Gönner um sich als Übersetzer nützlich zu machen. Andere errichteten kuppelförmige Häuser und bemühten sich die eigenwillige Architektur des Städtchens nicht zu verderben.

Franz Martschenko, sein pickliger Freund Herrmann und ein Häuflein junger Leute, die sich um die beiden gruppierten, fanden jedoch immer einen Anlass Streit anzuzetteln. Die täglich ausgeteilten Essensrationen erschienen ihnen zu spärlich. In den Kuppelbauten fühlten sie sich beengt. Und vor allem wollten sie einen Anführer bestimmen, eine Armee aufbauen und losmarschieren. Sie wollten endlich gegen diejenige kämpfen, die sie noch vor kurzem angebetet hatten.

Dabei baten sie die Gnome nicht um Unterstützung, sondern sie forderten ihre Hilfe wie etwas, das ihnen zustünde. Die kleinen Leute reagierten gelassen und höflich. Sie wichen jedem Streit aus und allein durch ihr freundliches Wesen gelang es ihnen oft, die Zankhähne zu beruhigen.

Eines frühen Morgens erwachte Mira von einem Geräusch. Sie fuhr von ihrem Mooslager hoch und starrte in die Dunkelheit. Einen Moment versuchte sie sich zu entsinnen, welcher Laut sie geweckt hatte; es kam ihr vor, als müsse sie Formeln für eine Mathematikarbeit aus ihrem Gedächtnis fischen. Da klaffte ein Loch in ihrer Erinnerung und es schien sich plötzlich auszudehnen: Wie kam sie hierher? Weshalb hockte sie in diesem kalten steinernen Iglu auf feuchtem Moos? Warum konnte sie jetzt nicht zu Hause in ihrem Bett liegen und den Duft von Kaffee und warmen Frühstücksbrötchen in der Nase haben? War nicht bald Weihnachten? Wem sollte sie etwas schenken und vor allem: Wer würde ihr etwas schenken?

Mira erhob sich, denn einschlafen konnte sie nun ohnehin nicht mehr.

Sie stellte sich ein helles, aufgeschnittenes Brötchen vor, das dampfte und auf dem die Butter zerlief. Ihr Magen begann traurig zu knurren und sie bestrich einen schon etwas harten Kanten Brot mit dünnflüssiger Blisettenmarmelade.

Seit Alabusch und Adila unterwegs waren, wohnte sie allein in diesem Häuschen. Gelegentlich besuchten sie Ursina und Launo, auch Gnome schauten zu ihr hinein, sogar Lynlyn und Rulrul kehrten bei ihr ein und unterhielten sie auf ihre bedächtige Art mit allerlei Geschichten über ihre geraubte Heimat.

»Als wir das Herz des Vulkans noch schlagen hörten ...« So begann jede ihrer Erzählungen. Mira lauschte ihren Stimmen und vergaß das Heimweh, das sie plagte.

»Aber ist so ein Vulkanausbruch nicht schrecklich?«, fragte sie einmal. »Bringt er nicht immer Not und Verderben mit sich?«

»Not und Verderben?« Die beiden Alten sahen einander erstaunt an, als sei das ein ganz neuer Gedanke.

»Na ja«, sagte Mira, »diese Lava ... sie glüht doch, oder?«

Die Art, wie Lynlyn und Rulrul die Welt betrachteten, verwirrte sie nicht selten. Und Miras Fragen stießen manchmal bei den Gnomen auf Verwunderung.

»Nun, das Herz des Vulkans hat *für uns* geschlagen«, erläuterte Rulrul geduldig. »Die Lava glühte nicht; sie war warm und feuerrot, aber sie fraß nicht, sie beschenkte uns.«

»Der Vulkan war kein zorniger Berg«, sagte Lynlyn. »Er hat uns fruchtbaren Boden geschenkt und einen Lavasee für die Kinder. Wir liebten ihn und waren ihm dankbar. Wir sangen Lieder ihm zu Ehren und hin und wieder warfen wir kleine Geschenke in seinen Krater. Nein, er war nicht zornig. Er lebte mit uns und wir mit ihm. Aber wir konnten ihn nicht schützen. Sein warmer Atem fehlt uns sehr. Der Schlag seines Herzens war der Rhythmus unseres Lebens.«

Manchmal jedoch saß Mira ganz still vor dem kleinen prasselnden Feuer und wünschte sich nur eines: zu Hause zu sitzen, ihren Eltern von ihren Abenteuern zu berichten um dann von ihnen umarmt, getröstet und verwöhnt zu werden.

»Ach, Mira«, sagte sie zu sich selbst. »Dann müsstest du dich jeden Morgen waschen, kämmen und die Zähne putzen, du müsstest wieder zur Schule gehen und statt Abenteuern gäbe es Klassenarbeiten und eine Turnhalle, in der es nach Schweiß stinkt; alles würde sich nur um Zensuren, Lehrer und Zeugnisse drehen.«

Das Mädchen gähnte, reckte und streckte sich und schlüpfte in eine Hose, die Ursina für sie geschneidert hatte.

Da hörte sie Schritte und gedämpfte Stimmen. Einen Moment vermutete sie, es wären Gnome auf dem Weg zu den Schächten, die hinab zu ihrer Arbeitsstätte führten. Doch die kleinen Wesen pflegten so leicht aufzutreten, dass sich das Gras kaum unter ihren Füßen bog. Diese schwebenden Schrittchen hätten sie gewiss nicht geweckt.

Misstrauisch trat Mira an das gardinenlose Bullauge. Draußen flackerten erst wenige Lämpchen, denn die Zwerge benötigten kein künstliches Licht; mit ihren gelben Eulenaugen konnten sie die Dunkelheit wie mit Scheinwerfern durchdringen. Die Petroleumlampen und Fackeln hatten sie für ihre Gäste angebracht.

Zuerst sah Mira an den Hauswänden entlanghuschende Schatten; die flatternden Bewegungen fielen kaum auf; es war, als würden Motten um das Licht kreisen. Dann jedoch erkannte sie Gestalten, die gebückt schlichen. Wer auch immer sich dort entlangstahl, führte gewiss nichts Gutes im Schilde. Mira fühlte eine Gänsehaut auf ihrem Rücken wachsen. Wenn doch nur Alabusch hier wäre oder wenigstens Adila! Sollte sie zu Ursina laufen und sie um Hilfe bitten? Sicher kannte sie einige Gnome, die ihnen tatkräftig zur Seite stehen konnten? Aber was, wenn es doch eine harmlose Erklärung gab? Durfte sie die kleinen Leute derart beunruhigen? Sollte sie den

Unbekannten nicht erst einmal folgen und herausfinden, was diese beabsichtigten?

Mira blieb nicht viel Zeit zum Nachdenken. Sie warf den blauen Mantel über und zog die Kapuze tief ins Gesicht. Dann schlüpfte sie lautlos hinaus.

Es war nicht schwer, den seltsamen Gestalten zu folgen. Miras Augen hatten sich mittlerweile an das Halbdunkel der Gnomenwelt gewöhnt und es gab keine Winkel und Gässchen, in denen man sich verbergen konnte. Mira erkannte bald Franz Martschenko in der Gruppe und sicher lief sein Freund Herrmann vorneweg und führte die Meute. Das Mädchen lief, als wäre sie eine Nachzüglerin, und als sie sich – gebückt und das Gesicht verborgen – zu den anderen gesellte, fiel das niemandem auf.

Ohne Zweifel lief die Schar zu den Schächten; niemand sprach auch nur ein geflüstertes Wort. Also schien die Aktion, was auch immer sie bezwecken sollte, abgesprochen und vielleicht von langer Hand geplant worden zu sein. Der Eingang des ersten Schachtes befand sich hinter einer Reihe von Sträuchern und glich dem etwas vergrößerten Bau einer Kaninchenfamilie.

Die Gruppe versammelte sich atemlos und ein wenig ratlos um das Loch, und als sich ein Gnom zeigte, der nach dem Rechten sehen wollte, packten sie ihn, hielten ihm den Mund zu und zogen ihn hinauf. Franz Martschenko stopfte dem kleinen Mann ein Gemisch aus Gras, Sand und Blisetten in den Mund und Herrmann fesselte ihn. Der

Gnom schien völlig erstarrt und rührte sich nicht; nur eine dicke Träne rollte aus seinem rechten Auge.

Mira erkannte den Zwerg; es war ein Enkelsohn von Lynlyn und Rulrul und er hieß Dandan.

»Wer bleibt als Wache zurück?« Die Stimme des Pickligen schien sich innerhalb weniger Stunden verändert zu haben. Er sprach schrill und barsch, wie ein Pirat, der seine Mannschaft auf ein fremdes Schiff führt. Mira meldete sich spontan und er nickte ihr zu, ohne sie genauer zu betrachten. Mira stand wie ein Eiszapfen, bis die Truppe ihrem Gesichtskreis entschwand. Sie beugte sich rasch zu Dandan und begann mit zwei Fingern seinen Mund von dem Unrat zu befreien.

»Ich bin's, Mira«, flüsterte sie ihm zu und löste seine Fesseln mit Hilfe eines scharfkantigen Steins, den sie seit einigen Tagen bei sich trug. »Hab bitte keine Angst, ich will dir helfen.«

Dandan keuchte und rang nach Luft, und das Mädchen klopfte ihm tröstend auf den Rücken. Der Gnom spuckte Sand und Gras aus, dann schaute er Mira verwirrt und misstrauisch an.

»Ist noch jemand in diesem Schacht?«, fragte das Mädchen.

Dandan antwortete nicht und Mira wiederholte ungeduldig ihre Frage, obwohl sie wusste, dass er ihre Sprache nicht verstand.

»Bitte«, fügte sie hinzu, »vertrau mir! Ich gehöre nicht zu denen, die dir ein Leid antun wollen. Ich bin eine

Freundin deiner Großeltern! Mira ist Erak Erak von Lynlyn und Rulrul. Versteh doch ...!«

Das staubbedeckte Gesicht hellte sich ein wenig auf und Dandan rief ein paar Worte in den Schacht. Ein Kopf erschien und Mira erkannte zu ihrer Überraschung Launo.

»Die Gnome akzeptieren mich als ihresgleichen«, erklärte der Junge stolz, als er Miras Verwunderung bemerkte. Er wollte weitersprechen, doch das Mädchen legte ihre Hand rasch auf seinen Mund und erläuterte hastig die Lage.

»Meine Mutter hat das kommen sehen«, sagte Launo düster.

»Ihr müsst Ursina warnen und Lynlyn und Rulrul um Rat fragen!«, rief Mira.

»Wir werden laufen, so schnell uns unsere Beine tragen.« Launo wechselte ein paar Worte mit Dandan in der Sprache der Gnome und dann preschten sie wie Fohlen davon.

Mira eilte zum nächsten Schacht und auch dort lag schon ein gefesselter Gnom. Sie hatten ihm Arme und Beine auf dem Rücken verschnürt und ein dicker Wollschal verhinderte, dass er um Hilfe schrie. Dem Mädchen stiegen Tränen der Wut in die Augen. Ausgerechnet an den friedlichsten und liebenswürdigsten Geschöpfen mussten sich dieser Herrmann und seine Bande vergreifen! Rasch zerschnitt Mira die straffen Bänder und knotete den Schal auf. Der Gnom sprang abrupt hoch und ehe es

Mira verhindern konnte, stieß er einen lang anhaltenden entsetzten Schrei aus. Mit aller Kraft versuchte Mira den kleinen Mann mit sich zu ziehen, damit sie sich im nächsten Busch verstecken konnten. Doch der Wicht dachte nicht daran, dem Mädchen zu folgen. Er wehrte sich und sie rangen noch, als Fußgetrappel sich ihnen näherte.

»Was ist hier los!?«, brüllte Herrmann aufgebracht. Mira hielt die Kapuze krampfhaft über ihrem Gesicht fest und schrie: »Der Zwerg hier wollte türmen!«

Drei junge Männer stürzten sich auf den armen Gnom und überwältigten ihn in wenigen Sekunden. Mira musste hilflos zusehen, wie sie ihn traten und schlugen.

»Aufhören!«, schrie sie schließlich, doch die Männer achteten nicht auf sie. »Aufhören, verdammt noch maaaaal!!!«, brüllte Mira aus Leibeskräften.

Plötzlich wurde es still und alle Blicke richteten sich auf das Mädchen. Unter gesenkten Lidern erkannte sie, dass Herrmann und Franz Martschenko sie musterten und sich zunickten. Heimlich hielt sie nach einer Fluchtmöglichkeit Ausschau, doch der Kreis, der sich um sie gezogen hatte, schien ihr kein Schlupfloch zu lassen.

Franz sprang vor und riss ihr die Kapuze vom Kopf. »Mira Ziegler«, sagte er triumphierend, als sei sie eine besondere Beute.

»Du erinnerst dich also endlich an mich«, sagte Mira. »Warum kämpft ihr gegen eure Befreier, ihr Dummköpfe?«

Franz Martschenko spuckte vor ihre Füße. Der picklige Herrmann kratzte sich den Kopf, dann schob er sich, die Daumen in den Gürtel gehakt, auf Mira zu.

»Du verdienst eigentlich keine Antwort«, sagte er kühl. »Doch du sollst wissen, warum du sterben wirst. Wir wollen gegen Serafisa kämpfen. Dazu brauchen wir diese Stadt. Wir müssen alle eure Tricks und Wege kennen. Serafisa ist ein Luder; wir sind ihr nur gewachsen, wenn wir so skrupellos sind wie sie. Die Gnome dürfen am Leben bleiben und uns dienen. Doch jeder Ungehorsam wird mit dem Tode bestraft. Es ist sehr freundlich von dir, dass du dich als Anschauungsobjekt zur Verfügung stellst. Du wirst öffentlich hingerichtet werden und jeder wird wissen, wie ernst es mir, Herrmann, dem Starken, ist.«

»Ja«, sagte Mira. »Wie stark und mutig du bist! Ich zittre vor dir und deinesgleichen, Herrmann, der erste Idiot weit und breit!« Sie lachte böse in das Gesicht des Jungen, das sich vor Hass und Wut dunkel verfärbte, und schüttelte unwillkürlich den Kopf. Sie glaubte noch nicht ganz, was hier geschah. Wie konnte es nur so dumme, grausame Leute geben? Träumte sie das alles vielleicht?

»Sprich nicht so zu unserem Anführer«, knurrte Franz Martschenko. Er sah käsebleich aus und hatte Ringe unter den Augen, als hätte er längere Zeit nicht geschlafen.

»Franz, du bringst Schande über Translingen«, sagte Mira ernst.

Der Junge stieß Luft durch die Lippen, als wolle er einen unbequemen Gedanken wegpusten und lachte verächtlich auf.

»Ich ... meine Freunde und ich ... werden kämpfen und Translingen befreien!«, verkündete er großspurig.

Mira wollte etwas entgegnen, da spürte sie kalte Hände, die nach ihren Armen griffen. Herrmann fesselte sie mit schnellen groben Bewegungen, riss ihr die Kapuze mit einem einzigen Ruck vom Mantel, knüllte sie zusammen und stopfte ihr den Stoff in den Mund.

28. Kapitel

Der Abgrund

Alabusch lief ein paar Schritte voraus und Hilarius folgte ihm noch in Sichtweite. Sollte Serafisa ihnen eine Falle stellen, würde nur der Vampir hineintappen und sein Begleiter konnte fliehen. Alabusch aber vertraute auf die

Kräfte, die ihm sein Mantel verlieh, und auf die Scherben, die er bei sich trug. Am liebsten wäre er allein losgezogen, doch Hilarius kannte sich in der Gegend aus und er bestand darauf, den Vampir zu begleiten.

»Es gibt einen kilometertiefen Abgrund, aber er ist nicht zu sehen. Serafisa verschiebt ihn mit ihrer magischen Kraft, wie es ihr gerade einfällt.«

Die Worte des Hilarius im Ohr schritt Alabusch so vorsichtig aus, als befände er sich im Moor. Seine Füße waren es seit Jahren gewohnt, den Boden zu testen und seine Augen waren darin geübt, jede Unregelmäßigkeit genauestens zu prüfen. Sie kamen langsam, aber stetig voran und Hilarius drängte den neuen Freund nicht. Wenn er auch noch wenig von ihm wusste, so spürte er doch, dass Alabusch nicht unüberlegt handelte und dass er sich auf ihn verlassen konnte. An den Anblick der Zähne hatte er sich gewöhnt, nachdem er sicher war, dass der Vampir es nicht auf sein Blut oder das seiner Familie abgesehen hatte. Auf ihrem Weg trank Alabusch gelegentlich einen Schluck aus einer kleinen Flasche, doch Hilarius ahnte, dass der Vampir von einem ständigen Hunger geplagt wurde.

»Es heißt, in der Abteilung Eins leben auch einige Menschen«, berichtete er dem Freund bei einer Rast. »Sie sind nicht an der blauen Seuche erkrankt und kommen auch nicht aus der Stadt der toten Helden, das bedeutet, sie sind unserer blauen Freundin mit den weißen Haaren freiwillig gefolgt.« Hilarius reckte die Hände einem kleinen Feuer entgegen und beobachtete die unbewegte Miene des Vampirs.

»Warum?«, fragte Alabusch schlicht. Er schien nicht ganz bei der Sache, aber er wandte sich seinem Gefährten zu und wartete auf die Antwort.

Hilarius zuckte mit den Achseln. »Wo der Kuchen der Macht aufgetischt wird, da gibt es Leute, die ordentlich zulangen wollen«, meinte er. »Ich weiß nur, dass ihr Politiker nachliefen, die aus irgendwelchen Gründen aus ihren Parlamenten ausgeschieden sind. Serafisa hat sie, wie ich einmal hörte, zu Ministern und Staatssekretären ernannt.«

In Alabuschs Gesicht veränderte sich nichts; es schien ihn nicht sonderlich zu interessieren, welch fragwürdige Gestalten der blauen Herrscherin dienten.

»Woran denkst du?«, fragte Hilarius schließlich ungeduldig.

»An nichts Besonderes«, gab der Vampir unwirsch zurück. Er wollte nicht zugeben, dass er sich Gedanken um die Zurückgebliebenen machte, um Mira, Ursina, den kleinen Launo und die Gnome. Natürlich war ihm nicht verborgen geblieben, wie respektlos einige der Flüchtlinge ihre Gastgeber behandelten.

Rasch trat Alabusch die kleinen Flammen aus und der graue Qualm glitt an seinen Beinen hoch und stieg ihm in die Nase. Er musterte das Land, das vor ihnen lag, und das sich in nichts von dem unterschied, das sie bereits hinter sich gelassen hatten. Es sah hier aus, als wäre vor nicht allzu langer Zeit eine Feuersbrunst über die Vegetation hinweggerollt und als hätten nur die widerspenstigsten Pflanzen überlebt.

»Früher soll diese Landschaft in allen Farben des Regenbogens geblüht haben«, sagte Hilarius wehmütig. Er schien Alabusch seine Frostigkeit nicht übel zu nehmen. »Die blauen Strahlen töten nicht nur Erinnerungen; sie fegen über die Erde hinweg wie tausend scharfe Winde und machten alles so ... ähnlich. Alles sieht plötzlich gleich aus. Die Menschen unterscheiden sich ebenso wenig voneinander wie die Landstriche. Es gibt nicht Schlimmeres als dieses Einerlei. Verstehst du, was ich meine?«

Alabusch grinste ein wenig. Natürlich verstand er, was der Mann meinte. Doch aus Hilarius' Mund klang es absurd. Denn gerade er ähnelte niemandem, den Alabusch kannte. Wäre Hilarius eine Pflanze, dann gewiss eine alte starke Eiche, mit Ästen, die wie ein Heer von Armen in den Himmel griffen. Die blauen Strahlen hätten diesem Baum nichts anhaben können.

»Die Gnome erzählen ihren Kindern ein Märchen ... nun ja, es klingt wie ein Märchen ... aber es könnte auch ein Traum sein oder mehr, wer weiß ... Hörst du mir zu, mein Vampir-Freund?«

»Natürlich«, sagte Alabusch verwundert und lächelte. Es tat gut, neben jemandem zu gehen, der ihn Freund nannte. »Natürlich höre ich dir zu, Hilarius.«

»Es heißt in diesem Märchen, es gäbe einen Vulkan, einen lebenden Vulkan. Er hat ein Herz wie ein Mensch. Dieses Herz hat geschlagen. Bumm bumm. Bumm bumm.

Bumm bumm …« Hilarius schlug sich im Rhythmus seiner Worte gegen die Brust. »Hin und wieder ist er ausgebrochen. Aber dieser Vulkan brachte nicht den Tod. Er brachte das Leben. Seine Lava war ein warmer Fluss und hinterher blühte alles. Aber die blauen Strahlen der Serafisa haben dieses Herz berührt. Und seitdem … Es steht still dieses Herz, wie eine abgelaufene Uhr.«

»Wie endet das Märchen?«, fragte Alabusch.

Hilarius breitete seine Arme aus und hob sie in die Höhe, als wollte er eine Wolke umarmen. »Lynlyn und Rulrul denken darüber nach. Sie suchen nach einer Lösung. Aber bisher wissen sie noch nicht einmal, wo dieser Vulkan zu finden ist, falls er überhaupt existiert.«

Alabuschs Schritte wurden schneller. Vielleicht beobachtete Serafisa sie und amüsierte sich köstlich? Er wollte sie herausfordern und sie zwingen gegen ihn zu kämpfen. Er wollte den blauen Spuk ein für alle Mal beenden. Aber wie konnte er ihr begegnen, wenn sie sich versteckt hielt und nur ihre Spielchen mit ihm spielte?

Plötzlich spürte er eine Bewegung unter seinen Füßen und der Boden gab nach, als trete er in Sahnetorte. Ehe er sich versah, rutschte er ein Stück hinab und spürte einen Sog, der an ihm zerrte, dass ihm für einen Augenblick Hören und Sehen verging. Blindlings griff er in einen blattlosen Strauch und Dornen gruben sich in seine Haut. Er versuchte, aufzufliegen, aber der Schlund hielt ihn gefangen. Es schien ihm eine Ewigkeit zu dauern, ehe Hilarius nach seinem Arm griff und begann ihn Stückchen für Stückchen hinaufzuziehen. Doch auch der Abgrund ließ ihn nicht los, zerrte an ihm, als wolle er keinesfalls auf ihn verzichten. Dann hörte er die Stimme seines neuen Freundes; er verstand nicht, was er sagte, ihm war, als seien seine Ohren mit Watte verstopft, doch der befehlende Ton drang zu ihm durch und riss ihn aus dem Strudel. Er nahm all seinen Willen zusammen und schwang sich auf.

Die beiden Männer plumpsten einander festhaltend in den dornigen Strauch und eine kurze Zeit lagen sie hilflos da, wie zwei aus dem Nest gefallene Vögel. Alabusch rappelte sich hoch, doch Hilarius blieb verdutzt liegen und betrachtete die Dornen, die in seinen Armen steckten. Der Vampir streckte ihm eine Hand entgegen um ihm aufzuhelfen, aber der Mann beachtete sie nicht.

»Schau dir das an«, murmelte er, »ich sehe aus wie ein Igel.« Hilarius kicherte und Alabusch musste an die fröhliche Ausgelassenheit Launos denken. Kaum zu glauben, wie ähnlich dieser große starke Mann dem Jungen in manchen Augenblicken war.

»Komm weiter«, sagte er ein wenig barsch. Der Mann zupfte sich ohne einen Schmerzenslaut die Dornen aus der Haut und stapfte Alabusch hinterher, der sich vorsichtig der Stelle näherte, an der der Boden nachgegeben hatte. Die Erde sah grau-braun und steinig aus, hart wie Fels. Hilarius, der noch immer mit seinen Dornen beschäftigt war, schlurfte, ehe Alabusch es verhindern konnte, weiter und gelangte über das Stück Erde hinaus, in dem Alabusch beinahe versunken wäre. Dem Vampir entfuhr ein halb erstaunter, halb empörter Schrei und der Mann drehte sich fragend nach ihm um.

»Ich sagte dir ja, dass der unsichtbare Abgrund wandert. Die blaue Hexe schiebt ihn hin und her. Ein nettes Spiel, was? Es heißt: ›Mensch, ärgere dich‹! Und niemand außer der Schmeiß-runter-Königin weiß, wo der Schlund sich wieder öffnet.« Er lachte lauthals über das verblüffte Gesicht des Vampirs, als befänden sie sich auf einem unterhaltsamen spaßigen Spaziergang.

»Es ist nicht gut, so unvorsichtig zu sein«, knurrte Alabusch verstimmt. Er starrte an Hilarius vorbei in die Ferne, und da kam es ihm so vor, als erblicke er einen blauen Streif am Horizont.

»Duck dich!«, schrie er plötzlich und die Männer ließen sich augenblicklich in den Staub fallen. Ein schwerer blauer Pfeil oder Speer schoss über sie hinweg. Wie ein Bumerang beschrieb die Waffe einen Kreis in der Luft und hielt auf Hilarius zu. Alabusch zog die Scherbe des Guten aus seinem Gürtel und warf sich vor den Freund. Der Pfeil schien sich augenblicklich in Nichts aufzulösen, doch der Vampir bemerkte einen blauen Luftballon, der vom Wind davongetragen wurde. Er flog schon so hoch, dass er nicht größer wirkte als ein Stecknadelkopf.

Hilarius klopfte sorgfältig seine staubig gewordene Hose ab. Dann sah er Alabusch an. »Was war denn eigentlich los, zum Teufel«, brummte er. Aber er schien keine Antwort zu erwarten, er breitete die Arme aus und drehte sich wie ein Tanzbär. Es hatte zu regnen begonnen und die Tropfen waren warm und schwer. Das Wasser platzte in einem Guss herab, als sei der Himmel aufgerissen. Hilarius sprang munter in dem strömenden Nass umher und fing die wässrigen Perlen mit den Handflächen und dem Mund auf; wieder sah er aus wie sein Sohn, wie ein übermütiger lebenslustiger Junge. Den blauen Pfeil, der ihn fast getötet hätte, schien er schon vergessen zu haben.

Der Regenguss endete abrupt. Gras brach nun aus der Erde und wenige Sekunden später erblühten gelbe vierblättrige Blumen. Vögel schwirrten herum, mit sehr langen spitzen Schnäbeln. Zwischen zwei Felsen fing ein Bach an zu sprudeln, als hätte jemand einen Wasserhahn aufgedreht. An den Sträuchern entfalteten sich Blätter, hellgrün, mit feinen Härchen an den Rändern. Auf den größeren Steinen zeigte sich eine feine Moosschicht und winzige Käfer eilten geschäftig hin und her.

Und dann gab es da noch etwas – sie glaubten ihren Augen nicht zu trauen – eine Brücke. Sie schien schmal und sehr lang zu sein und als sie sich ihr näherten, erkannten sie, dass sie über den Abgrund führte, der so tief war, dass die Männer nicht sehen konnten, wo er endete.

29. Kapitel: Eine lange Nacht

Mira hielt die Augen fast geschlossen, aber sie schlief nicht. Seit Stunden stand sie an einen Pfahl gefesselt, den Herrmann Brödlitz und sein Kumpan Franz eigens für sie aufgestellt hatten. Ein Junge und ein Mädchen, beide nur wenige Jahre älter als Mira, hielten Wache, doch sie schauten ihre Gefangene nicht an und sie sprachen kaum ein Wort miteinander. Ihre Gesichter verbargen sie halb hinter blauen Tüchern und sie trugen Schiebermützen aus dickem Jeansstoff, die Mira an einen Zeitungsjungen in Translingen erinnerten.

Überhaupt verbrachte das Mädchen die Zeit damit, sich zu erinnern. Sie dachte dabei nicht an bestimmte Menschen oder Ereignisse, sondern sie schaute die Bilder an, die sie sah, wenn sie die Lider senkte. Sie konnte ein kleines Mädchen erkennen, das gerade Laufen gelernt hatte, und mit wackligen Schritten den unendlich langen Beinen des Papas folgte. Das Kind trug eine rote Zipfelmütze, die ihm bis über den Po hing und hin und her baumelte, wenn es vorwärts tapste. Mira konnte sich nicht entsinnen, wann und wo sie das kleine Kind gesehen hatte, aber das Bild war so deutlich in ihr, dass sie sogar erkennen konnte, dass die Augen rund und braun aussahen und fragend dreinblickten. Mira betrachtete das Bild in ihrem Innern wie eine hübsche Fotografie und erst, als sich Schritte näherten, hob sie die Lider.

Eine Flüchtlingsfrau stand vor ihr; sie trug einen Korb mit Blisetten bei sich und schaute Mira prüfend an. Das Mädchen konnte nicht erkennen, ob die Blicke freundlich oder nur neugierig waren, auch das Gesicht, die schmalen blassen Lippen, die runde Regentropfennase und die hellen kaum sichtbaren Brauen und Wimpern verrieten nichts.

Die Frau hielt Mira eine duftende etwa tomatengroße Frucht hin und das Mädchen ließ sich bereitwillig, wenn auch etwas verlegen, bewirten. Sie biss in das süße Fleisch und der Saft lief ihr über das Kinn. Ihr Magen verlangte knurrend nach mehr, obwohl die Frau erst vor zwei oder drei Stunden bei ihr gewesen war und sie gefüttert hatte. Die Frau schob ihr noch zwei kleinere gelbe Blisetten in den Mund und Mira kaute und genoss den Geschmack, der sie an gut gewürzte Bratkartoffeln erinnerte.

»Könnt ihr mir nicht wenigstens die Hände losbinden, damit ich nicht wie ein Baby essen muss?«, wandte sich Mira an die Wachen. Doch die beiden reagierten nicht und drehten nicht einmal die Köpfe in ihre Richtung. Es schien ihnen jedoch auch egal zu sein, dass die Frau ihre Gefangene geduldig beköstigte. Sie hatten wohl nur dafür zu sorgen, dass Mira nicht ausriss.

Mira aß sich an den gelben und violetten Früchten satt und die Frau wischte ihr schließlich mit einer rauen, aber nicht unfreundlichen Bewegung Lippen und Kinn mit einem feuchten weißen Tuch ab.

»Danke«, sagte Mira. »Wie heißt du?«

Die Frau nickte ernst zum Abschied, ohne Miras Frage zu beachten. Vielleicht hatte dieser Herrmann den Leuten verboten mit der Gefangenen zu sprechen. Mira schaute der Frau nach, bis sie zwischen den Häusern verschwand.

In den vergangenen Stunden waren die Flüchtlinge in die Kuppelbauten eingezogen. Die Gnome mussten Hals über Kopf geflohen sein, nachdem Launo und Dandan ihnen von den Geschehnissen berichtet hatten; sie hielten sich verborgen, vermutlich tief unter der Erde.

Mira wagte sich nicht auszumalen, wie verstört und enttäuscht die kleinen Leute sein mussten. Gewissensbisse begannen sie zu quälen: Hatte nicht sie die Flüchtlinge hierher gelockt? Das Pech schien an ihren Händen zu kleben. Wohin sie auch ging; entweder eilte das Unheil ihr voraus oder es folgte ihr.

Sie lehnte sich an den Pfahl; aus einigen Häusern

drang Licht und Mira schien es, als starrten die Bullaugen sie an. In dem Kuppelbau, in dem sie noch vor wenigen Stunden gewohnt hatte, erlosch die Lampe. Wer mochte diese Nacht in ihrem Moosbett schlafen? Bisher hatte sie das feuchte krümlige Lager nicht besonders geschätzt, doch nun sehnte sie sich danach, in ihr Nest zu sinken und den herben Geruch nach Erde einzuatmen.

Auch in dem größten Kuppelbau brannte noch Licht und vor dem Haus flackerte ein Feuer. Im Laufe des Tages sah Mira Menschen ein und aus gehen. Die drei gefangenen Gnome wurden Herrmann und Franz, die nun in dem Bau von Ursina und Hilarius hausten, vorgeführt und nach wenigen Minuten wieder herausgebracht. Sie warfen Mira scheue fragende Blicke zu; niemand hier konnte ihre Sprache sprechen, und sicher verstanden sie nicht, was ihnen geschah. Aber auch ihre Peiniger konnten nichts aus ihnen herausquetschen. Und die Eingänge der Schächte waren zu schmal für die breiten Körper der Flüchtlinge.

Mira lächelte unwillkürlich. So einfach würde sich das kleine Volk sein Geheimnis nicht entreißen lassen.

Die Tür, die einst Ursina und Launo in allen Farben des Regenbogens bemalt hatten, sprang auf, als sei jemand dagegen getreten.

Zuerst erschien Franz Martschenko; er pfiff laut und falsch und hielt die Hände über die Flammen des Feuers. Ihm folgte Herrmann Brödlitz, der ihn um Kopfeslänge überragte und sich nun noch einen albernen langen

Zylinder aufsetzte. Langsam schritten die jungen Kerle auf Mira zu, sie lachten und schienen sie nicht zu beachten, doch schließlich bauten sie sich vor ihr auf wie Schuljungen, die sich einen Streich ausgedacht haben.

Franz kramte etwas aus seiner Hosentasche und klapperte dann mit einer Schachtel. »Ist dir kalt, liebe Mira?«, fragte er höhnisch.

»Ja, unser armes Kind friert«, sagte Herrmann und nahm seinem Kumpanen die Schachtel aus der Hand. »Wir haben dir was Warmes mitgebracht«, fügte er hinzu.

Das Mädchen roch den Atem der beiden, offenbar hatten sie Ursinas Vorrat an Blisettenwein geplündert. Mira versuchte den Kopf, so weit es ging, wegzudrehen. Doch der Gestank ließ nicht nach.

Herrmann zündete ein Streichholz an und hielt es dem Mädchen unter die Nase. »Siehst du, was wir dir mitgebracht haben?«, fragte er.

Mira pustete die Flamme aus und sah dem Jungen verächtlich ins Gesicht. »Ich dachte, ihr wollt gegen Serafisa kämpfen? Stattdessen betrinkt ihr euch und spielt herum. Ihr seid vielleicht feine Helden. Die blaue Herrscherin wird sich ins Fäustchen lachen über euch!«

Einen Moment herrschte Schweigen und die Jungen standen ebenso starr wie die Wachen.

»Was fällt dir ein ...«, presste Franz heraus, doch Herrmann legte ihm eine Hand auf die Schulter. »Es ist schon schade«, sagte er kalt, »dass unsere Mira nicht erleben wird, wie wir das Gespensterweib besiegen.« Er entfachte ein zweites Streichholz und schützte die Flamme mit der linken Hand. »Ich schätze deine Strohhaare brennen auch wie Stroh«, sagte er. Franz kicherte schrill.

»Halt ihr den Mund zu!«, befahl Herrmann. Der Junge gehorchte sofort und versuchte seine feuchte nach Wein stinkende Hand auf Miras Lippen zu pressen. Das Mädchen biss kräftig zu, die Zunge eingezogen vor Ekel. Franz schrie auf und sprang zurück.

Herrmann warf das brennende Holz zwischen Miras Füße. »Morgen früh werden wir ein hübsches Feuerchen entfachen«, sagte er. Er schob den fluchenden und wimmernden Freund vor sich her und Mira spürte plötzlich ihr Herz bis in den Hals hinaufklopfen.

»Eine angenehme letzte Nacht!«, schrie Herrmann, der sich noch einmal umgedreht hatte, und winkte Mira spöttisch zu.

Das Mädchen betrachtete die kleine Flamme, die das Streichholz auffraß und dann erlosch. Mira bewegte die Hände hinter dem Pfahl; sie fühlten sich taub an, wie erfroren. Auch in den Füßen begann es jetzt zu kribbeln.

Einmal stemmte sie sich kurz, aber kräftig gegen ihre Fesseln, natürlich nutzte es nichts. Die Wachen warfen ihr misstrauische Blicke zu und Mira lehnte sich ergeben zurück.

Sie schloss die Augen und sah das Sumpfkrokodil auf sich zuschwimmen. Zielstrebig glitt es durch das lehmig braune Wasser. Sie sah eine Hand, – wem gehörte sie? Einem Mann? Einer Frau? Ihrem Vater? Launo? Ihrer

Mutter? Olaf? Alabusch? Sie brachte alle und alles durcheinander. Sie konnte nicht nach der Hand greifen. Sie konnte nach nichts mehr greifen. Ihre Hände waren abgefallen und trieben in dem Tümpel. Sie rief nach ihnen wie nach einem Hund und die Finger schienen ein bisschen zu winken. Dann verkrampften sie sich zu Fäusten und versanken und nicht einmal mehr ein Fingernagel glänzte im trüben Licht des Mondes.

Mira riss die Augen auf. Hatte sie geschlafen? Wie spät war es? Wann würden die Burschen kommen, um sie anzuzünden wie einen Weihnachtsbaum? Doch offenbar war die Nacht noch nicht vorbei; kein Feuer brannte, vor manchen Bullaugen waren Rollläden heruntergezogen; die Stadt schlief. Vielleicht würde diese Nacht ja nie zu Ende gehen und das Mädchen wäre für immer und ewig an diesen Pfahl gefesselt.

Wo blieb Alabusch? Warum kam er nicht und half ihr?

Mira spürte, dass ihre Glieder matt und schwer waren. Eine fiebrige Hitze kroch durch ihren Körper und sie dachte daran, wie sie sich früher gefreut hatte, wenn das Thermometer über neununddreißig Grad stieg. Das bedeutete, dass sie zu Hause bleiben, unbehelligt lesen, naschen und fernsehen konnte. Das bedeutete, dass ihre Mutter besorgt nach ihr schaute und ihr Säfte, süße Äpfel und Orangen brachte. Der heiße Körper, die glühende Stirn, die roten Wangen schienen sie in etwas ganz Besonderes zu verwandeln. Sogar der Vater schlich auf Zehenspitzen an der Tür ihres Zimmers vorbei oder brachte ihr einen interessanten Artikel über ein versunkenes Schiff aus seiner Tageszeitung oder fragte sie um Rat, wenn er im Kreuzworträtsel nicht weiterwusste. Das alles schien Millionen Jahre her zu sein.

Die Wachen waren neben Mira zusammengesunken und schliefen unter dicken Mänteln. Offenbar war niemand auf die Idee gekommen sie abzulösen.

Ein Schüttelfrost rüttelte wie eine Sturmbö an dem Mädchen, und als sie eine Stimme an ihrem Ohr hörte, glaubte sie endgültig in einem Fiebertraum zu versinken. Erst vernahm sie nur ein leises Wispern, aber dann gab sie sich Mühe die Worte zu verstehen.

»Mira, ich helfe dir. Ich bin's, Adila. Ich binde dich jetzt los. Versuche mir zu folgen!«

Mira lauschte, aber die Stimme passte nicht zu der kleinen Fee. Sie klang heiser und fremd.

»Zeig dich, wenn du Adila bist«, flüsterte Mira misstrauisch.

Und tatsächlich – die kleine Fee erschien und flatterte missbilligend mit den Flügeln. Sie nieste und putzte sich mit einem rosafarbenen Taschentuch die Nase. Um den Hals trug sie einen viel zu langen Schal.

»Willst du noch eine schriftliche Einladung?«, fragte sie verdrießlich.

Sie verschwand, ehe Mira antworten konnte, und einen Augenblick später fielen die zerschnittenen Schnüre in den Staub.

»Ich konnte ja nicht ahnen, dass du erkältet bist«,

rechtfertigte sich Mira. Sie schüttelte ihre tauben Glieder und versuchte einen Schritt zu gehen, doch die Knie knickten ihr weg, als wären sie aus Stroh.

Das Mädchen, das sie bewacht hatte, regte sich unter dem Mantel und Mira blieb nichts anderes übrig als auf allen vieren davonzukriechen.

Adila erschien und deutete in die Richtung, die von dem Gnomenstädtchen wegführte. Hinter einigen der Bullaugen leuchteten Lampen auf; es konnte nicht mehr lange dauern, bis die Flüchtlinge auf den Beinen waren. Mira versuchte sich aufzurichten, doch ohne den Pfahl als Stütze brach sie zusammen. So krabbelte sie der kleinen Fee hinterher und wusste nicht recht, ob sie lachen oder weinen sollte. Einmal knickten ihr auch die Arme weg und sie lag mit der Nase im Sand und sah vor sich eine riesengroße Ameise ein riesengroßes Zweiglein schleppen. Die Ameise kam ihr so stark vor, dass sich Mira auf die Knie schob, dann auf die Füße und sich schließlich aus der Hocke heraus aufrichtete. Sie lief die ersten Schritte breitbeinig und wacklig wie dieses Kind, dessen Bild sie gesehen hatte, als sie am Pfahl stand.

Die kleine Fee nickte beifällig, schwebte heran und reichte ihr die Hand. »Du schaffst es«, sagte sie. Und Mira fiel ein, dass das auch der Vater zu seiner Zipfelmützentochter gesagt haben könnte.

30. Kapitel

Das erstarrte Meer

Die Brücke unter ihren Füßen schwankte und ächzte. Wie tief mochte der Abgrund sein? Alabusch schob sich langsam, Zentimeter um Zentimeter vorwärts, doch es gab keinen Zweifel: die Brücke wurde schmaler und schmaler. Sie glich nun eher einer straff gespannten Wäscheleine und Hilarius klammerte sich an Alabusch wie ein verängstigtes Kind an seine Mutter.

Mit einem Laut, der wie ein leises *Snupp* klang, geschah es dann: Die Brücke riss wie ein Bindfaden. Alabusch reckte das Kinn vor, breitete die Arme aus, doch Hilarius hing wie ein bleiernes Gewicht an ihm und sie sanken ein Stück hinab.

»Versuch mit den Füßen zu paddeln«, rief der Vampir Hilarius zu, denn er selbst musste die Beine stillhalten, wenn er seinen Begleiter nicht verletzen oder abschütteln wollte. Hilarius antwortete nicht, aber Alabusch spürte einen schwachen Antrieb von hinten. Er schwang kraftvoll seine Arme, ja sein ganzer Körper spannte sich und er konzentrierte sich auf eine Wolke, die aussah wie ein davonpreschendes Pferd. Allmählich ging es wieder aufwärts. Doch in diesem Augenblick gerieten sie in einen Strudel, er wirbelte sie herum und es schien, als würde der Schlund sie einsaugen wie Staubflocken, da streckte der Vampir die Hand mit der Scherbe in die Höhe und sie entkamen dem Sog. Hilarius klammerte sich an Alabuschs Beine sie strauchelten in der Luft und dann segelten sie in etwas hinein, das blau schimmerte und sich warm anfühlte. Alabusch half dem Freund auf, der von Kopf bis Fuß in die Tunke getaucht war und aussah, als sei er in ein Tintenfass gefallen.

Knietief staken sie im Schlamm, versanken jedoch nicht weiter darin. Unter ihren Füßen schien feiner Sand zu liegen – sie liefen wie auf dem Boden eines seichten Meeres oder Flusses. Sie stapften durch eine dicke Soße und jeder ihrer Schritte ergab einen schmatzenden Laut.

Schweigend liefen sie nebeneinander und betrachteten die Landschaft, die vor ihnen lag: Das Meer schien sich zu meterhohen Wellen aufzubäumen, aber die Brandung stand still und wie gefroren da, als hätte ein Zauberer mit den Fingern geschnipst und in diesem Moment jede Bewegung angehalten. Oder konnte es sein, dass Serafisa auch dem Meer die Erinnerung genommen hatte, nämlich die, zu wogen und zu toben?

Hilarius griff nach Alabuschs Hand und drückte sie kräftig. »Wir träumen nicht, oder?«, murmelte er.

Der Vampir versuchte ein wenig verlegen sich aus dem Griff zu befreien. Er wusste, dass seine Hände kalt wie Eis waren. Je hungriger er wurde, desto kälter wurde er auch. Und da nützte es wenig, dass er durch diesen lauen Morast stiefelte.

Gedankenverloren begann Hilarius die Finger des Freundes zwischen seinen schwieligen Händen zu reiben. Er starrte dabei voll Staunen geradeaus auf die glitzernden Schaumkronen. Sie bildeten Bogen wie Toreingänge und das helle, fast weiße Blau lockte wie ein sonnegetränktes gastfreundliches Haus. »Kommt, kommt zu uns«, schienen die Wellen zu rufen und die Gischt, die nicht spritzte, sondern wie eine Blume aus Eis blühte, schien scheu und doch freundlich und einladend zu kichern.

Alabusch zog seine Hand verstohlen zurück und verstaute sie in seiner Manteltasche. In seinen Fingern kribbelte eine angenehme Wärme.

Sie zögerten nun nicht länger und betraten das erstarrte Meer. Es gab nicht nach unter ihren Füßen, es knirschte nur leise wie Schnee, doch strömte keine Kälte von der Fläche. Hilarius berührte eine gläserne Woge und auf seinem Gesicht breitete sich ein erstauntes Lächeln aus.

»Warmes Eis«, murmelte er. Wie ein Kind hüpfte er um die Welle herum und stampfte mit den Füßen, die in schweren Stiefeln steckten, kräftig auf. »Das Eis ist warm und schmilzt doch nicht.«

»Hoffentlich«, knurrte Alabusch misstrauisch. Er hielt

Ausschau nach Kameras, doch er konnte nichts Auffälliges entdecken. Sollte die Herrscherin in ihrem eigenem Heim so unvorsichtig sein?

Das Gewölbe, das sie nun betraten, schillerte in allen nur erdenklichen Blautönen und der Vampir zweifelte nicht daran, dass sie sich im Schlosse Serafisas befanden. Alles hier schien von einer glänzenden, künstlichen Schönheit. Nichts um die beiden Männer bewegte sich; kein Vogel flatterte auf, kein Tropfen platschte vor ihre Füße, nicht einmal ein Windhauch streifte sie. Es war, als liefen sie durch die gigantische Kulisse eines fantastischen Filmes.

Sie schritten durch einen turmhohen gezackten Toreingang; die Zapfen hingen bedrohlich lang und spitz über ihnen und Alabusch fragte sich, ob Serafisa sich einen Scherz mit ihm erlaube, denn die Zacken ähnelten auffällig seinen Zähnen.

Doch der Saal, in den sie gelangten, fesselte jäh seine Aufmerksamkeit. Dort stand ein Thron, der aus Edelsteinen zusammengesetzt schien; es waren runde glatte Steine und sie starrten den Ankömmlingen wie Augen entgegen.

»Serafisa ist nicht da«, stellte Alabusch trocken fest. Hilarius trat forsch auf den Stuhl zu, doch da schlossen sich die Augen. Über die Steine fiel eine dünne Schicht wie Haut.

Hilarius lief ein Stück zurück und da blinzelte der Thron und die Steine funkelten. Der Mann sprang wieder vor und Hunderte steinerne Augäpfel verbargen sich hinter bläulichen Lidern.

»Kaum zu glauben«, flüsterte Hilarius. »Das Ding lebt!«, rief er laut. Er streckte seine Hand vorsichtig aus und berührte den Sessel mit den Fingerspitzen. Fast gleichzeitig machte er einen gewaltigen Satz zurück. »Au, verdammt!«, schrie er. »Das Monster steht unter Strom!«

Seine Worte schallten wie ein Donnergrollen in der hohen leeren Halle, und ehe sie noch ganz verklungen waren, flackerte plötzlich ein Bild auf der spiegelglatten Fläche vor ihnen.

Zuerst konnten sie nichts Genaues wahrnehmen. Farbflecken schienen sinnlos herumzutanzen, sich aufzublähen und wieder zusammenzufallen. Dann war etwas wie ein Baum erkennbar, doch die Konturen blieben verwischt. Hilarius stampfte unruhig auf, doch Alabusch hob abwehrend die Hand.

Der Baum wurde zu einem Pfahl und an ihm lehnte ein gefesseltes Mädchen. Die Gesichtszüge blieben verschwommen, als sei das Kind in dicken Nebel getaucht. Doch es gab keinen Zweifel: Es war Mira, die dort stand. Hilarius entfuhr ein erschrockener wütender Schrei und die Erscheinung löste sich augenblicklich auf, zerbrach wie hauchdünnes Eis. Die Stückchen glitzerten und glänzten in allen Blautönen, doch sie fügten sich zu keinem erkennbaren Bild mehr zusammen.

Die beiden Männer warfen sich düstere Blicke zu, sie wechselten kein Wort. Eine blinde Wut stieg in Alabusch auf. Ohne nachzudenken, griff er nach der Scherbe des Guten und richtete sie gegen Serafisas Thron.

Erst tat sich gar nichts. Nichts regte oder veränderte sich. Die steinernen Augen blieben verborgen hinter wächsernen Lidern. Alabusch sprang ein Stück vor und hielt die Scherbe vor die Augen, die sich jetzt öffneten und ihm entsetzt und dunkel vor Hass entgegenstarrten. Ein blauer Blitz lief über den edelsteinbesetzten Rücken des Thrones, über die Armlehnen und schoss auf den Angreifer zu.

Der Vampir hielt die Scherbe wie einen Schild vor sich; Funken sprühten und einen Moment schien es Feuer zu regnen. Eine Flammenkugel sauste so schnell auf den Stuhl zu, dass die Augen sich nicht mehr schließen konnten. Der Stuhl explodierte beinahe lautlos. Dann sprangen Gummibälle auf dem Boden umher und hüpften von Wand zu Wand.

Alabusch blieb keine Zeit seinen vermeintlichen Sieg zu genießen. Unter den Füßen der Männer bildeten sich Risse; sie zogen sich quer durch den Raum und sogar die Wände hoch. Wasser drang durch die entstandenen Ritzen; hier und da sprudelte es wie aus Springbrunnen. Das erstarrte Meer brach!

»Ich hoffe, du kannst gut schwimmen«, sagte Hilarius, der seine Angst nur wenig hinter einem Lächeln verbarg. »Mein letzter Badeurlaub liegt jedenfalls schon ein paar Jahre zurück«, meinte er und seufzte.

Immer heftiger quoll das Wasser aus den Spalten; es

umspülte ihre Füße und drang durch das spröde Wildleder ihrer Stiefel.

Es schwappte an ihren Beinen hoch und die spiegelglatte Fläche begann bedrohlich zu schwanken. Die Wogen stiegen höher und höher, klatschten ihnen ins Gesicht, als wollten sie mit ihnen spielen. Doch schon brach eine Wand des Schlosses und eine riesige Welle lief auf sie zu.

Alabusch hörte einen Schrei; er sah zu seinem Freund hinüber, aber er konnte ihn nirgends entdecken. Da, wo er gestanden hatte, wirbelte nur noch sein Hut im Kreis herum. Die Welle traf Alabusch wie ein Schlag mit bleischwerer Waffe. Er fiel und gleichzeitig spürte er, wie der Boden unter ihm nachgab. Ehe er sich versah, war rings um ihn Wasser, das brodelte, als ob es kochen würde. Alabusch strengte all seine Kraft an und stieß sich vorwärts; im Moor hatte er gelernt gegen das Versinken zu kämpfen. Doch die Ströme des entfesselten Meeres zerrten mit einer solchen Heftigkeit an ihm, dass er einen klaren Gedanken brauchte, der ihm die Stärke verlieh ihn durch dies tosende Chaos zu führen: Er musste Hilarius finden, bevor es zu spät war.

31. Kapitel

In der Unterwelt

Wie aus weiter Ferne vernahm Mira Stimmen. Sie schienen über ihr zu schweben wie Schmetterlinge. Sie klangen leise und das Mädchen strengte sich an die Worte zu verstehen. Doch obwohl die Stimmen jetzt näher kamen und Mira die Laute deutlich hören konnte, begriff sie die Bedeutung des Gesagten nicht. Sie versuchte ihre Augen zu öffnen, doch ihre Lider waren so schwer, so unendlich schwer.

Eine kühle kleine Hand legte sich auf ihre Stirn, dann benetzte ein feuchtes Tuch ihre Wangen, ihre Lippen und ihren Hals.

»Lasst mich schlafen«, murmelte sie. »Ich bin so ... schrecklich ... müde.«

»Sie wacht auf!«, rief da plötzlich eine helle junge Stimme. »Mira wacht auf!«

›Nein, nein‹, dachte Mira. ›Ich wache nicht auf. Ich schlafe. Ich will weiterschlafen.‹ Sie versuchte sich auf die

Seite zu drehen, weg von dem Stimmengewirr. Aber jemand hob ihren Kopf an und hielt eine Flasche an ihre Lippen. Ein süßlich-würziger Duft stieg in ihre Nase und Mira verspürte einen jähen heftigen Durst.

Sie schluckte gierig wie ein Baby; ein paar Tropfen rannen über ihr Kinn, aber sie trank nur noch hastiger.

»Mira«, sagte die junge Stimme fröhlich. »Willst du uns nicht ansehen?«

Mira schüttelte den Kopf, aber sie spürte, wie allmählich die Müdigkeit nachließ und einer leichten Neugier Platz einräumte. Wo befand sie sich? Und wie war sie hierher geraten? Zu der Hand, die ihren Kopf hielt, gesellte sich eine zweite, wärmere, größere. Sie streichelte ihr Gesicht und fuhr ihr durchs Haar.

»Du bist unter Freunden und in Sicherheit«, sagte die Stimme der Frau. »Du musst dich nicht fürchten. Ich bin es, Ursina, und neben mir steht Launo.«

Einen Moment konnte sich das Mädchen nicht entsinnen, diese Namen jemals gehört zu haben. Es kam ihr vor, als sei sie in einen wattedicken Nebel getaucht, der nichts zu ihr hindurchließ und jeden klaren Gedanken erstickte.

»Ursina«, wiederholte sie leise. »Launo.«

Ihre Lider hoben sich und sie sah zwei Gesichter über sich gebeugt. Das blasse besorgte Gesicht einer Frau und die großen glänzenden Augen ihres Sohnes.

»Willkommen in der Unterwelt«, sagte Launo und kicherte. Eine Reihe von Gesichtern tauchte wie aus dem Nichts neben ihm auf und das Mädchen erkannte unter ihnen Lynlyn, Rulrul und Dandan. Einen Moment verwirrte Mira der Anblick der vielen Nasen und Ohren. Doch dann sagte sie schlicht: »Ich freue mich euch zu sehen.«

»Wir grüßen dich, Mira«, sagte Lynlyn lächelnd. »Wir sprechen deine Sprache.«

Das Mädchen nickte. »Wie lange habe ich geschlafen?«

»Kaum der Rede wert«, sagte Launo großzügig. »Ein Winterschlaf war es noch nicht.«

»Vierundzwanzig Stunden etwa«, sagte Ursina sachlich. »Adila befreite dich von diesem schrecklichen Pfahl und mithilfe einiger mutiger Gnome brachte sie dich durch einen Gang, den Herrmann und seine Kumpane nicht kennen, hierher. Du hattest Fieber und hast uns angesehen wie Fremde; dann sind dir die Beine weggeknickt ...«

»Ich danke euch ...«, murmelte Mira. Sie nahm einen kräftigen Schluck von dem aromatischen Getränk und fühlte, wie sich eine wohlige Wärme in ihr ausbreitete.

»Das ist Blisettenwein«, erklärte Launo. »Der hebt tote Fliegen wieder in die Lüfte.«

Seine Mutter bedachte ihn mit einem ärgerlichen Blick, doch der Junge achtete nicht darauf.

»Es gelang uns auch, die drei Gnome zu befreien. Dieser Herrmann wird vermutlich wütend wie Rumpelstielzchen um seinen Pfahl tanzen.«

Mira lächelte und ließ es zu, dass Launo ihr von ihrem Lager half. Als sie auf der nackten felsigen Erde stand, schwindelte ihr ein wenig, doch Ursina und ihr Sohn stützten sie, bis das Zittern aus ihren Knien wich.

Durch die Höhlen der Gnome konnte Mira nur gebückt gehen; manchmal musste sie sich auf allen vieren vorwärts bewegen. Doch sie gewöhnte sich schnell daran. Ja, wenn sie sich zu Ursina und Launo an ein prasselndes Feuer setzte, mit ihnen aß und trank oder wenn sie den Gnomenkindern zusah, die mit runden Kieseln und Stöckchen spielten, fand sie es eigentlich recht gemütlich in diesem Schlupfwinkel tief unter der Erde.

Am Morgen ging sie an den klaren flachen Bach, der sich von einer Höhle in die nächste schlängelte. Sie wusch sich mit dem Wasser, das so kalt war, dass es unter ihrer Haut pulsierte und ihr ganzer Körper kribbelte. Erfrischt und munter schaute sie den kleinen Fischen zu, die umherhuschten und beinahe durchsichtig aussahen.

Sie lauschte dem Plätschern des Baches wie einer Musik, einer Musik, die Ruhe und Frieden versprach.

Mira verbrachte den Tag, indem sie die kleinen und größeren Grotten erkundete, mit den Gnomenkindern spielte, Lynlyn und Rulrul besuchte und sich von Ursina und Launo verwöhnen ließ.

Eine der Höhlen, die ›Terisa Terisa‹ genannt wurde, was soviel wie ›Maschine‹ hieß, durfte weder von ihr noch von Ursina oder Launo betreten werden. Mira bekümmerte das nicht; es drängte sie nicht danach, das Geheimnis dieses seltsamen Völkchens zu ergründen.

»Woher konnten die Gnome wissen, dass sie eines Tages solch einen Unterschlupf brauchen würden?«, fragte sie Launo einmal.

Der Junge lächelte. »Sie wussten es nicht, sie ahnten es. Sie *spürten* es, verstehst du? Die Gnome akzeptieren ihre Träume und Vorstellungen wie Dinge, die tatsächlich passieren.«

Obwohl die Gnome sich hier vor Herrmann und seiner Bande verstecken mussten, lebten sie beinahe ihr gewohntes Leben. Es gab Höhlen, in denen die Kinder spielten und solche, in denen die Erwachsenen beisammensaßen. Es gab Vorratsräume voller gerösteter und getrockneter Blisetten; in Holzfässern wurde Saft, Wein, Marmelade und Mus gelagert. Dennoch war die Stimmung hier gedrückter, den Gnomen schienen die Wiesen zu fehlen, der Duft der frischen erntereifen Blisetten. Doch Mira achtete kaum auf die traurigen Mienen ihrer Freunde. Sie achtete auch nicht auf die Luft, die hier feucht und dick war wie Nebel und nicht auf die Kälte und die Dunkelheit.

Lieber hörte sie Dandan zu, der eine einfache Melodie auf einer Flöte spielte. Manchmal hockte sie auch allein irgendwo und betrachtete die Tropfen, die von den Felsnasen perlten. Die Ratte Goldzahn huschte zuweilen um ihre Füße und das Mädchen nahm sie auf und kraulte ihr Fell.

In diesen Tagen dachte sie wenig an die Welt, die dort draußen existierte. Sie bemerkte nichts von der Sorge um Hilarius, die in Ursinas Gesicht geschrieben stand, und sie ängstigte sich nicht um Alabusch.

Schließlich war ihr Bruder ein Vampir, ein Untoter. Was konnte ihm schon geschehen?

In den Nächten schlief sie fest und traumlos. Am Morgen sehnte sie sich nach der Kälte des Wassers. Es gab nichts, was sie sonst von ihrem Lager trieb.

Einmal, als Mira gerade mit zwei Gnomenkindern und der Ratte am Bach saß und kleine Holzschiffchen fahren ließ, tauchte unvermutet Adila neben ihr auf. Mira erschrak und schämte sich ein wenig, denn sie hatte, seit sie aus ihrer Ohnmacht erwacht war, kaum an die kleine Fee gedacht.

»Adila, was tust du hier?«, fragte sie verstört, als sollte ihre Freundin eigentlich nicht hier sein.

Doch Adila wunderte sich nicht über die Frage. »Ich habe eure Vorratskammer ein wenig gefüllt«, sagte sie. Sie verteilte frische Blisetten an die Kinder und reichte Mira eine Hand voll etwas matschiger Blaubeeren und einige Walnüsse. »Launo hat mir verraten, wo ich dich finden kann«, sagte sie. »Wie es scheint, gefällt es dir hier ganz gut?«

Das Mädchen nickte und ließ die saftigen Beeren auf der Zunge zergehen. »Was hast du uns sonst noch Feines mitgebracht?«, fragte sie neugierig.

Die Ratte Goldzahn schnüffelte um die kleine Fee herum und Adila knackte für das Tier eine Nuss. »Kuchen, Brot und Kekse von Viktoria«, sagte sie. »Und ansonsten Blisetten und nochmals Blisetten.« Adila betrachtete das Mädchen forschend, als warte sie auf etwas, das Mira sagen oder tun würde. Mira entzog sich diesem Blick und schlug mit einem Stein auf eine Nuss ein.

»Aus den Schalen können wir kleine Boote basteln«, sagte sie zu dem Jungen und dem Mädchen. Die Kinder verstanden ihre Sprache nicht, aber Mira deutete auf die hölzernen Hüllen der Früchte und auf den Bach und die beiden nickten.

»Sie erwarten uns zu einer Besprechung«, sagte Adila plötzlich streng.

»Wer?«, fragte Mira verdutzt.

»Die anderen. Ursina, Launo, Lynlyn, Rulrul ...«

Mira zuckte zusammen. Es hatte schon verschiedene Beratungen gegeben, seit sie hier war. Aber sie hatte nie an einer teilgenommen und niemand hatte sie gedrängt, es zu tun. Das Mädchen betrachtete unschlüssig die Nussschalen in ihren Händen. Besaß sie nicht das Recht hier zu sitzen und mit den Kindern zu spielen? Sie war doch selbst noch ein Kind. Oder nicht?

Die Fee hockte schweigend neben ihr und wartete. Mira ließ eine Schalenhälfte schwimmen und tauchte ihre Hände in das eiskalte Wasser. Konnte Adila sie nicht einfach in Ruhe lassen und verschwinden?

Doch die kleine Fee schien nicht die Absicht zu haben, auch ohne das Mädchen zu gehen. Mit vorwurfsvoll gerunzelter Stirn betrachtete sie das Spielzeug, das auf dem Bach tanzte, und presste die Lippen zusammen, als wolle sie ihren Ärger daran hindern, sich Luft zu verschaffen.

»Na schön«, sagte Mira schließlich mürrisch und stand auf. »Wenn es sein muss ...« Sie strich dem kleinen Mädchen durch den wuschligen Haarschopf und winkte dem Jungen zu. Die Kinder nickten ernst, als wüssten sie, dass dies mehr als nur ein flüchtiger Abschied war und ihre Freundin sich in die Welt der Erwachsenen zurückbegab.

Lynlyn und Rulrul saßen auf einer Art Ehrenplatz, auf einer gepolsterten Holzbank, in deren Armlehnen sorgfältig Muster geschnitzt waren. Mira kauerte sich wie eine Katze an die Seite des Möbelstückes und betrachtete gleichmütig die Abbildungen von Blisetten und den sie umrankenden Blättern. Gern hätte sie sich an die Bank gelehnt, ihren frischen harzigen Geruch eingesogen und die Augen geschlossen, doch Adila setzte sich neben sie und flüsterte ihr etwas zu. Mira verstand nicht und blickte in die Runde, Launo und Ursina starrten sie an. Ein komisches Schweigen herrschte.

Dann fragte Lynlyn: »Kennst du diese Frau?«

Erst jetzt sah Mira eine Frau, die ein wenig abseits auf einem Strohballen saß, gerade und stolz, die Arme verschränkt; die strähnigen Haare umrankten ein schmales, bleiches Gesicht.

Mira schüttelte den Kopf. Die kaum sichtbaren Augenbrauen der Frau zogen sich erstaunt und verärgert zusammen und ihr grauer Blick blieb unverwandt auf Mira gerichtet, ohne dass ihre schmalen Lippen auch nur einen Ton entließen.

In Mira tauchte ein Bild auf, das verschwommene Bild einer Flüchtlingsfrau, die einen Korb bei sich trug, aus dem es süß duftete.

»Sie ist eine Fremde«, brachte Mira mühsam hervor, als hätte jemand die Hände um ihren Hals gelegt.

»Ich bin eine Fremde«, sagte die Besucherin ruhig. »Ich habe einem todgeweihten Mädchen, das an einem Pfahl gefesselt stand, zu Essen und zu Trinken gebracht.«

»Ihr wolltet mich töten«, entgegnete Mira heiser.

»Ich half dir am Leben zu bleiben«, sagte die Frau.

»Warum hast du dann nicht meine Fesseln zerschnitten oder mir ein Messer gegeben?«

»Mira, diese Frau ist freiwillig zu uns gekommen«, sagte Rulrul ungehalten. »Sie ist Gast der Gnome. Und wenn sie dir half, wie sie sagt, solltest du ihr die gebührende Ehre erweisen.«

Das Mädchen schwieg.

»Ich glaubte, ich dürfe mich meinem Bruder nicht in den Weg stellen«, sagte die Frau leise. »Mein Name ist Gunda Brödlitz. Ich bin die Schwester von Herrmann Brödlitz.«

›Dann haben wir jetzt eine Geisel‹, dachte Mira kalt. Sie betrachtete die Besucherin mit unverhohlener Feindseligkeit. Alles was sie an den Pfahl erinnerte, schmerzte sie, dass es ihr die Tränen in die Augen trieb. Noch einmal sah sie die Flamme vor sich tanzen, das Zünglein, das ihr so fröhlich den Tod versprach. Nein, sie wollte nicht mehr daran denken. Sollten dieser Herrmann und Franz Martschenko sich zum Teufel scheren. Sie spürte nicht das geringste Bedürfnis sich nach diesen beiden jungen Herren zu erkundigen.

Eine Zeit lang saßen alle schweigsam da; der genannte Name hing wie ein schlechter Geruch in der Luft. Launo trat an das kleine Lagerfeuer und warf Stöcke hinein. Er sah nicht zu Mira hinüber, doch das Mädchen bemerkte, dass seine Bewegungen langsamer waren als sonst.

»Ich bin gekommen euch zu warnen«, sagte Gunda.

Sie wartete eine Weile; das Feuer fraß sich knisternd satt, ein Ast knackte und kleine Funken stoben.

»Herrmann will euch aus euren Höhlen treiben. Er will euch nicht nur zu seinen Sklaven machen, sondern in den Kampf gegen Serafisa schicken.« Gunda sprach leise, als fürchte sie, Ohren hinter den Höhlenwänden könnten sie hören. »Er weiß, dass der Vampir und der Märchenerzähler noch nicht zurückgekehrt sind. Er wird nicht mehr lange warten.«

»Wir danken dir für deinen Mut«, sagte Lynlyn. »Die Gnome sind ein friedliches Volk, aber sie sind auch wachsam und klug.«

»Was sagen die anderen Flüchtlinge zu diesem Plan?«, fragte Ursina trocken.

Gunda zuckte mit den Schultern. »Es wissen nur wenige davon. Mein Bruder lässt immer wieder verbreiten, dass für den Kampf gegen Serafisa alle Kräfte gebraucht werden. Und daran zweifelt niemand.«

»Jedes Mittel wäre ihnen dazu recht?«, hakte Ursina nach.

»Ich fürchte es«, antwortete die Frau.

Mira sprang auf und trat ans Feuer. »Es hat ja auch niemanden gestört, dass ich hingerichtet werden sollte.« Sie streckte ihre Hände den Flammen entgegen. »Anzünden wolltet ihr mich! ... Wer sagt uns, dass du keine Spionin bist? Wer sagt uns, dass dich nicht dein Bruder schickt? Wie kommst du überhaupt hierher?«

»Setz dich, Mira, und halt den Mund!«, fuhr Rulrul das Mädchen an. »Adila brachte die Frau zu uns und sie tat recht daran!«

Mira wurde blass. So hatte niemand zu ihr gesprochen, seit sie von zu Hause fort war und nicht mehr zur Schule ging. Was bildete dieser Wicht sich ein? Sie spürte einen bitteren Kloß in ihrem Hals wachsen und spuckte ins Feuer. Dann wandte sie sich um und verließ gesenkten Blickes die Runde.

Bei ihren Erkundungen im unterirdischen Reich der Gnome war Mira einmal auf eine schmale Felsöffnung gestoßen. Sie hatte eine Fackel entzündet und sie in das Dunkel gehalten, jedoch nichts entdecken können. Die Grotte war offenbar unbewohnt.

Ohne weiter darüber nachzudenken, lief sie jetzt in die Richtung dieses Schlupfwinkels. Sie durchquerte den Bach und bemerkte nicht, dass die Fische erschrocken auseinander stoben. Sie achtete nicht auf die Kinder, die sich kreischend vor Vergnügen mit dem Laub ihrer Nachtlager bewarfen. Einmal stieß sie sich empfindlich den Kopf an einem tief hängenden Steinzapfen, weil sie nicht rechtzeitig daran gedacht hatte, sich zu ducken. Auch die leichten Schritte, die hinter ihr her trippelten, nahm sie nicht wahr.

Wütend stapfte sie vorwärts, die Hände zu Fäusten geballt. Offenbar war Rulrul und seinen Zwergen entfallen, dass auch sie Gastrecht in ihren Behausungen besaß. Wie konnte er es wagen, mit ihr zu sprechen wie mit einem bockigen Schulmädchen?

Als sie durch den Felsspalt kroch, schob sie eine brennende Fackel vor sich her. Doch alles, was sie sah, waren einige dicke Spinnen, die vor dem Schein des Feuers davonkrabbelten.

Im Innern der Grotte konnte sie sich so weit aufrichten, dass sie halbwegs bequem sitzen konnte. Sie fand eine Ritze im Gestein, in die sie ihre Fackel klemmte, und lehnte sich zufrieden an die schorfige Wand. Hier würde sie niemand stören.

Das Mädchen kramte aus ihren Jackentaschen eine Hand voll Nüsse und suchte einen passenden Stein. Die Schläge hallten ungewöhnlich laut zwischen den Felswänden. Oder kam es Mira nur so vor?

Plötzlich sah sie in der Dunkelheit etwas aufleuchten, ein kurzer matter Schimmer, als reflektiere eine Brille oder etwas Ähnliches den Schein der Fackel. Mira verharrte in der Bewegung; sie hielt den Stein, bereit zum Wurf. Ihren gerade eroberten Schlupfwinkel würde sie sich nicht so einfach wieder streitig machen lassen.

Das Mädchen lauschte und versuchte die Finsternis der Ecken und Winkel zu durchdringen. Auch der Störenfried schien abzuwarten. Mira spürte eine Berührung an der rechten Wange; sie langte schnell hin, doch was sie dann in den Lichtkegel hielt, war eine fast mausgroße Spinne. Angeekelt ließ sie das Tier fallen und im gleichen Augenblick wuselte etwas auf sie zu und sprang auf ihren Schoß.

»Goldzahn!«, schrie Mira erschrocken und erleichtert zugleich. »Hast du mir einen Schrecken eingejagt!«

Die Ratte hob den Kopf und lächelte vertrauensvoll. Das Licht der Fackel spiegelte sich auf den goldenen Nagezähnen. Das Tier schmiegte sich an seine Freundin, als sei das sein gutes Recht.

»Wenigstens du hältst zu mir«, murmelte das Mädchen und streichelte Goldzahn so freundschaftlich, als wäre sie die von einem langen Ausflug zurückgekehrte Hauskatze.

»Es ist doch ganz nett hier, findest du nicht?« Sie genoss es, mit jemandem reden zu können, ohne irgendetwas erklären zu müssen oder sich auf ein langes mühseliges Gespräch einzulassen. Die großen dunklen Knopfaugen der Ratte blickten sie klug und freundlich an. Sie hielt eine Nuss in ihren Vorderpfoten und benagte sie. Auch das Tier schien zufrieden.

Mira dachte an ihren Frosch und wie froh sie immer über seine Anwesenheit gewesen war. Lebte er noch? Wie es ihm wohl ging? Vielleicht bestand auch er seine Abenteuer?

»Zu Hause in Translingen, da war mein bester Freund ein Frosch«, erklärte sie der Ratte beinahe feierlich. »Wir haben oft in der Dunkelheit beieinander gesessen, so wie wir jetzt, Goldzahn.« Mira seufzte. Wie viel Zeit war seitdem vergangen? Tage? Monate? Jahre?

»Es kommt mir vor, als hätte ich erst gestern meinen Frosch in den Händen gehalten, ich spüre noch seine kalte feuchte Haut und gleichzeitig liegt das alles so lange zurück, dass ich manchmal denke, ich feiere morgen meinen sechzigsten oder siebzigsten Geburtstag«, murmelte sie schläfrig. »Verstehst du das? Vielleicht werde ich allmählich verrückt ...« Mira sank zur Seite und sie spürte den nahenden Schlaf wie eine sanfte, aber feste Umarmung.

Eine starke hohe Welle warf sich gegen das Schiff und Mira schlitterte auf dem spiegelglatten Deck bis zur Reling. Sie klammerte sich an die Brüstung und hörte die schrillen Schreie hinter sich. Die See tobte wie ein wildes Pferd. Wasser spritzte Mira ins Gesicht und sie konnte nichts mehr sehen. Dann schien es ihr, als würde sie Alabusch in dem schäumenden Meer erkennen, doch eine Welle schwappte über seinen Kopf und der Bruder tauchte nicht mehr auf. Das Schiff kippte nun zur anderen Seite und das Mädchen wollte schreien, aber ein salziger Schwall klatschte in ihr Gesicht und drang in Mund und Nase. Sie hustete und keuchte und rang nach Atem und dann erwachte sie.

Benommen starrte Mira in die Dunkelheit und einen Moment glaubte sie noch das Schiff unter sich schwanken zu spüren. Dann platschte ein dicker Tropfen auf ihre Stirn; Mira richtete sich auf und schüttelte sich, dass ihr nasses Haar um sie herumwirbelte. Sie warf einen ärgerlichen Blick auf die kleine felsige Nase über ihr, die plötzlich Schnupfen bekommen zu haben schien. Dann hielt sie nach Goldzahn Ausschau. Die Ratte war nirgends zu sehen.

Der Hunger meldete sich mit einem vernehmlichen Knurren in ihrem Bauch und sie tastete nach dem letzten harten Kanten, den sie unter ihrem Kopfkissen aus Laub aufbewahrte. Das Brot war etwas feucht geworden; Mira nahm sich nicht die Zeit sich zu ärgern. Sie biss in den Knust und kaute langsam und bedächtig. Nachher würde sie wieder in die Vorratskammer schleichen und Nachschub besorgen.

Sie lebte nun schon ein paar Tage in ihrem Schlupfwinkel. Niemand hatte sie bisher entdeckt, niemand schien nach ihr zu suchen. Goldzahn leistete ihr zuweilen Gesellschaft, verschwand dann für Stunden und tauchte wieder auf, meist mit etwas Wertvollem in den Pfoten: einer Kerze, einer Tüte Zwieback, einer Schachtel Streichhölzer, einem hölzernen Kamm, mit weit auseinander stehenden Zinken, so dass es nicht so ziepte, wenn Mira damit durch ihr verfilztes Haar fuhr.

Mira hatte sich ein Lager aus Zweigen und trockenen

Blättern errichtet; sie schlief und träumte viel. Ihre Höhle verließ sie nur, wenn sie etwas brauchte: Brot, Blisetten und etwas Wasser aus dem klaren Bach. Sie bewahrte nun einen Vorrat an Lebensmitteln in einer kleinen Holzkiste auf. In einem Krug war genügend Wasser für zwei oder drei Tage.

Sie schloss einen Moment die Augen und rief sich den Traum in Erinnerung, der in den letzten Nächten immer wiederkehrte. Sie sah ihren Bruder zwischen den sich aufbäumenden Wellen und ihr Herz schlug schneller. War Alabusch in Gefahr?

Einen Moment saß Mira, ohne sich zu rühren, auf ihrem Lager und starrte in die Dunkelheit. Die Fackel war erloschen; die Finsternis hing wie eine schwere schwarze Decke über ihr. Ihre Finger tasteten das kalte Felsgestein ab, bis sie auf die Ritze stieß, in der sie die paar Habseligkeiten verwahrte, die Goldzahn nach und nach herangeschleppt hatte. Den Kerzenstummel drehte sie in den Händen wie einen Schatz; sie strich über seine wächserne Haut und schnupperte an ihm. Dann stellte sie ihn auf ihr Knie und schüttelte prüfend die Streichholzschachtel. Es klapperte, wenn auch schwach. Auch das Streichholz schien etwas feucht geworden, es flammte nicht auf und beim zweiten Versuch brach es ab und der Schwefelkopf verlor sich in der Dunkelheit. Mira fluchte. Sie zog das letzte Holz aus der Schachtel. Ihre Hände zitterten vor Nervosität, doch es gelang ihr, es zu entzünden, und sie setzte den Docht der Kerze hastig in Brand.

›Ich muss hier raus‹, dachte sie. ›Ich kann hier nicht länger hocken wie eine blöde Wachsfigur.‹

Das Licht flackerte unruhig und Mira begriff, dass sie nicht nur diese Höhle verlassen wollte, sondern die Unterwelt der Gnome. Sie musste Alabusch und Hilarius finden, vielleicht brauchten sie ihre Hilfe.

Das Mädchen wunderte sich plötzlich über sich selbst. Warum kauerte sie in diesem Loch, statt sich den Gefahren zu stellen?

Mira suchte das Wenige zusammen, das sie mitnehmen wollte: den scharfen Stein, den sie als Messer benutzte, ihre schon recht zerschlissene Jacke, den Kamm, den Goldzahn ihr geschenkt hatte, Brot, Blisetten und eine Hand voll Nüsse. Sie überlegte einen Moment, ob sie auf die Ratte warten sollte, doch dann nahm sie die Kerze auf und hielt ihren matten Schein auf den schmalen Durchschlupf. Sie wollte hinaus, wollte den Himmel sehen, die Sonne oder auch den Mond und die Sterne.

Da zerriss ein Knall die Stille, ein scharfer schneller ohrenbetäubender Laut. Mira wich zurück; Steine schossen auf sie zu, als würde jemand gezielt nach ihr werfen. Das Gestein um sie bröckelte und sie hielt schützend die Arme über den Kopf. Warmes Blut sickerte aus einer Wunde auf ihrer Stirn, doch das Mädchen spürte keinen Schmerz. Wie gebannt starrte Mira auf die Stelle, an der sich eben noch der Ausgang ihrer Höhle befunden hatte: Er war nicht mehr da. Geröll und Fels umschloss sie; ein Steinhagel prasselte auf sie hinab und die Kerze erlosch.

32. Kapitel

Ein blonder Schopf

Alabusch tauchte aus dem Wasser auf, doch die nächste Welle rollte auf ihn zu und traf ihn mit einer Wucht, als hätte sie all ihre Kraft nur dafür, sich gegen ihn zu stemmen. Das Meer wurde wärmer, je wilder es sich gebärdete.

Der Vampir fürchtete schon, Serafisa würde eine Suppe kochen, in der Hilarius und er als willenlose Brocken schwammen.

Da bemerkte er die Scherbe, die er umklammert hielt. Er riss seinen Arm hoch und stieß mit der Faust durch die Wasseroberfläche. Er konnte nicht sehen, was da oben geschah, doch er spürte, dass sich das Meer abrupt beruhigte; mit ein paar kräftigen Zügen kämpfte er sich hinauf und rang nach Luft.

Nach allen Seiten hielt er Ausschau nach seinem Gefährten, doch er konnte ihn nirgendwo entdecken.

»Hiiilaaariiuus!« Der Vampir sah die fröhlichen Augen

des Mannes vor sich; es durfte nicht sein, dass die Kloake diesen Mann nicht mehr freiließ! Alabusch richtete seinen suchenden Blick durch die Scherbe des Guten und da schien es ihm, als würde sich ganz in seiner Nähe ein Arm aus dem still gewordenen Wasser strecken. Er schwamm darauf zu, doch die See war nicht nur ruhig, sondern auch dickflüssig geworden. Jeder Zug kostete Kraft, als arbeite er sich durch den Morast des Sumpfes. Zäh und klebrig zerrte die blaue schleimige Flüssigkeit an ihm.

Der Arm war wieder verschwunden und die Entfernung zu jener Stelle schien nicht geringer geworden. Alabusch schwamm weiter; die Gischt quoll ihm wie dicker Brei entgegen und der Schaum klebte an ihm fest und bedeckte seinen Mund, seine Nase und seine Ohren.

Da tauchte ein Kopf aus dem Meer; Alabusch hielt darauf zu, da bemerkte er, dass es ein blonder Schopf war, der keinesfalls Hilarius gehörte. Für den Bruchteil einer Sekunde zögerte der Vampir. Der Mann hatte ihn noch nicht bemerkt. Was sollte er tun? Vielleicht war er einer von Serafisas Helfershelfern?

Er spürte einen Sog, der ihn in die Tiefe ziehen wollte, und mechanisch begann er wieder zu schwimmen, als er einen zweiten Kopf auftauchen sah. Diesmal gehörte er seinem Freund. Alabusch konnte erkennen, dass der Fremde Hilarius umfasste, doch durch seine verklebten Wimpern sah er nicht, ob der Mann mit Hilarius kämpfte oder was er sonst im Schilde führte.

Der Vampir wollte rufen, doch der Schaum drängte

sich so dicht an ihn, dass er nicht wagte den Mund aufzureißen. Unwillig schob er die Flocken beiseite und nun bemerkte er, dass der Fremde den offenbar bewusstlosen Hilarius mit sich zog. Was mochte das bedeuten? Der Anblick dieses Mannes, der nicht nur sich selbst, sondern einen nicht gerade kleinen und leichten Menschen durch den Schlamm brachte, verlieh Alabusch neue Kraft. Er folgte den beiden und kam beinahe zügig voran.

Der Fremde erreichte eine feste Stelle, eine Art Scholle, und schob Hilarius wie ein großes Paket hinauf. Erst jetzt stellte Alabusch fest, dass das Meer wieder zu erstarren begann. Die große Welle, die nur wenige Meter entfernt ihren Anlauf nahm, bewegte sich nicht weiter. Die Gischt sprang in die Höhe, kam aber nicht mehr hinunter. Die Wogen verwandelten sich in gläserne Hügel.

Alabusch spürte, wie sein Körper immer stärker von dem Meer festgehalten wurde; er strampelte und schlug um sich, doch der Sog ließ ihn nicht los. Ihm fiel plötzlich ein, dass seine Mutter manchmal eine Kette um den Hals getragen hatte, die ihr Sohn Olaf bewunderte – an einem ledernen Band hing ein Stein, ein Bernstein, in dem für alle Zeiten eine kleine dürre Fliege gefangen war ... Die hauchdünnen Flügel schimmerten perlmuttfarben, und der goldbraun leuchtende Stein umschloss das Insekt, als sei es ein Schatz, den es aufzubewahren galt. Alabusch sann über dieses Bild nach und geriet beinahe ins Träumen, als er plötzlich eine Hand vor sich sah. Es war die Hand des Fremden, die sich nach ihm streckte.

»Halt dich fest«, sagte der Mann schlicht, als sich der Eingeschlossene nicht rührte. »Komm schon. Ich helfe dir hier raus!«

Wortlos folgte Alabusch der Aufforderung, obwohl ihm die unwürdige Rolle, die ihm hier zufiel, ganz und gar nicht behagte. Der Fremde stemmte sich gegen das warme Eis, das unter seinen Stiefeln knirschte, und einen Moment fürchtete Alabusch, der Mann wolle ihm die Arme ausreißen.

»Stoß dich ab!«, befahl der Blonde ungehalten. »Wenn du mich allein arbeiten lässt, wird es nichts.«

»Ich habe dich nicht um Hilfe gebeten«, knurrte der Vampir leise.

Doch er tat, was der Fremde von ihm verlangte. Zentimeter um Zentimeter kämpfte er sich hinauf, doch das Eis wurde fest wie Stein. Der Mann ließ von ihm ab und einen Moment glaubte Alabusch, er habe aufgegeben, doch dann trat der Fremde hinter ihn und umfasste den Vampir wie einen Ertrinkenden.

Alabusch trat heftig gegen das erstarrende Meer, nicht zuletzt auch um der unliebsamen Umarmung zu entkommen. Die beiden ineinander verhakten Männer fielen hintenüber und einen Moment lang wirkten sie wie hilflos strampelnde Käfer. Der Vampir sprang auf, so schnell ihm dies möglich war, wandte sich rasch um und half dem fremden Retter auf die Beine.

Alabusch schaute sich nach Hilarius um, der immer noch bewusstlos am Boden lag. Er eilte zu ihm und legte ihm den schwarzen Mantel über, der fast steif wie ein Brett war. Hilarius sah wächsern bleich aus, die Lachfältchen um seinen Mund waren verschwunden, als hätte sie jemand wegradiert. Jedes Leben schien aus ihm gewichen.

Doch dann begann sich der Brustkorb des Liegenden deutlich zu heben und zu senken; Hilarius schlug die Augen auf, hustete und spuckte eine blaue Flüssigkeit. Alabusch hielt den Freund, klopfte ihm den Rücken und murmelte ein paar beruhigende Sätze. Er blieb lange so sitzen und achtete nicht darauf, dass auch der Fremde neben ihm hockte und wartete. In Hilarius schien sich ein Kampf abzuspielen: Sein Gesicht wurde rot und schwoll an, dann fiel es in sich zusammen und die Farbe schwand so schnell aus ihm, wie sie gekommen war. Seine Lider zitterten und rutschten über die getrübten Augäpfel. Alabusch rüttelte ihn.

»Dein Sohn Launo und deine Frau Ursina brauchen dich!«, sagte er streng. »Du kannst dich nicht davonstehlen!«

Seine Worte schienen ihm nicht die richtigen zu sein, denn Hilarius reagierte nicht auf sie. Alabusch strich dem Freund hilflos das filzige Haar aus der Stirn. Sein Blick glitt über die schaumige Wüste, die sich bis zu einem blaugrau verschmierten Horizont erstreckte. Er stellte fest, dass er nicht mehr wusste, wo sie sich befanden. Er hatte völlig die Orientierung verloren.

Schließlich räusperte sich der Fremde und sagte: »Wir

sollten von hier fortgehen. Das erstarrte Meer ist wie ein Präsentierteller. Und früher oder später wird man uns entdecken.«

Alabusch blickte in das Gesicht des Mannes. Ohne jede Falte sah es glatt und jung und verletzlich aus. Der kräftige, beinah bullig wirkende Körper schien zu diesen Zügen im Widerspruch zu stehen, die Stimme klang warm und sicher, vielleicht eine Spur zu sicher.

»Wer bist du?«, fragte Alabusch. »Wie kommst du hierher?«

Die Lippen verzogen sich zu einem angedeuteten Lächeln. »Das ist nicht leicht zu erklären«, meinte er. »Ich heiße Vinzent, und du bist Alabusch, nicht wahr?« Vinzent wartete das Nicken kaum ab. »Wenn es an der Zeit ist, will ich euch nach bestem Wissen und Gewissen Rede und Antwort stehen«, sagte er beinahe feierlich. »Jetzt nur so viel: Ich wollte euch treffen.«

»Da verrätst du wirklich nicht viel«, stellte Alabusch unzufrieden fest.

Der Fremde zuckte mit den Achseln. »Genügt es dir nicht zu wissen, dass ich mich euch anschließen werde? Ich kenne mich hier aus und kann euch führen.«

Alabusch schwieg. Konnte er dem Mann vertrauen? Doch was blieb ihm schon für eine Wahl? Der Fremde hatte sie gerettet, und wenn es stimmte, was er sagte, konnte er von Nutzen sein.

»Wohin willst du uns denn führen?«, fragte Alabusch ein wenig mürrisch.

Er wies auf die glasharten Wellen, die trockene Gischt und das Eis, das kein Eis war. »Kennst du den Weg, der hier hinausführt?«

Vinzent nickte. »Ich kenne nicht nur diesen Weg«, sagte er lächelnd. Er starrte Alabusch voll Interesse an und der Vampir spürte den Blick des Fremden so deutlich auf seinen Zähnen ruhen, als würde der Mann sie berühren. Vinzent wurde sich offenbar seiner Aufdringlichkeit bewusst, denn er senkte die Lider und sagte: »Ich bin Wissenschaftler.« Er räusperte sich. »Das Meer ist verändert; die Wogen haben zwar neue Formen gebildet; doch die Wellen laufen dennoch nur in die eine Richtung. Und dorthin, zum Ufer, müssen wir jetzt.«

Alabusch konnte nicht umhin den Mann für seine Sicherheit zu bewundern. Zwar ging ihm seine überhebliche Art auch etwas auf die Nerven, doch die klaren Worte taten ihm wohl.

Schweigend packten sie Hilarius, stützten ihn von beiden Seiten und liefen über das erstarrte Meer.

Das Ufer wirkte leer und verlassen. Keine Muschel lag in dem blau-violetten Schlamm, keine Möwe ließ sich hier nieder; nicht einmal der Wind strich über sie hinweg.

Sie erreichten eine Stelle, an der einst ein Wald gestanden haben musste. Vermoderte Baumstämme lagen herum; doch kein Sturm hatte sie aus der Erde gerissen; es sah aus, als wären sie vor Jahren gefällt worden. Die Männer setzten sich auf einen der dicksten Stümpfe und betteten Hilarius, so gut es ging, zwischen sich.

Alabusch blickte seinen neuen Begleiter fragend an, denn der hatte sich noch immer nicht zu dem Weg, den sie eingeschlagen hatten, geäußert.

Vinzent nickte. »Serafisa wird uns nicht willkommen heißen, wie du sicher schon vermutet hast«, meinte er trocken. »Sie ist mit ihrem Heer ausgezogen, die Rebellen zu besiegen und auch die Gnome sollen geopfert werden, weil sie es wagten, sich gegen sie zu stellen.«

Alabusch sprang auf. »Und da sitzen wir hier ...?!« Es verschlug ihm die Sprache.

»Immer ruhig, Freund. Es gibt noch etwas zu erledigen, bevor wir uns auf die Seite der Angegriffenen schlagen.«

»Was?!«, stieß Alabusch zornig aus. Er konnte sich nicht vorstellen, was der Fremde bezweckte.

»Nicht weit von hier«, sagte Vinzent, »nicht weit von hier befindet sich Serafisas Gefangenenlager. Es sitzen die Menschen dort, die Serafisa und ihrer blauen Krankheit bisher widerstanden. Sie geben ihre Geschichten und Erinnerungen nicht preis, so sehr Serafisa auch ihre Kräfte bemüht. Ich sollte herausfinden, weshalb sie so sind, weshalb sie sich nicht ansteckten wie alle anderen. Doch ich will dich nicht mit meinen Untersuchungen und Erklärungen langweilen. Nur so viel: Es sind die Stärksten und Aufrichtigsten, die man sich denken kann. Sie haben ihren Mut nicht verloren. Jetzt ist die Gelegenheit sie zu befreien. Wer, wenn nicht wir – du und ich, ein Untoter und ein Wissenschaftler, der sich nichts so sehr wünscht wie den

Untergang des blauen Reiches – sollten es bewerkstelligen, diese Menschen von hier fortzuführen?«

Hilarius regte sich, und ehe sie noch die Zeit fanden ihm aufzuhelfen, sprang er auf die Beine und sagte: »Ich bin dabei. Lasst uns sofort weitergehen!« Dann sackte er zusammen und plumpste auf den Baumstumpf, doch seine Augen leuchteten so tatendurstig, dass Alabusch auflachte und Vinzent ihm freundschaftlich auf den Rücken klopfte. Sie warteten eine Weile, bis Hilarius sich erhob, mit den Füßen aufstampfte, als wollte er prüfen, ob sie ihn wieder trugen, und damit das Zeichen zum Aufbruch gab.

Zwei Stunden wanderten sie durch den toten Wald, stiegen über Stämme hinweg, von denen manche blauschwarz schimmerten wie riesige Fliegenbeine. Hilarius hielt mit den beiden mit, auch wenn er sich gelegentlich, wenn zu viele knorrige Äste den Weg versperrten, von Alabusch oder auch von Vinzent stützen ließ.

Auf einer Lichtung riet Vinzent zu einer Pause, doch Hilarius lehnte ab. »Wir haben keine Zeit zu verlieren«, sagte er und rang nach Atem. »Ich sehne mich danach, meinen Sohn Launo in die Arme zu schließen«, fügte er leise hinzu.

Alabusch sah Tränen in den Augen des Mannes, doch er wusste nicht, wie er dem Freund die Furcht nehmen sollte. Er legte ihm eine Hand auf den Nacken und Alabusch spürte die Wärme seines Begleiters, die sich auch in ihm ausbreitete. So standen sie einen Moment still beieinander, bis Vinzent sich räusperte. »Unter den Gefangenen befindet sich meine Tochter. Sie ist noch ein Kind. Und ich habe ihr versprochen, sie und die anderen zu befreien. Ich war auf der Suche nach Hilfe, als ich euch traf.«

»Auch dir hat diese Zitronenhexe nichts anhaben können«, sagte Hilarius, doch es schwang eine Frage in seinen Worten mit. »Du trägst Erinnerung in deinem Herzen ...«

Vinzent senkte den Blick. »Die Erinnerung tauschte ich gegen Macht. Ich diente Serafisa nicht nur als Wissenschaftler, sondern auch als einer ihrer Minister. Dann entdeckte mich meine Tochter ... Versteht ihr? *Sie* entdeckte *mich* ... Und ich brauchte lange, ehe ich sie überhaupt erkannte. Sie war es, die ihr Gedächtnis bewahrt hat, sie war es, die Serafisa widerstand ... nicht ich.«

»Nun weißt du wieder, wer du bist«, sagte Hilarius schlicht. »Du wirst deine Tochter befreien und sie in die Welt zurückführen, in die sie gehört.«

Schweigsam liefen sie über Geröll, stiegen über kahle staubige Hügel, durchquerten einen Bach, ein trauriges schlammiges Rinnsal.

Sie kamen zügig voran, sogar der geschwächte Hilarius hielt Schritt, doch Alabusch ging es nicht schnell genug. Er ertappte sich bei dem Gedanken sich unsichtbar zu machen und davonzufliegen. Derartig geschützt konnte es ihm doch wohl auch ohne Hilfe gelingen, die Gefangenen zu befreien? Doch er wusste nicht, was ihn erwartete. Wo standen die Wachen? Wie viele waren es? Welche Waffen benutzten sie? Einzig Vinzent kannte sich aus. Alabusch durfte sich keine Fehler leisten. Menschenleben hingen an dünnen Fäden. Und wenn ihn die Geduld verließ, rissen diese Fäden womöglich.

Auf ihrem Weg bückte sich Vinzent hin und wieder, pflückte Butterpilze und Täublinge, Brombeeren und Heidelbeeren; auch fand sich ein Apfelbaum mit kleinen, aber beinahe reifen Äpfeln.

Bei diesem Baum hielten sie Rast, Hilarius und Vinzent setzten sich und begannen zu essen und Alabusch versuchte seine Unruhe zu bezwingen. Ein Bild tauchte immer wieder in ihm auf – das Bild seiner Schwester, die gefesselt an einem Pfahl stand.

»Kannst du gar nichts hiervon essen?«, fragte Vinzent mitfühlend und neugierig.

Alabusch warf ihm einen finsteren Blick zu. »Nur dein Blut«, sagte er.

Ein erschrockener Ausdruck trat auf das sonst so glatte Gesicht des Blonden. Hilarius lachte.

»Ich wollte dich nicht ärgern«, sagte Vinzent verlegen. »Das Essen macht nur keinen Spaß, wenn jemand daneben steht und hungert.«

»Das bin ich gewohnt«, sagte Alabusch mürrisch. »Lasst euch den Appetit nicht verderben.«

Vinzent knabberte hastig an seinem Apfel; es sah aus, als erfüllte er nur eine lästige, aber notwendige Pflicht.

Alabusch wandte den Männern den Rücken zu und betrachtete das flache Land, das vor ihnen lag. Sie hatten am Rande eines dürren Wäldchens Halt gemacht, das ihnen außer harten Äpfeln auch etwas Schutz bot. In der Ebene wuchs nur Gras. Wenn die Wachen nicht gerade schliefen oder anders beschäftigt waren, mussten sie die Herankommenden bemerken.

»Ich habe einen Plan«, sagte Vinzent leise, der plötzlich neben Alabusch stand.

33. Kapitel

Das Ende der Gnomenstadt

Mira kam langsam zu sich; sie versuchte die Augen zu öffnen, doch es schien ihr, als sei sie eingesponnen in einen festen Kokon. Um sie herum oder in ihr pochte es unablässig und sie konnte nicht feststellen, was das war. Träumte sie noch? *Poch, poch, poch*.

Ihre Wimpern klebten zusammen und auch ihre Glieder konnte sie nicht rühren. Irgendetwas Schweres hockte auf ihr, drückte sie nieder in das kalte harte Gestein und ließ sie kaum atmen. ›Wenn das ein Traum ist, dann ein außerordentlich bedrückender‹, dachte sie sehr klar. Der spröde scharfe Schotter fraß sich in ihr Gesicht; ein spitzer Stein bohrte sich schmerzhaft in ihre rechte Wange. Es war, als würde dieser eine Schmerz die anderen Wunden zum Pulsieren bringen.

Poch, poch, poch. Mira stöhnte. In ihrem Kopf saß ein schwarzer böser Rabe und er hämmerte mit seinem kräftigen Schnabel unablässig gegen die Schädelwand, die für ihn nichts als ein Käfig war.

»Hör auf, du Vieh!«, schimpfte Mira, doch durch ihre geschwollenen Lippen klangen ihre Worte nur wie ein jämmerliches Gequäke.

Das Mädchen versuchte sich zu rühren, um die Last abzuschütteln oder um wenigstens besser Luft schöpfen zu können. Doch lediglich ein oder zwei kleine Steinchen fielen mit hellem Klicken. Dann war es wieder still.

Vielleicht hockte Samanta, die Riesenspinne, über ihr? Vielleicht hielt sie gerade ein Nickerchen, um dann mit ihrem ungeheuren Appetit zu erwachen und ihre roten gierigen Augen auf Mira zu richten? Konnte es sein, dass Mira die ganze Zeit in den Fängen dieses Untieres hing und alles andere – all die Abenteuer mit Alabusch, der angeblich ihr Bruder sein sollte, die blaue Krankheit, die Nacht am Pfahl ... – konnte es sein, dass all dies nur ein langer Traum war? *Poch, poch, poch.*

Nun, sie würde nichts, gar nichts herausbekommen, wenn sie hier so liegen blieb wie eine kaputte weggeworfene Puppe.

Mira spannte ihren Körper an und stemmte ihre Arme gegen den rauen ungastlichen Boden. Sie riss ihre verklebten Lider ungeduldig auf und starrte in die Finsternis. Nach einer Weile machte sie einen sanften Schimmer aus, wenngleich sie auch nicht feststellen konnte, woher der Schein kam. Steine purzelten um sie herum und aus einem Riss in einem Felsen über ihr rieselte Staub und feines Geröll. Das Gewicht, das auf ihr lastete, musste Felsgestein sein. Die Höhle war eingestürzt! Warum holte sie dann niemand hier heraus? Aber wer wusste denn schon von ihrem Versteck? Nur eine Ratte, eine Ratte mit goldenen Nagezähnen.

Wie eine Schildkröte mit zu schwerem Panzer schob sie sich ein paar Millimeter voran. Wie konnte ihr Unterschlupf so mir nichts dir nichts zusammenfallen?

Vorsichtig tastete sie über die Wände, die kalt und feucht waren und ihr Geheimnis nicht preisgaben. Hatte es nicht einen Knall gegeben? Sie erinnerte sich an den Laut, der ihre Ohren zu zerreißen schien. So jäh, so unvermittelt wie ein Donnerschlag aus einem trockenen heiteren Himmel.

In ihrem Mund machte sich ein unangenehm süßlicher

Geschmack breit: Blut. Mit der Zunge versuchte sie die dazugehörige Wunde zu finden und stieß auf eine Zahnlücke. Ein Backenzahn fehlte.

›Nur gut, dass es hier keinen Spiegel gibt‹, dachte Mira. ›Wahrscheinlich sehe ich aus wie Frankensteins Monster.‹ Sie kicherte traurig vor sich hin und hielt weiter Ausschau nach der Lichtquelle.

Schließlich entdeckte sie das Loch. Es blickte sie an wie ein winziges Auge. Sie starrte zurück, schaute so lange auf den weißen Fleck, bis ihr schwindelte. Dann schloss sie die Lider. Immerhin kam von irgendwoher Luft. Sie konnte beinahe unbeschwert atmen, wenn man einmal von ihren geschwollenen Lippen und dem wunden blutenden Mund absah. Ihre Nase schien zum Glück heil geblieben zu sein.

Als sie die Augen öffnete, sah sie gleich, dass das Loch größer und der Schein heller geworden war. Irgendetwas schien sich da oben zu bewegen. Sie lauschte angestrengt und es kam ihr vor, als höre sie ein kratzendes Geräusch.

»Ich bin hier!«, schrie sie in die Gesteinsbrocken hinein. »Ich bin hiiieerr! Holt mich raus!« Ihre Stimme klang heiser und schrill und kippte hintenüber, als sei sie im Stimmbruch. Das weiße Auge schien ihr zuzuzwinkern. Machte es sich über sie lustig? Oder wollte es sie ermutigen?

»Bitte!«, fügte sie flüsternd hinzu und hielt die Luft an. Es war nichts mehr zu hören.

Mira kämpfte gegen die Tränen. Vielleicht hatte da

oben nur ein Vogel nach einem Wurm gepickt. Und sie hatte das arme Tier verjagt. Sie holte noch einmal tief Luft um zu schreien, doch dann ließ sie es bleiben. Wer sollte ihr helfen? Wer vermisste sie schon?

Mira polkte verzweifelt in dem Gestein herum, das sich als ziemlich fest erwies. Worauf konnte sie auch hoffen?

Wer die Einsamkeit wählt, braucht wohl nicht damit zu rechnen, dass sich jemand die Mühe macht, dicke Felsmauern zu durchdringen.

Mira zog ihre Beine an und rollte sich zusammen, so gut es ging. Einen Moment gelang es ihr, sich vorzustellen, dass sie ein Igel wäre, der auf den Winterschlaf wartete. Und für diesen Augenblick fand sie es gar nicht so unbehaglich inmitten der Felsbrocken.

Dann hörte sie ein Trippeln wie von Igelschrittchen. Das Geräusch klang so dicht, dass ihr schien, sie müsse den stachligen Gesellen gleich vor sich sehen. Und tatsächlich: da, wo das Loch war, erschien ein Schnäuzchen mit langen Barthaaren. Zwei schwarze runde Augen starrten zu ihr hinunter und etwas blinkte.

»Goldzahn!«, rief Mira erfreut. »Einen Moment dachte ich, du wärst ein Igel«, fügte sie verwirrt hinzu. Das Tier zeigte ihr seine kräftigen gebogenen Schneidezähne und sogar im Dunkeln erstrahlte ein milder rotgoldener Glanz. »Lach mich nur aus«, sagte Mira. Die Spitzen der Barthaare reichten bis zu ihr hinab und kitzelten sie tröstend an der Nase.

Die Ratte zwinkerte dem Mädchen zu und verschwand

so plötzlich, dass Mira erschrak. Hatte sie vielleicht nur Halluzinationen? Das weiße Auge hing wieder so gleichmütig über ihr wie zuvor.

Mira lauschte in das Ungewisse und tatsächlich hörte sie klapperndes Geröll.

»Ich bin hier«, schrie sie. Sie nahm Schritte wahr und es kam ihr vor, als laufe jemand über ihr.

»Mira, bist du da? Keine Panik, wir holen dich raus!« Der freudige Schreck fuhr Mira in die Glieder, so dass sie nicht gleich antworten konnte.

»Ja, Launo«, sagte sie schließlich. »Ich bin hier unten.« Da sah sie schon eine Hand wie einen Vogel über dem Loch schweben. Stein klackte auf Stein; in Miras Ohren klang es wie Musik und ihr Herz klopfte einen wilden Rhythmus dazu. Sehnsüchtig schaute sie nach oben, doch die Öffnung wurde kaum größer; Launo schien es nicht besonders eilig zu haben. Mira verkniff sich die ungeduldige Frage, wie lange sie hier noch aushalten solle, und wartete einfach ab.

Nach einer Weile verebbten die Geräusche; es war so still, dass Mira schon fürchtete, Launo sei fortgegangen, da hörte sie ihn kummervoll seufzen.

»Es ist nicht so einfach«, erklärte er. »Da liegt ein dicker Felsbrocken, den ich allein nicht wegrollen kann. Wenn ich jedoch weitergrabe, wird er dir früher oder später auf den Kopf fallen.«

»Na schön«, sagte Mira, weil ihr nichts Besseres einfiel. »Was schlägst du vor?«

»Ich hole Hilfe«, antwortete Launo. Mira hörte das Zögern, das in seinen Worten mitschwang. Was war geschehen? Wie sah es da oben aus? »Es wird nicht lange dauern«, fügte er wenig überzeugend hinzu.

Mira sagte nichts. Sie lauschte Launos davoneilenden Schritten.

Goldzahn ließ sich wieder blicken und zwängte sich durch das Schlupfloch. Er landete auf seinen Pfoten sicher neben ihr und kuschelte sich an ihren Hals. Das Mädchen genoss es, das warme weiche Fell zu spüren.

»Du bist mein lieber Freund«, murmelte sie dankbar. Sie hätte das Tier gern gestreichelt, doch bei dem Gedanken an den steinernen Koloss über ihr hielt sie es für das Beste, sich vorerst nicht zu rühren. Auch Goldzahn verhielt sich still; nur der lederne schuppige Schwanz des Tieres schlug aus und traf Miras Wange. Das Mädchen achtete kaum darauf.

Die Minuten krochen wie Stunden dahin. Dann hörte sie Schritte und kurz darauf Stimmen. Sie wartete darauf, dass Launo zu ihr sprach, aber offenbar hatten er und sein Begleiter Wichtigeres zu tun.

Ein Schwall Geröll polterte Mira entgegen, doch sie machte sich keine Sorgen. Sie hörte ihre Retter vor Anstrengung stöhnen und auch der Brocken, den sie wegschoben, schien zu ächzen.

Dann vernahm sie scharrende Geräusche und nun begann auch Mira vorsichtig Stein für Stein aus der Felswand zu lösen. Immer wieder rieselte ihr grobkörniger Staub ins Gesicht, und obwohl sie die Lippen zusammenpresste, knirschten zwischen ihren Zähnen Sand und winzige Kiesel.

Ein Sonnenstrahl traf Mira wie ein Schlag und sie hielt erschrocken und erfreut die Hände vor die Augen. Die Ratte Goldzahn schlüpfte als Erste hinaus, als sei sie es, die gerettet werden sollte.

Das Mädchen blinzelte in die Helligkeit und sah vier Hände, die sich nach ihr streckten. Einen Moment zögerte Mira, als gäbe es einen Grund, in ihrem zusammengebrochenen Unterschlupf zu bleiben, doch sie wurde unsanft an den Armen gepackt und wie ein Neugeborenes ins Licht der Welt gezerrt.

Mira hustete und spuckte Sand und kleine Steine aus; sie lachte und Tränen rannen über ihre Wangen. Launo schloss sie in die Arme und er kam ihr gar nicht mehr so klein vor.

Eine Frau stand etwas abseits und betrachtete ihre abgeschürften Hände; Mira hielt sie zunächst für Ursina, dann erkannte sie, dass es die Fremde war. Wie hieß sie doch gleich? Mira lächelte auch ihr zu und die Frau nickte freundlich.

»Zum Glück lief Gunda mir über den Weg«, erklärte Launo. Er holte kurz Luft, als wolle er weitersprechen, doch er schwieg, und Mira sah, dass seine sonst so fröhlichen Augen traurig und besorgt blickten. Das Mädchen schaute sich um; ein gigantischer Steinblock lag nur wenige Schritte von ihnen entfernt; er war vielleicht doppelt so groß wie Launo, aber nicht rund, wie Mira ihn sich vorgestellt hatte, sondern eckig, als wäre er aus einem Gebäude herausgebrochen.

»Was ist passiert?«, fragte Mira leise.

Eine trockene blaue Landschaft umgab sie, in der nichts mehr an das Reich der Gnome und ihre bunten Kuppelbauten erinnerte. Die Wiesen waren ebenso verschwunden wie die Blisetten, die auf ihnen wuchsen. Gesteinsbrocken und Geröll lagen herum. Über den Trümmern schien grell die Sonne, als hätte es die Gnomenstadt unter der Erde nie gegeben.

»Herrmann Brödlitz und seine Kumpane haben versucht sich mit Sprengstoff Zugang zu den Höhlen zu verschaffen«, sagte der Junge leise. »Auf diese Gewalt waren die Gnome trotz aller Vorsicht nicht vorbereitet. Die Explosionen zerrissen nicht nur die Schächte ... Ihre Häuser wurden zerstört ... Die Erdkruste, die die Stadt schützte, flog buchstäblich in die Luft ... Einige der Höhlen stürzten wie Kartenhäuser ein. Und dann ...«

Mira taumelte und ließ sich auf einen stuhlhohen Stein fallen. »Und dann ...?«

»Die Gnome wurden kurz vor dem Angriff von Adila gewarnt und sie konnten durch den geheimen Gang fliehen. Doch Herrmann und seine Freunde plünderten und raubten, was nicht kaputt war. Sie spotteten über das Leid, das sie über die Gnome gebracht hatten, schlugen sie und ließen sich von ihren Opfern bedienen ... Aber es dauerte nur zwei Tage, dann fielen Serafisa und ihre Leute wie Heuschrecken ein ...« Launo stockte und griff sich an die Stirn. »Es ging alles so schnell ...«

Seine Stimme versagte, und er sank zusammen und lehnte sich gegen das Gestein, auf dem Mira saß. Das Mädchen ließ sich zu ihm hinunter und legte den Arm um seine Schultern.

Der Junge starrte vor sich hin; er war blass und seine Augen sahen glasig aus, als hätte er Fieber, aber er weinte nicht. Er ballte seine Fäuste und Mira spürte, dass sich sein Körper spannte.

»Die Flüchtlinge aus der blauen Stadt hat sie in die blaue Stadt zurückbringen lassen. Die Gnome treibt sie wie eine Horde Vieh ...«, sagte er leise.

»Was hat Serafisa vor?«, fragte Mira.

»Wir wissen es nicht«, antwortete Launo. »Entweder sie will sie in ihr Reich und in ihr Gefangenenlager bringen oder ...«

»Oder ...?«

»Hast du jemals von dem unsichtbaren Abgrund gehört?«

Mira nickte. Gehört hatte sie davon. Wenngleich sie nichts Genaues darüber wusste.

In knappen Worten berichtete Launo von den Geschichten, die unter den Gnomen über diesen Abgrund kursierten.

»Eine Schlucht, die niemand sehen kann und die wandert«, sagte Mira nachdenklich. »Bisher hielt ich das für eines der Märchen, die dein Vater sich ausgedacht hat.«

Launo schüttelte ärgerlich den Kopf. »Serafisas Zauber ist so mächtig, dass sie diesen Schlund aufreißen kann wie ein riesiges Maul. Wo eben noch festes Land war, ist plötzlich nichts mehr, eine gähnende Tiefe, aber außer ihr kennt niemand diese Stelle ... Die Landschaft sieht unverändert aus.«

Mira nickte. Ihre Kehle erschien ihr wie zugeschnürt. Sie wollte Launo nach seiner Mutter fragen, doch sie brachte nur einen krächzenden Ton zu Stande und räusperte sich. »Das alles ist ... schlimm«, flüsterte sie.

Gunda löste sich aus dem Schatten des eckigen Felsbrockens, in dem sie bewegungslos und still gestanden hatte. »Wir müssen aufbrechen«, sagte sie mit dunkler Stimme. »Meinst du, dass du dich auf einem Pferd halten kannst?«, fragte sie und sah Mira besorgt an.

»Natürlich!« Das Mädchen sprang auf. Doch dann spürte sie einen stechenden Schmerz in ihrem Kopf und ein jäher Schwindel packte sie und wirbelte sie herum. Gunda ergriff ihren Arm, bevor sie fallen konnte, und stützte sie.

»Es wird schon gehen«, murmelte Mira.

Die Frau sagte nichts, aber das Mädchen bemerkte, dass sie Launo zunickte.

Der Junge trat mit einer Flasche zu seiner geschwächten Freundin und hielt ihr das Gefäß an die Lippen.

»Trink«, befahl er beinahe barsch. Das Mädchen schluckte gehorsam und der süß-saure Geschmack kam ihr köstlich und bekannt vor.

»Blisettenwein«, stellte sie fest. Launo nickte. Mira

wischte sich den Mund, und nachdem auch der Junge und die Frau getrunken hatten, setzte Mira die Flasche noch einmal an und leerte sie in einem Zug.

Launo reichte ihr einen Kanten Brot. Er war schon recht hart und knackte zwischen ihren Zähnen, doch das Mädchen kaute gierig und für Goldzahn, der mit einem gellenden Piepen auf sich aufmerksam machte, blieben nur ein paar Krümel. Mira spürte, wie ihre Kräfte allmählich zurückkehrten. Die Blisetten hatten nichts von ihrer Wirkung verloren und sie halfen nicht nur gegen die blaue Krankheit. Mira ging ein paar Schritte ohne Hilfe, und auch der Schmerz in ihrem Kopf verzog sich und pochte nur noch leise.

»Wo sind die Pferde?«, fragte sie neugierig.

Gunda nickte, als hätte sie auf dieses Zeichen gewartet. Sie stieß einen lauten schrillen Pfiff aus, lauschte und pfiff dann noch einmal. Bald darauf erklang das Getrappel von Hufen und Mira kam es wie ein Wunder vor, dass da drei Pferde auf sie zugaloppierten. Unter der bläulichen Staubschicht, die alles überzogen zu haben schien, glänzte das Fell der Tiere und der schwarze Hengst, der vorneweg lief, wieherte zuversichtlich, als wolle er den Menschen Mut zusprechen.

Nicht ohne Neid beobachtete Mira, wie das Pferd seine Herrin mit einem leisen Schnauben begrüßte. Es stubste seine Nüstern leicht gegen Gundas Wange. Die Frau lachte und klopfte dem Tier den Hals. Die zwei Stuten tänzelten unruhig um das Paar herum; die eine war braun, hochbeinig und schlank, die andere wirkte kräftig, das graue Fell sträubte sich und auch die Mähne sah struppig aus und verfilzt. Mira wollte nach dem Halfter des braunen Tieres greifen, doch dann wandte sie sich zögernd Launo zu.

»Schon gut, ich nehme das kleinere«, sagte der Junge. Er setzte sich Goldzahn auf die Schulter und schwang sich in den Sattel.

Gunda trieb ihren Hengst nicht zur Eile an und so folgten auch der Junge und das Mädchen mit ihren Tieren im leichten Trab. Mira wäre lieber in gestrecktem Galopp über die Ebene gejagt. Hatten sie nicht allen Grund sich zu beeilen? Doch sie wagte es nicht, zu drängen. Gunda und Launo ritten, ohne zu sprechen, und Mira begann zögernd die Melodie eines Liedes zu pfeifen, das die Gnomenkinder oft sangen. Einmal hatte Rulrul den Text übersetzt: ›Die Lava des Lebens, sie fließt nicht mehr. Der Vulkan ist erloschen, ist tot. Sein Herz steht still, das Land ist leer und es herrscht die blaue Not. Doch die Lava wird fließen, das Leben wird sprießen, das Herz wieder schlagen, lasst euch das sagen ...‹ Launo fiel ein und sang in der Gnomensprache mit.

Bei jedem Schritt wirbelten die Hufe blauen Staub auf. Serafisa hatte ihre unübersehbaren Spuren hinterlassen: eine Mondlandschaft, in der kein Halm mehr wuchs.

Sie ritten eine halbe Stunde, ohne dass sich das Aussehen der Gegend veränderte und ohne dass sie eine Menschenseele trafen.

»Wo ist deine Mutter, Launo?«, wagte Mira endlich zu fragen.

Der Junge zuckte mit den Schultern. »Kurz vor den Explosionen ist sie aufgebrochen um Hilarius und Alabusch zu suchen.« Seine Stimme klang teilnahmslos, aber Mira sah die Angst, die in seinen Augen flackerte.

Das Mädchen erzählte hastig von den Scherben, die Alabusch bei sich trug, und von der Macht des schwarzen Mantels.

»Mein Bruder wird deine Eltern zu schützen wissen«, meinte sie.

»Ich wünschte, ich wäre bei ihnen«, sagte Launo, und nun wirkte er wie ein kleines Kind, das sich im Wald verirrt hatte.

»Wir werden sie finden«, sagte Mira bestimmt. »Wir haben uns bisher von Serafisa nicht unterkriegen lassen und wir werden die blaue Macht bezwingen.«

Launo deutete ein Lächeln an, doch Mira sah, dass er ihre Zuversicht nicht teilte. Sein Gesicht lag so offen vor ihr wie eine Kinderzeichnung.

»Das werden wir«, sagte er höflich.

Kleine Hügel erhoben sich wenige Schritte vor ihnen. Sie sahen aus wie Buckel oder Höcker oder die Burgen von Ameisen oder Maulwürfen.

Gunda brachte ihr Pferd zum Stehen, sprang ab und Launo und Mira taten es ihr nach.

Launo setzte eine kleine Flöte an seine Lippen und blies ein paar einfache Töne.

»Lynlyn und Rulrul«, sagte der Junge, und dann nannte er die Namen anderer Gnome. Mira erschrak. Dies waren doch nicht etwa Gräber?! Sollten Lynlyn und Rulrul, sollten die Gnome ... Tränen stiegen ihr in die Augen.

Die Hügel sahen nackt und braun aus, keine Blume schmückte sie.

Das Mädchen schüttelte den Kopf. »Das kann nicht sein«, sagte sie fassungslos. Sie sah das bunte runde Haus der beiden Alten vor sich, sah sie eng beieinander sitzen. ›Wir sprechen deine Sprache‹, hörte sie Lynlyn mit ihrer sanften Stimme sagen. »Das kann nicht sein. Das glaube ich nicht.«

Launo blickte sie verwundert an. Da öffnete sich plötzlich einer der Hügel, wie ein Deckel klappte er auf. Ein Kopf mit zwei Nasen und vier Ohren tauchte auf, das Gesicht sah schmutzverkrustet aus, aber der Gnom lächelte. Mira erkannte Dandan. Dann erschienen die ehrwürdigen Gesichter seiner Großeltern.

»Wir sprechen eure Sprache«, sagte Lynlyn.

Rulrul lächelte. »Wir haben euch erwartet. Leider können wir euch noch nicht in unser Haus einladen; ihr seid ein wenig zu groß. Aber es ist gut, euch zu sehen.«

»Es ist gut, euch zu sehen«, sagte Mira leise und betrachtete die beiden besorgt. Sie sahen so schmutzig aus wie ihr Enkel und ihre Hände und Arme waren mit Schrammen übersät.

»Mach dir keine Sorgen um uns«, sagte Lynlyn. »Wir bauen eine neue Stadt der Gnome. Wir arbeiten hart, aber wir ruhen uns auch aus, schlafen viel und vor allem träumen wir.«

Rulrul nickte. »Wir träumen von dem Vulkan. Er ist erloschen und sein Herz schlägt nicht. Die Lava des Lebens ist erkaltet. Aber in unseren Träumen berührt eine Hand das Herz des Vulkans. Es ist die Hand eines Kindes.«

»Leider wissen wir nicht, wo sich der Vulkan befindet«, sagte Lynlyn. »Und wir wissen nicht, wer das Kind ist. Wir sehen nur seine Hand. Aber wenn es das Herz berührt, wird es zu schlagen beginnen. Und die Lava des Lebens kann wieder fließen.«

Mira nickte, wandte sich abrupt ab und lief zu den Pferden zurück. Sie warf sich an den Hals der braunen Stute und drückte so fest zu, dass das Tier unwillig schnaubte. Das Mädchen schwang sich in den Sattel, trieb das Pferd mit energischen Schenkeldrucken an und zwang es in einen wilden Galopp. Das Pferd raste über den Schotter, dass die Steine nach allen Seiten spritzten. Mira kam es vor, als würden sie jeden Moment abheben und einfach davonfliegen ...

Doch sie blieben auf der Erde. Das Mädchen zügelte die Stute und warf einen Blick zurück. Die Hügel waren schon nicht mehr zu sehen. Gunda und Launo folgten ihr. Auch sie drängten ihre Pferde nun zur Eile.

34. Kapitel
Vinzents Plan

Wie Möwen an einem einsamen Sandstrand wirkten die beiden Männer, die mit großen Schritten durch das kahle Land stapften. Der eine führte den anderen an den Handgelenken gefesselt an einem Seil; der Gefangene schien sich in sein Schicksal gefügt zu haben, denn er wehrte sich nicht. In dem feucht-weichen Boden hinterließen sie deutlich sichtbare Spuren, aber den Mann, der so gelb-blond war, dass sein Haar leuchtete, kümmerte das offenbar nicht.

Der Gefesselte überragte seinen Wächter um Haupteslänge, sein Gesicht war umrankt von üppigem dunklem Haar; die dicken Brauen warfen Schatten, die seine Augen schwarz zu färben schienen, und besonders auffällig war ein ungepflegter Schnurrbart.

Die beiden sprachen nicht und der Blonde schaute sich kaum nach dem anderen um. Er hielt nur Ausschau nach etwas, das vor ihnen lag.

Gelegentlich wurden seine Schritte schneller, dann wieder zögerte er. Alles in allem kamen sie zügig voran; der Gefangene passte seine Gangart dem Blonden an, wobei es manchmal so schien, als wolle er rascher laufen als dieser.

Unsichtbar flog Alabusch über den Männern und ließ sie nicht aus den Augen. Vinzents Plan schien zu funktionieren. Unbehelligt wanderten sie auf Serafisas Gefangenenlager zu. Doch konnte er Vinzent trauen? Vielleicht hatte sich dieser Minister ja nur eine List ausgedacht, um der Herrscherin zwei neue und nicht unbedeutende Gefangene zu präsentieren?

Auf der Brust des jungen Mannes baumelte eine goldene Plakette, die ihn als ranghohen Vertreter des blauen Reiches auswies. Niemand habe bisher von seinem Seitenwechsel erfahren, behauptete er. Niemand außer seiner Tochter.

Am Horizont zeichneten sich die eckigen Umrisse des Gefangenenlagers bereits deutlich ab.

»Es sind hohe Metallwände«, hatte Vinzent berichtet. »Sie lassen den Gefangenen nicht einmal einen Blick nach draußen. An Flucht ist nicht zu denken. Durch die Absperrung wird Starkstrom gejagt.«

Vinzents Plan war so einfach wie gefährlich. Er wollte

durch das Tor hineinspazieren, den Gefangenen abliefern, seine Plakette vorweisen und den Wächtern weismachen, er habe Befehl von Serafisa erhalten das Lager zu räumen. In Abwesenheit der Herrscherin waren die Minister ihre Stellvertreter.

Natürlich gab es einen Haken: Das Gefängnis fiel nicht in Vinzents Zuständigkeitsbereich. Zwar hatte er freien Zugang, um seine wissenschaftlichen Untersuchungen durchführen zu können, doch weiter führten seine Kompetenzen nicht.

Vinzent dachte an die kalten metallischen Stühle, auf die Serafisa ihre Opfer zwang. Denen, die von der blauen Krankheit nicht befallen wurden, versuchte die Herrscherin auf andere Weise das Gedächtnis zu rauben. Sie schritt durch die Reihen der Gefangenen, musterte sie von Kopf bis Fuß und schließlich zeigte sie auf eines der Gesichter. Der arme Mensch wurde dann auf den Maschinenstuhl geschnallt und der blaue Strom floss durch seinen Körper, sein Herz, sein Gehirn. Der Mensch verlor das Bewusstsein und wenn er wieder erwachte, kannte er seinen Namen nicht mehr und seinen Beruf. All seine Erinnerungen, sein Leben, die Geschichte seiner Kindheit, seiner ersten großen Liebe, seiner Familie waren eingesaugt von Serafisas Technik ... Die Unglückseligen strauchelten wie hölzerne Marionetten umher, deren Schnüre sich hoffnungslos verheddert hatten; sie wurden schließlich in die blaue Stadt geschafft und sie strichen ihre Häuser blau und huldigten Serafisa wie einer Göttin.

Es gab nur wenige, die auch diesen mächtigsten Kräften der blauen Hexe widerstanden.

Die blaue Krankheit überfiel Vinzent, als er in seinem Büro auf seinem teuren schwarzen Ledersessel saß, über eine wissenschaftliche Abhandlung gebeugt, die mit Elektrosmog zu tun hatte. Natürlich flimmerte der Computer, Neonleuchten strahlten und in der Mirkrowelle drehte sich eine große Tasse Kaffee.

Es gab einen Kurzschluss, und dann saß da plötzlich eine Frau neben ihm, die ihm selbst im Halbdunkel noch schön erschien. Ein lieblich-frischer Zitronenduft umgab sie und ihre Stimme klang rau, sanft und verführerisch. Vinzent lauschte ihr, dem Klang ihrer Worte wie einer betörenden Musik. Sie sprach von einer lukrativen Stelle, die sie ihm verschaffen könne, von viel Geld und auch von Macht.

Der Wissenschaftler willigte sofort ein. Er dachte nicht an seine Frau und er dachte nicht an sein Kind, denn er hatte vergessen, dass sie existierten.

Als er Laura im Gefangenenlager wieder sah, erkannte er sie nicht. Er untersuchte sie wie all die anderen, prüfte ihren Puls, ihren Blutdruck, horchte ihr Herz ab; er stach ihr mit einer langen spitzen Nadel geschickt in ihren Finger und fing das hervorquellende Blut auf. Laura sagte nichts. Sie starrte ihn verwirrt und traurig an und schaute zu, wie er sich seine Notizen machte.

Erst nach Tagen fielen ihm die Blicke des Mädchens

auf. Sie lächelte nicht, sie winkte ihm nicht zu, sie nickte nicht einmal. Und dennoch hatte er das Gefühl, dass sie ihn rufen würde. Aber sie rief ihn nicht bei seinem Namen. Wie nannte sie ihn?

Er schaute in ihre Augen, in denen irgendein Vorwurf zu liegen schien. Er wollte sich abwenden, doch es gelang ihm nicht; sie hielt seinen Blick fest. Was wollte dieses Kind von ihm?

Er wagte es nicht, sie zu fragen und sie schwieg. Doch er begann sie zu beobachten. Sie hatte wenig Kontakt zu den anderen, sie saß still herum und spielte mit ihrem struppigen Haar. Wenn er sie ansprach, antwortete sie leise und zögernd; hinter ihren Worten schwang immer eine unausgesprochene Frage. Eine Frage, die ihm lästig war, weil sie ihn herausforderte; eine Frage, die ihn neugierig aufhorchen ließ, weil dieses Mädchen etwas über ihn zu wissen schien, das er selbst nicht wusste.

Dann bekam er von Serafisa eine andere Aufgabe und für ein paar Wochen verlor er das Kind aus den Augen.

Als er in das Lager zurückkehrte, suchte er nach dem seltsamen Mädchen. Er wunderte sich über sich selbst und legte sich eine vernünftige Erklärung zurecht: ›Sie verheimlicht etwas und ich als Wissenschaftler werde herausbekommen, was das ist.‹ Er fand sie nicht gleich und gerade, als er überlegte, wen er nach ihr fragen könnte, entdeckte er sie in einer Gruppe junger Leute. Er sah überrascht, dass sie lebhaft redete.

Vinzent hätte gern gelauscht, doch das Mädchen entdeckte ihn und verstummte. Sie nickte den anderen zu, als wolle sie sich verabschieden, und ehe er sich versah, war sie bei ihm und schlang ihm die Arme um den Hals.

»Ich dachte schon, du würdest nicht wiederkommen«, sagte sie. Sie lachte und einen Moment dachte er, sie hätte den Verstand verloren.

Er schob sie von sich, doch dann hörte er sich zu seinem eigenen Erstaunen sagen: »Ich bin dein Vater, nicht wahr?«

Das Tor des Lagers sah groß und schwer aus, doch es öffnete sich beinahe geräuschlos. Niemand ließ sich blicken und Alabusch flog voraus um nach dem Rechten zu sehen.

Die beiden Wachen spürten den Windhauch kaum, der sie streifte, sie blickten nicht auf, sondern schlugen weiter abgegriffene Karten auf eine fleckige hölzerne Tischplatte.

»Wer kommt?«, fragte der eine.

»Minister«, antwortete der andere.

»Welche Nummer?«

»7a oder b? Ist das wichtig? Minister ist Minister, oder? Er bringt einen neuen Hasen.«

Der Mann brummte unbestimmt, dann legte er die Karten beiseite. Er hängte sich eine Waffe, die wie ein langes Rohr aussah, um die Schulter, trat zum Tor hinaus und schaute den Ankömmlingen ohne Interesse entgegen. Bevor er eine gerade Haltung annahm, kratzte er sich ausgiebig den schwitzenden Nacken.

Alabusch hatte genug gesehen. Er flog zu Hilarius und flüsterte ihm das Notwendigste zu.

Der Freund nickte unmerklich. »Alles in Ordnung«, sagte er leise zu Vinzent.

Der Wächter, der von ungewöhnlich hohem Wuchs war, grüßte ehrerbietig und ließ sich die Papiere des Ministers zeigen, ehe er die beiden Männer einließ.

»Ich bringe Nachricht von Serafisa«, sagte Vinzent. »Führe mich zu den Ministern!«, befahl er.

»Es ist kein Minister da, Herr ... außer Ihnen«, stammelte der Wächter. »Nur der Weißschrull ... ich meine, der Herr Oberwachhabende ... Die Minister folgen ihrer Herrin auf dem Weg zu Ruhm und Ehre.«

Vinzent stöhnte. »Ausgerechnet jetzt ...«, murmelte er. »Ich will die Gefangenen sehen und dann mit den Wachen sprechen«, ordnete der Blonde an. »Das Lager wird aufgelöst.«

»Waaaas? ...« Dem Mann blieb der Mund offen stehen. »Und die Hasen ... äh, was geschieht mit den Gefangenen, Herr?«

»Ich werde euch Serafisas Wünsche noch mitteilen«, antwortete Vinzent knapp.

Hilarius stand stumm und still wie ein Baum, den Blick hielt er gesenkt.

»Bewacht das Tor, aber schließt es nicht!«, befahl Vinzent, bevor er sich zum Gehen wandte. »Ich verlasse mich nur auf gute Leute, wie ihr es seid.«

Die beiden nahmen eine gerade stolze Haltung an.

Die grauen Betonbaracken wirkten unscheinbar und harmlos, nur die schweren Gitter vor den Fenstern warfen düstere Schatten. Auf die Farbe Blau schien man hier keinen Wert zu legen. Lediglich die Wachen trugen Uniformen, die kornblumenblau, wenn auch sehr fleckig und ungebügelt waren. Die Männer, alle von großem, ja hünenhaftem Wuchs, schienen sich über das Auftauchen des Ministers nicht zu wundern. Sie warfen ihre gestreckten Hände militärisch zackig an ihre Schläfen oder nickten stumm und gleichgültig.

Vinzent lächelte höflich und herablassend; er winkte ab, als sich einer der Wächter versuchte zu verbeugen.

»Können wir Ihnen behilflich sein?«, fragte der Mann unterwürfig.

»Nehmen Sie sich dieses Gefangenen an«, sagte Vinzent. »Aber behandeln Sie ihn gut. Er ist ein Geschichtenerzähler und wird Serafisa und dem blauen Reich noch von Nutzen sein.«

»Zu Befehl!«, brüllte der Wächter und zog Hilarius mit sich, wie ein Pferd, das in den Stall geführt werden soll.

Vinzent sah sich um. Nur wenige Gefangene liefen zwischen den Häusern umher, meist beladen mit Säcken, die vermutlich Holz oder Kohlen enthielten. In dem blauen Land herrschte eine empfindliche Kälte. Der Wind, von keinem Baum aufgehalten, pfiff unfreundlich und färbte die Nasen und Ohren der Menschen rot.

Jäh sprang eine Tür auf und ein Mann trat heraus, bei dessen Anblick der Blonde unwillkürlich zusammenfuhr.

Auch dieser Mann war groß und trug eine blaue Uniform; Abzeichen und Orden baumelten an dem Stoff, der ordentlich und glatt aussah; auf den Schulterklappen sprossen veilchenfarbene Büschel, die Vinzent an einen geschmückten Weihnachtsbaum denken ließen.

Der Mann war noch nicht alt, doch sein Haar, das aus dem Käppi herausquoll, schimmerte schlohweiß. Über seine Stirn zogen sich Furchen, seine Wangen wirkten eingefallen; die Augen waren rund und groß und silberblau und erinnerten Vinzent an Glasmurmeln.

Er hatte den Mann noch nie gesehen, und dennoch erschien er ihm irgendwie bekannt, beinahe vertraut.

Vinzent räusperte sich und stellte sich vor und der Mann nickte und winkte ihn herein. Der Mann deutete auf einen hölzernen Stuhl, ohne dass sich seine starren Gesichtszüge veränderten. Vinzent setzte sich; er war plötzlich froh Alabusch in seiner Nähe zu wissen.

Der Raum war kahl und nur notdürftig eingerichtet. Weder Bilder noch Teppiche schmückten ihn. Drei massige Stahlschränke ließen kaum Platz für den Tisch und die zwei Stühle.

Der Mann lehnte sich gegen die Wand, verschränkte die Arme und schaute auf Vinzent hinab. Er schien misstrauisch darauf zu lauern, was ihm dieser Blondschopf zu sagen hatte. Vinzent zögerte. Konnte er diesem Mann weismachen, dass er beauftragt war das Lager aufzulösen? Einfach so? Wohl kaum.

»Ich arbeite als Wissenschaftler und Arzt für Serafisa«,

begann Vinzent. »Sie ist es, die mich schickt. Leider mit schlechten Neuigkeiten.«

Vinzent wartete darauf, dass sein Gegenüber etwas sagen oder fragen würde, doch der seltsame Gastherr gab sein unfreundliches Schweigen nicht auf.

»Es ist eine neue Krankheit ausgebrochen. Eine ... unbeabsichtigte. Leider ist sie hochinfektiös und führt zum Tod. Aber es gibt ein Gegenmittel. Ein Impfstoff, der von mir und Kollegen entwickelt wurde. Ich bin gekommen um Ihre Leute zu untersuchen – ein bisschen Blut abzapfen, das geht ganz schnell – und jeder bekommt eine vorbeugende Spritze.«

Vinzent verstummte und schaute in die Glasmurmelaugen des Uniformierten. Dort regte sich nichts. »Das Lager muss aufgelöst werden«, erklärte Vinzent. »Es besteht Seuchengefahr. Die Gefangenen müssen fortgeführt werden.«

Der Mann lachte plötzlich laut auf. »Sie behaupten, Sie kämen von meiner Schwester und erzählen mir irgendeine verrückte Geschichte und ich soll Ihnen glauben?«

»Sie müssen mir glauben, denn Sie befinden sich in Gefahr«, sagte Vinzent schnell. »Es geht um die Existenz des blauen Reiches!«

Serafisas Bruder! Der Schreck, der ihm in die Glieder fuhr, verlieh seiner Stimme einen äußerst besorgten Ton. »Die Zeit drängt! Wir sollten mit den Untersuchungen sofort beginnen!«

»Woher weiß ich, dass ich Ihnen trauen kann?«, fragte

der Mann ruhig. Seine Stimme klang belegt, als würde er sie selten gebrauchen.

»Ihre Schwester vertraut mir«, entgegnete Vinzent ebenso gelassen. »Sie hat mich zum Minister ernannt. Diese Plakette zeugt davon. Fragen Sie die Wächter. Die meisten kennen mich.« Vinzent versuchte, vergeblich zu ergründen, welchen Eindruck seine Worte hinterließen. »Wir führen die Gefangenen nur von hier fort. Was mit ihnen geschieht, wird Serafisa entscheiden.«

»Welches sind die Symptome?«, fragte der Mann.

»Bitte?«

»Die Symptome Ihrer neuen Krankheit!?«

Vinzent zuckte mit den Achseln. »Es gibt ganz unterschiedliche Vorzeichen«, meinte er. »Manchmal sieht es am Anfang aus wie eine harmlose Erkältung. Manchmal beginnt es mit Kopfschmerzen, Durchfall und Kreislaufstörungen. Dann fallen die Haare aus, dann die Zähne und schließlich ... Schließlich bleibt das Herz stehen. Von einer Sekunde zur nächsten. Ein schneller Tod.«

»Das klingt ... unschön«, sagte der Uniformierte trocken. »Sie haben eine Stunde, um meine Männer zu untersuchen und zu impfen. Die Gefangenen jedoch bleiben hier, und zwar so lange, bis ich Kontakt zu meiner Schwester aufgenommen habe und sie die Auflösung des Lagers bestätigt.«

»Ihre Schwester, mein Herr, ist in Kämpfe verwickelt und der Impfstoff ist zu selten und zu teuer, als dass er auch den Häftlingen verabreicht werden könnte ...«, wagte Vinzent einzuwenden, aber er hätte genauso gut gegen eine Felswand sprechen können.

»Warten Sie in der Krankenbaracke. Ich veranlasse alles Nötige.» Serafisas Bruder winkte den Gast ungeduldig hinaus. Seine gläsernen Fischaugen blickten verärgert über die Störung und Vinzent beeilte sich der Aufforderung nachzukommen.

Wenig später saß Alabusch auf dem Schrank der Krankenbaracke; der Geruch nach Blut stieg zu ihm auf und ihm lief das Wasser im Mund zusammen. Dieser Vinzent war wirklich ein gescheiter Kerl. Die Wächter standen brav in einer Schlange und ließen sich die Nadeln in die Venen stechen. Der Vampir presste seine Arme gegen den Bauch, um das Knurren in seinem Magen zu dämpfen. Doch in dem Raum herrschte ohnehin eine gespannte Unruhe. Was hatte es mit dieser neuen Krankheit auf sich? Die Männer tuschelten miteinander und mancher der Riesen wurde ganz klein, als er den Arzt mit seinen Instrumenten hantieren sah.

»Der Impfstoff, den ich Ihnen jetzt verabreichen werde, hat eine beruhigende Wirkung«, erklärte Vinzent. »Sie werden ein paar Minuten schlafen, und wenn Sie erwachen, wird Ihr Körper gegen die neue Krankheit immun sein.«

Die Männer ließen sich gehorsam auf den schmalen Krankenpritschen nieder, meist ragten ihre Beine über den Bettrand hinaus. Die kräftigen Kerle wirkten plötzlich hilflos wie Säuglinge. Vinzent wartete eine Weile und schaute zur Tür. Wollte Serafisas Bruder sich nicht impfen lassen? Doch der Weißhaarige erschien nicht und Vinzent zog die erste Spritze auf.

Die Wächter schliefen schnell ein. Ihre Brustkörbe hoben und senkten sich gleichmäßig. Einer schnarchte laut und wohlig. Vinzent betrachtete zufrieden sein Werk. »Sie werden Stunden, wenn nicht gar Tage schlafen«, rief er Alabusch zu.

»Hundert Jahre wären mir lieber.« Der Vampir ließ sich zu dem Blondschopf hinunter. »Dieser Kerl, dieser Bruder der blauen Hexe ist nicht gekommen«, sagte Alabusch.

Vinzent seufzte. »Sein Name ist Tjarg. Die Wächter sprachen über ihn. Er scheint nicht sehr beliebt. Sie nannten ihn Tjarg, den Weißschrull. Doch sie scheinen ihn auch zu fürchten. Wir müssen auf der Hut sein.«

Alabusch nickte.

Vinzent lächelte. »Ich hoffe, ich habe den Männern genug roten Saft abgezapft. Bist du mir böse, wenn ich dir guten Appetit wünsche?«

»Nein«, sagte der Vampir ernst. »Ich danke dir.«

Der Wissenschaftler ging zu dem Schnarchenden und prüfte die Schlüssel, die an seinem Gürtel baumelten. Er nahm sie ihm ab.

»Du wirst mich finden?«, fragte er.

»Wir sehen uns«, antwortete Alabusch.

Vinzent winkte kurz mit dem Schlüsselbund in der Hand, bevor er die Baracke verließ.

Die beiden Wächter trauten ihren Augen kaum, als sie den Tross kommen sahen. Die Gefangenen liefen ohne Fesseln nebeneinander her, als befänden sie sich auf einem Spaziergang. Sie sprachen nicht, doch ihre Gesichter zeigten sich unverhüllt zuversichtlich; manche schritten so federnd aus, dass sie beinahe hüpften, andere lächelten still vor sich hin, ein Mädchen winkte den beiden bewaffneten Männern zu wie lieben Bekannten.

Der Minister führte den Zug; er lief gerade und mit ernster Miene vorneweg.

»Da stimmt was nicht«, sagte der größere der Wächter leise. »Dieser 7a oder 7b muss verrückt geworden sein. Er lässt die Hasen frei!«

Der andere brummte vor sich hin, und als sein Kompagnon sich ihm zuwandte, murmelte er: »Verrückt geworden. Oder Verräter.«

Der Zug der Gefangenen blieb stehen, und Vinzent kam langsam auf die beiden Männer zu. »Ich habe euch doch gebeten das Tor offen zu halten«, sagte er und schüttelte tadelnd den Kopf. »Also seid so gut und lasst uns hinaus.« Der Minister lächelte die beiden freundlich an.

»Verräter!«, brüllte der kleinere Wächter plötzlich.

Vinzent zog erstaunt die Augenbrauen hoch. »Würden wir hier stehen und miteinander plaudern, wenn ich ein Verräter wäre?«, fragte er. »Es gibt genügend starke

Männer unter den Gefangenen, die euch überwältigen könnten. Hört zu«, sagte Vinzent leise und kam noch ein Stückchen näher. »Hört zu: Die Gefangenen sollen glauben, dass es in die Freiheit geht. Dann machen sie keine Probleme. Aber ihre Reise wird nur bis zu dem unsichtbaren Abgrund führen und dann ... Versteht ihr?«

»Wir haben Befehl von Herrn Tjarg, niemanden durchzulassen«, entgegnete der Mann. »Wo sind die Wachen?«

Vinzent seufzte. »Ihr seid aber wirklich misstrauisch. Die Wachen schlafen. Sie haben Spritzen gegen eine neue Krankheit bekommen und müssen nun ein wenig ruhen. Übrigens hat Herr Tjarg zu den Impfungen seine Einwilligung gegeben. Hat er das nicht erwähnt? Wann war er denn hier? Und wo ist er überhaupt?«

»Weggeritten«, sagte der eine, kleinere, ehe es sein Gefährte verhindern konnte.

»Er ist auf dem Weg zu seiner Schwester«, sagte dieser eisig. »Von einer Krankheit wissen wir nichts.«

»Das ist schlimm«, sagte Vinzent besorgt. »Denn es ist eine ansteckende tödliche Krankheit. Wenn ihr nicht gerade am Tor Dienst hättet, würde ich euch impfen. Aber so ...« Der Minister hob bedauernd die Hände. »Es tut mir Leid.«

Die beiden Männer tauschten entsetzte Blicke.

»Das Lager muss wegen der Seuchengefahr geschlossen werden. Aber behaltet das für euch. Panik können wir nicht gebrauchen.«

»Wenn keine Gefangenen mehr da sind, brauchen wir auch keine Wache mehr zu halten«, sagte der Größere hastig. »Wenn die Krankheit so gefährlich ist, wie Sie sagen, dann ... dann ist es Ihre Pflicht als Arzt auch uns davor zu schützen«, schloss er mit einem trotzigen Ausdruck im Gesicht.

Vinzent seufzte. »Na schön, wenn ihr es so wollt ... Öffnet das Tor, und dann immunisiere ich euch.«

»Immumi...« Der Kleinere kicherte verwirrt.

»Zuerst die Spritze!«, forderte sein Kumpan.

»Sagen wir: Ich bereite die Injektion vor und indessen macht ihr uns den Weg frei.« Ohne eine Antwort abzuwarten, öffnete Vinzent eine Tasche aus weichem braunem Leder, die Verbandszeug, Medikamente und allerlei medizinische Instrumente enthielt.

Wenig später standen die Flügel des Tores weit auseinander und die beiden Wachmänner schlummerten in ihren Stühlen. Ihre Köpfe waren schwer auf die zerschrammte Tischplatte gesunken.

Die Menschen schoben sich an den Schlafenden vorbei, lächelnd und scherzend, manche sangen.

Am Ende des Zuges liefen zwei Frauen. Sie hielten Kinder an den Händen, vierjährige, fünfjährige Mädchen und Jungen. Die eine der Frauen, die ältere, trug einen Frosch auf der Schulter. Das Mädchen an ihrer Hand blickte zu der Erwachsenen auf. »Werde ich meine Mama nun bald wieder sehen?«

»Ja, das wirst du«, sagte Clara Ziegler.

»Und meinen Papa?«

»Auch deinen Papa.«

»Ganz bestimmt?«

»Ganz bestimmt.«

»Hast du auch Kinder, Clara?«

Die Frau nickte. »Ein Mädchen und einen ... Jungen. Sie sind schon recht groß. Olaf ist erwachsen. Und Mira ist ein Schulkind.«

»Du wirst sie bald wieder sehen«, sagte das kleine Mädchen.

»Ja«, sagte die Frau. »Das werde ich.« Sie lächelte und der Frosch quakte, als hätte er die Worte verstanden.

35. Kapitel: Ein bunter Vogel

Mira sprang vom Pferd und blickte sich nach Launo um. Der Junge kam mit der struppigen grauen Stute angetrabt. Das Tier schwitzte und schnaufte erschöpft. »Ich fürchte, die Stute braucht eine Pause«, erklärte Launo. Er strich dem Tier über den nassen Hals.

»Wir könnten sie heute noch erreichen«, sagte Mira und deutete auf die zahlreichen Spuren auf dem lehmigen Boden. »Vielleicht in zwei oder drei Stunden ...«

Der Junge schüttelte bedauernd den Kopf. »Dann müsst ihr ohne mich weiter.«

»Wir brauchen alle eine Pause«, rief Gunda. Der schwarze Hengst zerrte ungeduldig am Zügel; er sah als Einziger nicht so aus, als müsse er sich ausruhen.

»Aber vielleicht ist es dann zu spät«, widersprach Mira. »Jede Minute, jede Sekunde ist kostbar. Wir dürfen keine Zeit verschenken!«

»Wenn die Tiere etwas ausgeruht sind, holen wir die Zeit wieder auf«, entgegnete Gunda. »Und wir müssen überlegen, wie wir den Gnomen helfen können.« Die Frau stieg ruhig vom Pferd und sattelte es ab. Der schwarze Hengst warf sich zu Boden und wälzte sich in dem spärlichen Gras.

»Was gibt es da zu überlegen«, murmelte Mira. Doch auch das Mädchen und Launo nahmen ihren Tieren die Sättel ab. Die Pferde rupften die dürren Halme und knabberten an den wenigen Zweigen. Die drei Menschen setzten sich auf die Erde. Launo stöhnte leise. Auch Mira spürte einen empfindlichen Schmerz, aber da Gunda sie ansah, vermied sie es, sich zu äußern. Sollte etwa ein wunder Hintern sie davon abhalten, ihren Freunden zu Hilfe zu eilen? Launo kramte in seiner Tasche und holte schließlich einen Zwieback hervor. Er brach ihn in drei Teile und reichte Gunda und Mira je ein Stückchen.

»Nicht gerade ein Festmahl«, meinte der Junge und ein trauriges Lächeln huschte über sein Gesicht.

Mira lutschte andächtig an ihrem Gebäck, doch der Krümelbrei in ihrem Mund löste sich schnell auf. Erst jetzt spürte sie einen nagenden Hunger und ihr Bauch knurrte böse wie ein ärgerlicher Wolf.

Eine Zeit lang saßen sie still beieinander und sahen den Pferden beim Fressen zu. Die Ratte Goldzahn wuselte um sie herum und benagte Zweige und Launos nach Pferdeschweiß riechenden Sattel. Der Junge gab ihr einen sanften Schubs und drohte ihr mit dem Zeigefinger.

Schließlich räusperte sich Gunda. »Ich werde vorausreiten und die Lage erkunden«, erklärte sie. »Ich werde mich heranschleichen und die Wachen belauschen. Wenn ich etwas erfahre, schreibe ich es für euch auf und lege die Zettel unter faustgroße moosgrüne Steine. Sie sind leicht zu sehen in dieser graubraunen Landschaft. Ich will etwas über die Pläne Serafisas in Erfahrung bringen und vielleicht finde ich den Abgrund ... ehe es zu spät ist. Und auch nach dem geheimnisvollen Vulkan, von dem Lynlyn und Rulrul träumten, werde ich Ausschau halten.«

Launos Stirn legte sich in zwei Falten, die gar nicht zu seinem weichen Gesicht passten.

»Ich weiß nicht«, sagte er. »Meinst du wirklich, wir sollten uns trennen?«

Gunda nickte langsam.

»Warum können wir nicht mit dir kommen?«, fragte Mira misstrauisch.

»Mein Pferd ist am kräftigsten und schneller als eure«, meinte die Frau. »Und es genügt, wenn sich einer von uns in Gefahr bringt.«

Mira legte den Kopf in den Nacken, als sei er ihr plötzlich zu schwer. Diese Frau erschien ihr mutig und sie litt scheinbar kaum unter Hunger und Durst. Sie war eine perfekte Reiterin und es blieb ihnen wohl nichts anderes übrig, als ihr Angebot anzunehmen.

Da sah Mira plötzlich einen bunten Vogel am Himmel über ihnen kreisen. »Was ist das?«, murmelte sie.

Launo und Gunda folgten ihrem Blick. Das beflügelte Wesen schwebte galant zu ihnen hinab.

»Adila!« schrie Mira. »Es ist Adila!« Sie klatschte in die Hände und jauchzte. Und auch Launo brach in sein altes fröhliches Gelächter aus. Die Ratte fiepte aufgeregt.

Die kleine Fee sah so blass und durchsichtig aus wie immer, doch ihre Flügel waren bunt, und auch auf ihrem Bauch zeigten sich Farbtupfer. Sie trug einen Korb bei sich. Und die hungrige Mira nahm schon von weitem den süßen Blisettengeruch wahr.

»Liebe Grüße von Viktoria, Elgine und Roda«, rief Adila munter. »Ich bringe euch etwas für eure leeren Bäuche und eine gute Nachricht!«

Die Fee landete zwischen den dreien und nahm Goldzahn auf den Arm wie ein Baby. Sie drückte ihm einen Kuss auf die Schnauze und lächelte.

»Die blaue Stadt existiert nicht mehr! Die Leute streichen ihre Häuser bunt! Die Blisetten haben endlich gewirkt. Die Menschen dort singen die alten Lieder und tanzen die alten Tänze. Sie pfeifen auf Serafisa!«

Adila holte tief Luft und hüpfte aufgeregt hin und her. »Niemand muss mehr von dort fliehen. Freie Wahlen sind angekündigt. Viktoria wird vielleicht Bürgermeisterin!«

Gunda betrachtete die Fee, als käme sie von einem anderen Stern. »Leider haben wir hier gerade andere Probleme«, sagte sie kühl.

»Ich weiß«, sagte Adila; sie wirkte nicht im Geringsten beschämt. »Deshalb bin ich ja hier. Ich werde euch helfen.«

Mira umarmte die zierliche Freundin so fest, dass Goldzahn zwischen ihnen ängstlich quiekte. Sie konnte noch keinen Ton herausbringen, so überrascht war sie. Tauchte Adila nicht immer dann auf, wenn es kaum Hoffnung gab? Die Leute in der blauen Stadt brauchten ihre Hilfe nun nicht mehr. Doch die armen Gnome wurden von Serafisa auf den unsichtbaren Abgrund zugetrieben. Vielleicht genügte eine jähe Laune der blauen Herrscherin um dies tapfere kleine Volk zu vernichten.

Sie ließen sich noch einmal auf den kargen Boden nieder. Blisetten, Pizza, Brot, Kuchen, Wein und Wasser hatte Adila ihnen mitgebracht. Sie aßen nur so viel, dass ihr Hunger gestillt war und sie noch genügend übrig behielten. Auch Goldzahn wurde satt und Launo brachte den Pferden, die wachsam zu ihnen hinüberäugten, etwas von dem frischen duftenden Brot.

Gunda wiederholte, was sie beabsichtigte, und Adila hörte zu und unterbrach sie erst, als die Frau von dem Vulkan erzählte, den sie ebenso zu finden hoffte wie den Abgrund.

»Ich habe von diesem Vulkan gehört«, sagte Adila. »Aber bisher dachte ich, diese Geschichte sei ein Märchen.«

Launo schüttelte den Kopf. »Die Gnome haben diesen Vulkan verehrt. Auf seiner Lava wuchsen die Blisetten am besten. Er existiert, aber seit Serafisas Herrschaft ist er verschwunden. Die Gnome sagen, sie hören sein Herz nicht mehr schlagen.«

»Nun, ein Vulkan kann wohl nicht einfach so verschwinden«, meinte Gunda lächelnd. »Aber ich denke, wir können dieses Rätsel jetzt nicht lösen. Es ist an der Zeit, dass ich aufbreche.«

»Du bist eine tapfere Frau, das wissen wir«, sagte Adila. »Dennoch möchte ich euch anbieten, dass ich vorauseile.«

Gunda wollte protestieren, doch Adila hob einfach die Hand und lächelte. »Ich kann schneller fliegen als du reiten«, sagte sie, »und ich kann mich unsichtbar machen. Ich werde versuchen die Gnome zu warnen. Sie kennen mich und vertrauen mir.«

»Du meinst, mir vertrauen sie nicht?«, fragte Gunda. Sie sprach ganz ruhig, doch Mira sah, wie ihre Brust sich schnell hob und senkte.

»Sie kennen deinen Bruder«, konnte Mira sich nicht

verkneifen zu bemerken. Die Frau wandte beschämt und verärgert den Blick ab.

»Es tut mir Leid«, sagte Mira leise. »Du hast viel für uns getan. Ich danke dir dafür. Ich wollte dich nicht kränken.«

Gunda schüttelte den Kopf. »Du hast Recht. Sie kennen meinen Bruder. Ich habe viel für mich getan. Denn ich wollte nicht ebenso schuldig werden wie Herrmann.« Sie erhob sich und ging ein paar Schritte von ihnen fort. Sie lehnte sich an ihr schwarzes Pferd und schaute sich nicht um.

Adila flog auf und folgte ihr. »Gunda!«, rief sie aufgeregt. »Ich vertraue dir! Und ich verlasse mich darauf, dass du Launo und Mira weiter sicher führst. Aber bitte lass mich jetzt losfliegen! Die Zeit drängt und ich kann hier nicht fort, solange du böse auf mich bist.«

Die Frau wandte sich der Fee zu und lächelte müde. »Ich bin dir nicht böse. Ich bin froh, dass du uns hilfst. Wir müssen die Gnome retten. Das ist das Einzige, was jetzt wichtig ist. Viel Glück!« Sie reichte Adila die Hand und die kleine Fee schüttelte sie eifrig.

»Wir sind Erak Erak, nicht wahr?«, fragte Adila.

Gunda nickte. »Wir sind Freundinnen.«

Adila schwebte davon und bald sah sie wieder wie ein bunter Vogel aus. Mira winkte auch noch, als die Fee schon nicht mehr zu sehen war.

Dann sattelten sie ihre Pferde und folgten der Spur der vielen kleinen Füße in zügigem Galopp.

36. Kapitel

Am Rand der Tiefe

Alabusch flog so dicht über seiner Mutter, dass er ihr Haar berühren könnte, wenn er nur die Hand ausstreckte. Er lauschte ihren Worten, wenn sie mit den Kindern sprach; er betrachtete ihr Gesicht, das sich verändert hatte. Sie sah älter aus; wie Spinnweben hatten sich Falten über ihre Stirn, ihre Wangen und ihr Kinn gezogen. Doch in ihren Augen glaubte er einen unbekannten Glanz auszumachen. Die aufgeregte Erwartung der Kinder spiegelte sich auch in ihrem Blick. Unruhig schaute sie umher, als hoffe sie tatsächlich ihre Tochter Mira und ihren Sohn Olaf irgendwo zu entdecken.

»Clara, erzählst du uns eine Geschichte?«, fragte ein kleiner Junge mit Sommersprossen.

»Oh ja, eine Geschichte«, riefen nun auch die anderen Kinder.

Clara Ziegler seufzte. »Schon wieder?«, meinte sie. Alabusch sah, dass sie sich erst besinnen musste. Wovon hatte sie gerade geträumt? An wen gedacht? Vielleicht ahnte sie, dass ihr Sohn in ihrer Nähe war?

»Erzähl uns von deinem Frosch«, schlug ein Mädchen mit Zöpfen vor.

»Es ist ein besonderer Frosch, ein Zauberfrosch, nicht wahr?«

Die Frau nickte. »Ja, er ist ein ganz besonderer Frosch. Aber die Geschichte habe ich euch doch gestern gerade erzählt.«

»Noch mal! Bitte!«, riefen die Kinder.

Clara Ziegler gab sich geschlagen. Sie nahm den Frosch von der Schulter und zeigte ihn ihren kleinen Freunden.

»Schaut, wie schön er ist«, sagte sie. »Seht ihr seine gelben Flecken? Sehen sie nicht aus wie Sterne?«

»Und seine Augen leuchten«, stellte der Junge mit den Sommersprossen fest. Die Frau nickte ihm zu und das Kind berührte flüchtig die Froschhaut.

»Er kam immer durch das Fenster in das Zimmer meiner Tochter Mira. Die beiden verstanden sich prima. Sie spielte mit ihm, erzählte ihm Geschichten und sang ihm Lieder vor. Doch eines Tages verschwand Mira und einige Tage kam auch der Frosch nicht mehr. Doch an einem Abend ging ich in das Kinderzimmer und da saß er auf dem Bett meiner Tochter. Der Frosch blieb einfach in Miras Zimmer. Manchmal verschwand er für ein paar Stunden, doch dann war er wieder da. Anfangs warf ich ihn hinaus, weil er das Bett so schmutzig machte mit seinen Füßen, an denen Sand und kleine Sumpfpflanzen klebten. Aber er quakte dann traurig und schaute mich mit seinen großen Augen fragend an. Da stellte ich ihm eine Schüssel mit Wasser aufs Fensterbrett. Wenn er sauber war, durfte er bleiben. Wenn er vergaß sich zu waschen, setzte ich ihn vor die Tür.«

Die Kinder kicherten.

»Der Frosch saß jeden Tag da und wartete. Eigentlich hatte ich mich schon an ihn gewöhnt und ich freute mich einen Freund Miras im Haus zu haben, der die Hoffnung auf ihre Rückkehr nicht aufgab. Manchmal spielte ich ihm Lieder auf der Flöte vor. Als meine Tochter so klein war, wie ihr jetzt seid, hat sie die Melodien gern gehört und mitgesungen oder getanzt ... Manchmal zeigte ich dem Frosch Fotos von meinen Kindern. Die Bilder von Mira schaute er lange und immer wieder an. Die wenigen Fotos, auf denen Olaf zu sehen war, mochte er nicht ... Nun, so verging die Zeit und Mira kehrte nicht zurück. Eines Tages kam auch der Frosch nicht. Das Wasser in der Schüssel verdunstete und Miras Bett blieb unberührt und sauber. Ich fand das sehr traurig. Ich dachte, unser kleiner grüner Freund habe die Hoffnung aufgegeben. Ich saß im Kinderzimmer am Fenster und schaute in die Nacht hinaus. Doch sie blieb schwarz, einfach nur schwarz. Versteht ihr?«

Die Kinder nickten.

»Ich nahm die Schüssel fort, aber das Fenster ließ ich offen. Und eines Nachts hörte ich Geräusche. Ich konnte ohnehin schlecht schlafen und so wurde ich schon beim leisesten Laut wach. In Miras Zimmer fand ich Poggy, wie ich ihn mittlerweile nannte. Doch er saß nicht still da wie sonst. Er hüpfte aufgeregt umher und hinterließ überall seine Spuren. Nach einer Weile erst bemerkte ich, dass er nicht allein war. Da hockte noch ein Tier. Es hatte die Farbe der Bettwäsche angenommen: weiß mit roten Punkten. Ein Chamäleon! Die beiden schienen sich zu unterhalten. Poggy beachtete mich gar nicht. Er zappelte so nervös, dass ich wusste, das konnte nur eines bedeuten: Dieses Chamäleon hatte Mira gesehen! Es gab also Hoffnung ...«

Clara Ziegler verstummte. Sie schaute nachdenklich den Frosch an, als könne er ihr sein Geheimnis jetzt verraten.

»Erzähl weiter«, sagte ein Junge.

»Es gibt nicht mehr viel zu erzählen«, meinte die Frau. »Die blaue Krankheit brach aus. Ich steckte mich nicht an, doch Serafisa ließ mich und euch und viele andere entführen. Der Frosch blieb einfach bei mir und so geriet er – wie ihr – in das blaue Reich, das wir jetzt bald verlassen werden.«

»Und dann gehen wir nach Hause«, sagte das Mädchen mit den Zöpfen. »Und Mama macht mir Eierkuchen mit Apfelmus.«

»Und bei uns gibt's Schnitzel mit Bratkartoffeln«, sagte ein anderes Mädchen.

»Ich gehe erst mal mit Papa Fußball spielen«, sagte der Sommersprossige. »Und dann kochen wir zusammen Spagetti.«

Bisher war der Zug gut vorangekommen, doch nun wurde der Weg uneben. Sie liefen jetzt durch bergiges Land; Geröll und fußballgroße Steine erwiesen sich – besonders für die Älteren und die Kinder – als Stolperfallen. Vinzent ordnete eine Rast an, damit die kleinen Schürfwunden versorgt werden konnten. Auch gab es etwas Brot, das aus dem Lager stammte, und Wasser aus einem nahe gelegenen Bach. Niemand beschwerte sich über das kärgliche Mahl. Die Hoffnung nach Hause zurückkehren zu können, war Nahrung genug.

Unverdrossen pfeifend und singend brachen die Menschen nach der kurzen Pause wieder auf.

Vinzent leitete sie eine Strecke, die um das erstarrte Meer herumführte. Bequeme Wege gab es in Serafisas Reich jedoch nicht. Wie Zähne eines riesigen Maules ragten die scharfkantigen Felsen aus der Erde.

Ein starker eisiger Wind blies ihnen entgegen und dunkle Wolken kündigten ein nahendes Unwetter an.

Die Kinder drängten sich an Clara Ziegler und an die andere Frau. Aber auch die Kleinen ließen sich von der ungemütlichen Brise und ihren aufgeschlagenen Knien nicht entmutigen.

»Ich sehe was, was du nicht siehst ...«, schrie der Sommersprossige, »und das ist ...«

Alabusch segelte noch eine Weile über der Gruppe wie ein Adler, der um seine Jungen besorgt ist, dann flog er an die Spitze des Zuges und hielt Ausschau nach Hilarius.

Der Freund unterhielt sich mit Laura, der Tochter Vinzents, wie Alabusch betrübt feststellte. Gern hätte er jetzt Hilarius um Rat gefragt. Sollte er sich den Menschen zeigen? Sollte er sich seiner Mutter zu erkennen geben? Die Gnome hatten ihn beinahe wie ihresgleichen angenommen. Doch waren sie nicht so sonderbar wie er selbst? Und wenn er seiner Mutter gegenübertrat, musste er dann nicht alles offen legen? Alles – wie er lebte, warum er Vampir war, weshalb er Mira, seine einzige Schwester, entführt hatte? Musste er nicht aufstehen und sagen: Schaut her! Ich bin, wie ich bin: ein Monster!?

Ratlos schaukelte er im Wind hin und her und sah hinab.

Laura glich ihrem Vater. Ihre Züge wirkten weich und nackt und der raue Wind zerzauste ihren dünnen weißblonden Schopf. Sie ließ es geschehen, gelegentlich zog sie die Haarsträhnen ungeduldig aus ihrem Gesicht.

Hilarius erzählte und sie unterbrach ihn nur um etwas zu fragen, dann sprach er weiter. Der Geschichtenerzähler berichtete von den Gnomen und ihrer Stadt, von Launo und Ursina, von den Flüchtlingen aus der blauen Stadt und auch von Mira und Alabusch.

Laura stolperte und Hilarius fing sie auf. »Könnte ich

deine Freunde und deine Familie auch kennen lernen?«, fragte das Mädchen.

Der Mann zuckte mit den Achseln. »Warum nicht? Ich hoffe, dass wir ihnen bald begegnen.«

»Und dieser Vampir? Dieser Alabusch? Meinst du, ich kann ihm ganz normal die Hand schütteln, wie einem ganz normalen ... Menschen?«

Hilarius lachte dröhnend, doch als das Mädchen ihn verwundert anschaute, sagte er: »Warum nicht? Er ist mein Freund ...«

Dicke Tropfen begannen plötzlich zu fallen. Alabusch verstand nicht mehr, was Hilarius über ihn erzählte. Schwere kalte Perlen fielen vom Himmel, der Regen verwandelte sich in Hagel und die Menschen duckten sich unwillkürlich. Schickte Serafisa ihnen dieses Unwetter?

Alabusch besprach sich kurz mit Vinzent, dann flog er voraus um einen Unterschlupf zu finden. Die Hagelkörner sausten indessen wie Steine durch die Luft und die Flüchtlinge hatten nur ihre Hände und Arme um sich zu schützen.

Ein taubeneigroßes Hagelkorn traf Alabusch auf das linke Auge, und wenn er auch keinen Schmerz empfand, so konnte er doch einige Sekunden lang nicht richtig sehen. Er landete zwischen zwei großen Felsen, zog seinen Mantel aus, der nass und schwer an ihm hing, und wartete. Über sich nahm er ein dunkles Wesen wahr, er spürte es mehr, als dass er es sah. Das Tier, oder was es sein mochte, rührte sich nicht. Alabusch lauschte, doch das Unwetter tobte und trommelte und ließ keinen Platz für andere Geräusche.

Schließlich blickte er auf und erkannte eine große Fledermaus. Sie hing kopfunter an einem Felsvorsprung; ihre Augen waren geschlossen, doch ihre Ohren bewegten sich.

Alabusch kannte die Fledermäuse als ein schweigsames Volk. Dennoch beherrschte er einige Töne ihrer Sprache. »Ich bin ein Freund«, versuchte er dem Tier zu erklären. »Wir suchen eine gute große Höhle.«

Die Fledermaus antwortete nicht. Doch sie blinzelte Alabusch zu und das sah nicht unfreundlich aus. Ihr Maul verzog sich wie zu einem Lächeln; Alabusch sah ihre scharfen spitzen Zähne. Der Vampir stieß ein leises, kaum hörbares Fiepen aus, das anerkennend und werbend klang oder – für Fledermausohren – klingen sollte.

Das Tier flatterte träge, doch nach einer Runde tauchte es geschickt in eine Felsspalte ein, durch die auch Alabusch halbwegs bequem passte.

Der Gang war eng und ungemütlich feucht-kalt. Doch nach ein paar Schritten gelangten sie in eine Höhle, die beinahe so geräumig war wie ein Tanzsaal.

Eine halbe Stunde später drängten sich die Menschen zwischen den Felswänden und es sah tatsächlich fast so aus, als sollte hier ein Fest gefeiert werden. Manche, die von den Hagelkörnern getroffen worden waren, kühlten ihre Beulen und blauen Flecke mit Steinen oder dem eiskalten Wasser, das von den Felsnasen tropfte, doch die meisten tanzten ausgelassen um ein kleines Feuer herum, umarmten einander, als seien sie Serafisa schon entkommen und zu Hause.

Alabusch wusste, dass dem nicht so war.

Er begab sich zu den Kindern, die seine Mutter umringten und schaute zu, wie sie die kleinen Wunden auf den Stirnen, Nasen, Wangen und die aufgeschlagenen Knie versorgte. Zum Glück war keinem der Mädchen und Jungen etwas Ernsthaftes geschehen.

Alabusch hielt es nicht lange in der Höhle. Es drängte ihn zu erkunden, was sie erwartete. Der unsichtbare Abgrund musste gefunden werden.

Vielleicht hatte der Weißschrull seine Schwester schon erreicht und Serafisa lauerte auf die Ausreißer?

Als er hinausflog, spürte er, dass etwas ihm folgte. Er drehte sich um und sah die große Fledermaus. Sie lächelte ihm zu und er winkte und ließ sie herankommen. Dann erst wurde ihm bewusst, dass er unsichtbar war.

»Ich bin nicht zu sehen, doch du siehst mich. Ich bin leise wie der Wind, doch du hörst mich«, sagte er bewundernd. Wie um seine Worte zu bestätigen, flatterte das Tier um ihn herum und Alabusch sah ihrem Tanz zu, der so ausgelassen war, dass auch ihm ganz leicht zu Mute wurde.

So flogen sie miteinander hinauf in den schneeweißen Himmel, über das öde Land; eine Melodie schien sie zu begleiten, eine Melodie, die wohl nur die Fledermaus hörte, doch Alabusch ahnte, dass das Tier Tönen folgte, und es kam ihm vor, als glitten sie geradewegs in ein Lied der Stille.

Die Sicht war so klar, dass Alabusch jede Veränderung am Boden sofort wahrnahm. Jede Pflanze, die sich von dem grau-braunen Einerlei abhob, bemerkte er, jede Eidechse, die zwischen den Steinen davonhuschte; einmal konnte er sogar einen großen grüngelb schimmernden Käfer erkennen. Derlei Abwechslungen jedoch waren selten.

Alabusch dachte an die Scherben, die er bei sich trug. Mit ihrer Hilfe wollte er den Abgrund sichtbar machen, wie es ihm an der Seite Hilarius schon einmal gelungen war. Doch zunächst musste er herausfinden, an welcher Stelle Serafisa den Schlund diesmal aufreißen würde. Er lauerte auf ein Zeichen, auf eine Spur. Aber die Landschaft unter ihnen veränderte sich nicht. Sie blieb stumm und unansehnlich wie ein alter schäbiger Teppich.

Dann bemerkte er, dass der Flug der Fledermaus sich verlangsamte. Ihre Ohren bewegten sich; sie schien zu lauschen. Plötzlich stieß sie einen schrillen Ton aus, der erschrocken klang.

»Was hast du gehört, Freundin?«, fragte Alabusch, bemüht sich in der Sprache dieses Tieres, die er nur sehr unvollkommen beherrschte, verständlich zu machen. Die Fledermaus verharrte einen Moment in der Luft und gab keine Antwort. Vielleicht gebrauchten ihre Verwandten im Sumpf ja einen anderen Dialekt?

Dann setzte das Tier seinen Flug fort, doch es bewegte sich schneller als zuvor. Ein eisiger Windstoß traf sie, stemmte sich ihnen entgegen und drängte sie ein Stück zurück. Alabusch bot all seine Kraft auf und die Fledermaus krallte sich an ihm fest und so durchbrachen sie die Sturmwand.

Nun hörte auch Alabusch die Schreie. Eine Frau rief um Hilfe! Und auch wenn die Stimme verzerrt klang, kam sie ihm bekannt vor. Im Sturzflug sausten sie hinab und das Bild, das sich ihnen bot, wirkte so seltsam, dass Alabusch erst einen Moment brauchte um Ursina zu erkennen. Bis zur Hüfte steckte die Frau in dem steinharten Sandboden; sie suchte nach Halt, aber sie schien ihn nicht zu finden. Immer wieder streckte sie ihre Hände nach den Ästen eines Busches aus und immer wieder griff sie ins Leere und rutschte ein Stückchen tiefer.

Alabusch schoss hinab und traf mit einer solchen Wucht auf Ursina, dass sie beinahe beide in die Tiefe gestürzt wären. Doch der Vampir fing sich und riss die Frau ein Stück mit – auf sicheren Grund. Ursina zitterte am ganzen Leib. Alabusch zog sich die Kapuze vom Kopf.

»Ich bin es«, sagte er schlicht.

Die Frau nickte stumm und legte ihre Hand auf seinen Arm. Sagen konnte sie nichts. Alabusch lächelte unter seinen langen Zähnen und wartete, bis die Blässe aus Ursinas Gesicht wich.

»Hilarius geht es gut«, sagte er freundlich. »Er wird sich sehr freuen dich zu sehen.«

Ursina nickte wieder, dann fielen ihr die Lider zu und sie schlief wie ein Kind in den Armen ihres Retters ein.

Alabusch bedauerte das ein wenig, denn gern hätte er Ursina ausgefragt. Was wollte sie hier? Wie kam sie an diesen verlassenen Ort? Wie ging es Mira? Immer noch sah er seine Schwester hilflos an einem Pfahl gefesselt. Was war in seiner Abwesenheit in der Stadt der Gnome geschehen? Doch er wagte nicht die erschöpfte Frau zu wecken. Er betrachtete die Stelle, an der sie eben noch um ihr Leben gekämpft hatte. Doch es war nichts zu sehen. Kein noch so kleiner Riss zog sich durch die Erde.

Alabusch hielt nach der Fledermaus Ausschau, er konnte sie nirgendwo erblicken. Vielleicht hatte sie sich einen geeigneten Schlafplatz gesucht, denn die Sonne stand hoch und weiß am Himmel, es war also Ruhezeit für Fledermäuse. Auch Alabusch fühlte sich tagsüber matter als in der Nacht. Aber die Sonnenstrahlen schadeten ihm nicht. Sie kamen ihm überflüssig vor, weil er meinte, sie wären zu hell. Auch mit der Hitze, die von den Menschen so begehrt zu sein schien, konnte er nichts anfangen. Er mochte es, wenn es dunkel und kühl war und die Gedanken klar. Das war alles. Er kannte die Geschichten, die sich die Menschen über Vampire erzählten. Doch er benötigte keinen Sarg in einer Gruft um dem Tageslicht zu entkommen.

Schon als Kind hatte er wenig geschlafen; die Welt interessierte ihn zu sehr und er verstand nicht, warum die Erwachsenen so viel Zeit ihren Betten opferten. Oft genügten ihm vier, fünf Stunden Schlaf um wieder zu Kräften zu kommen.

Ihm fiel ein, dass er nun schon zwei Tage und zwei Nächte wach geblieben war, und so versuchte er ein wenig zu schlummern.

Doch kaum hatte er die Augen geschlossen, hörte er ein Geräusch, dass seine Aufmerksamkeit fesselte. Flügel schlugen, doch es klang nicht wie das Flattern einer Fledermaus. Alabusch öffnete die Augen und erblickte Adila.

Knapp zwei Stunden später standen die drei beieinander. Die kleine Fee griff nach der Hand Ursinas und die Frau lächelte versonnen. Sie stand aufrecht und stolz, das lange schwarze Haar hatte sie zu einem dicken Zopf geflochten; in ihren lebenslustigen braunen Augen fand sich keine Spur mehr von Todesangst. Alabusch hob langsam die Scherbe des Guten; niemand sagte etwas.

Lange Minuten verharrten sie so; Alabusch starrte durch das Glas, doch nichts geschah.

Ursina nahm einen faustgroßen Stein auf, holte weit aus und warf. Die Erde verschluckte ihn. Der Abgrund war noch da; er schien auf sie zu lauern, auf den nächsten unbedachten Schritt.

Alabusch steckte die Scherbe in den Gürtel zurück und überlegte. Es kam ihm so vor, als dürften sie den Abgrund nicht aus den Augen lassen. Die Falle stand bereit ihre Opfer zu verschlingen. Und Serafisa würde nicht zögern von dieser Waffe Gebrauch zu machen. Doch wenn die Scherbe des Guten ihnen nicht half, wie konnte es ihnen gelingen, den Schlund unter Kontrolle zu halten?

»Was ist mit dem anderen Glasstück?«, fragte Adila leise.

»Es ist die Scherbe des Bösen«, sagte Alabusch.

Die Fee nickte. »Ich weiß«, sagte sie ruhig. In ihren Augen glitzerte ein Funken Schalk. »Fürchtest du dich?«

Der Vampir schüttelte ernst den Kopf. »Ich fürchte nicht um mich«, antwortete er. »Wir können nicht vorhersehen, was geschieht.«

Obwohl niemand sie ansah oder zu ihr sprach, wusste Ursina, dass die Sorge ihr galt. Sie schüttelte den Kopf.

»Ich habe mich nicht gefürchtet, als ich allein war. Und ich fühle keine Angst, wenn ihr, meine Freunde, bei mir seid. Eure Macht wird auch mich schützen.«

›Das wollen wir hoffen‹, dachte Alabusch. Er sprach es nicht aus, aber ihm fiel ein, dass Mira etwas derartiges sagen würde, wäre sie jetzt hier. Er sah Adila an und sie nickte ihm zu.

Alabusch zog die zweite Scherbe aus einem kleinen Beutel, den er um den Hals trug. Das Glas reflektierte das Licht und das Stück wirkte so harmlos, als stammte es von einer zerbrochenen Milchflasche.

»Halt dich an mir fest«, bat er Ursina. »Vielleicht gibt es einen Sog oder einen starken Wind.«

Die Frau trat hinter ihn und packte seinen schwarzen Mantel. Alabusch hob die Scherbe des Bösen vors Auge.

Zunächst geschah gar nichts. Dann begann es, in der Erde unter ihnen zu poltern und rumoren, als ständen sie auf einem riesigen geblähten Bauch. Die kleine Fee flog auf wie ein erschrockener Vogel, Alabusch und Ursina traten einige Schritte zurück. Geröll sprang umher, als wäre es lebendig geworden. Wellen aus körnigem Sand liefen über den Boden. Der Vampir schaute unablässig durch das Glas, bis ein jäher Ruck das Land unter ihren Füßen erschütterte.

Die Erde riss! Alabusch sprang noch ein Stück zurück und zog Ursina mit sich. Die Frau klammerte sich an seinem Mantel fest. Ein riesiges Maul schien sich zu öffnen. Unversehens standen sie an einer Klippe und starrten in die Schwindel erregende Tiefe. Unter ihnen brodelte eine azurfarbene Flüssigkeit; scharfkantige Felsen ragten wie Zähne daraus hervor.

Adila kam herangeflattert und auch die Fledermaus saß wieder auf der Schulter des Vampirs.

»Ich denke, es ist Zeit, dass wir uns unsere Geschichten erzählen«, sagte Alabusch ruhig.

Noch als die Nacht anbrach, saßen sie zusammen. Die blaue Flüssigkeit brodelte und leuchtete, als warte sie sehnsüchtig auf ein Opfer. Beinahe bis an den Rand des Abgrunds war die Lauge gestiegen, doch nun, als es dunkel wurde und kalt, sank sie langsam wieder. Dennoch floss weiter ein gespenstisches Licht, das an das Flackern eines Fernsehgerätes erinnerte.

Dann wurde die Fledermaus unruhig. Sie flog auf und stieß einen schrillen Schrei aus. Alabusch erhob sich und Adila, die schon eine Weile über die Ereignisse in der blauen Stadt, über das Schicksal der Gnome und ihre Begegnung mit Mira, Launo und Gunda berichtete, unterbrach ihre Erzählung. Sie blickten der Fledermaus hinterher, die in die Finsternis tauchte und darin verschwand.

Bald näherte sich das Hufgetrappel eines einzelnen Pferdes. Das Tier schnaubte erschöpft, doch sein Herr schien es weiter anzutreiben; in hastigem Galopp kamen sie heran.

Als der Apfelschimmel in den Lichtkreis des Abgrunds geriet, scheute er und stieg auf die Hinterbeine. Doch der Reiter saß fest im Sattel, er riss das Pferd herum und sprang ab. Mit großen Schritten trat er an den Rand der Tiefe und sah hinab. Sein Haar schillerte silbern in dem unwirklichen Licht und Alabusch erkannte ihn. Der Weißschrull schien nicht überrascht über das, was er vorfand. Rasch wandte er sich um; die drei rührten sich nicht, doch sie versuchten auch nicht sich zu verbergen. Ohne Zögern lief der Mann auf sie zu; er war bewaffnet, auf seinem Rücken hing eines der langen Rohre, die auch die Wächter des Lagers trugen.

»Wer seid ihr?«, fragte er barsch. »Was wollt ihr hier? Und wer von euch ist dafür verantwortlich?« Er deutete in Richtung des Abgrundes.

»Diese letzte Frage solltest du lieber an deine Schwester richten, Tjarg«, sagte Alabusch.

Der Weißschrull betrachtete den Vampir aufmerksam. »Ich kenne dich nicht, aber ich habe von einem Untoten reden hören«, sagte er langsam. »Woher weißt du, wer ich bin?«

»Ich weiß es«, sagte Alabusch. »Belassen wir es dabei.«

Tjarg lachte laut. »Ich könnte dich zum Kampf herausfordern«, sagte er. »Aber das wäre wohl unklug von mir. Ich kann niemanden ins Jenseits befördern, der eigentlich nicht mehr lebt, nicht wahr?«

Der Vampir lächelte. »Ganz recht.« Er verneigte sich spöttisch und nannte seinen Namen und stellte auch Adila und Ursina vor. »Ich denke, wir gehen uns aus dem Weg. Denn wir haben kein Interesse uns mit dir zu messen. Deine Absichten sind uns so fremd, wie dir unsere unverständlich sein mögen. Auch ein Untoter steht manchmal auf der Seite des Lebens, wie lebende Menschen auf der Seite des Todes stehen können. Wir alle haben unsere Geschichte, nicht wahr?«

Der Weißschrull antwortete nicht. Sein Gesicht leuchtete blass in der Dunkelheit; er legte einen Zeigefinger an seine knochige Nase, als müsse er über Alabuschs Worte nachdenken und eine Entscheidung fällen.

»Einverstanden«, murmelte er. »Treffen wir ein Stillhalteabkommen. Ich werde hier auf meine Schwester warten. Und ihr geht euren Angelegenheiten nach. Wir werden sehen, wann wir uns in die Quere kommen.« Einen Moment sah es so aus, als wollten die Männer ihre seltsame Vereinbarung mit einem Handschlag besiegeln, doch dann verharrten sie stocksteif voreinander. Tjarg nickte kurz, ehe er sich entfernte.

Der Vampir, die kleine Fee und die Frau saßen eine Zeit lang schweigsam beieinander. Bald sahen sie unweit des Abgrundes ein Lagerfeuer aufflammen. Der Apfelschimmel tänzelte nervös um seinen Herrn herum. Tjarg beachtete das Pferd nicht; er starrte einfach nur ins Feuer.

»Traust du ihm?«, fragte Adila.

Alabusch zuckte mit den Schultern. »Tjarg ist ein Weißschrull«, murmelte er und schwieg dann, als wäre damit alles gesagt.

Aus der Ferne wirkte der Mann wie ein Greis, der nach langer Wanderung ausruht. Doch es war wohl nur der Schlund, der ihn daran hinderte, weiterzureiten. Tjarg schien nicht die Macht seiner Schwester zu besitzen, ja er schien diesen Kräften ebenso ausgeliefert zu sein wie jeder andere. Vertraute Serafisa ihrem Bruder so wenig, dass sie ihn nicht teilhaben ließ an ihrer Herrschaft?

Tjarg begann etwas zu rauchen, das aussah wie eine übermäßig lange Zigarette. Blaue dicke Rauchwölkchen stiegen langsam auf und ein süßlicher Geruch bahnte sich seinen Weg.

Ursina schnupperte und lächelte verwundert. »Wenn ich nicht wüsste, dass das unmöglich ist, würde ich sagen, der Weißschrull raucht Blisettenkraut.«

Adila kicherte. »Wir haben die Blisetten überall verteilt und gepflanzt. Warum sollte diese Wunderfrucht nicht auch im Gefangenenlager der Serafisa gediehen sein?«

»Nun, es wird ihm nicht schaden«, meinte Alabusch. »Und vielleicht nützt es uns ja, wer weiß? Doch, Adila, nun berichte uns von den Gnomen. Aber erzähle nur, was wir unbedingt wissen müssen, denn die Zeit drängt.«

Die kleine Fee nickte eifrig und überlegte einen Moment. »Die Gnome sind ein tapferes Volk. Aber das wisst ihr ja. Sie lassen sich von Serafisas Leuten nicht einschüchtern, im Gegenteil ... Sie verteilten Blisetten an die Minister und versuchten sie in Gespräche zu verwickeln. Wen man kennt, den tötet man nicht so leicht ... Serafisa ist wütend und treibt zur Eile. Doch nicht alle Minister lassen sich davon beeindrucken. Manche interessieren sich sogar für die komplizierten Spiele der Gnome und beteiligen sich daran. Nur verlieren mögen sie nicht ...«

»Konntest du die Gnome warnen?«, unterbrach Alabusch.

»Oh ja. Natürlich. Ich habe die Minister und die Wachen belauscht, doch viel habe ich nicht erfahren. Serafisa hüllt sich in Schweigen. Sie scheint niemandem zu trauen. Aber es ist ein offenes Geheimnis – auch für die Gnome – dass sie sich auf den Abgrund zubewegen. Serafisa hat durch Boten von den Ereignissen in der blauen Stadt erfahren. Die Einwohner sind geheilt. Viktoria ist zur Bürgermeisterin gewählt worden. Serafisa erfuhr auch alles über die Wirkung der Blisetten und sie erteilte den Befehl jeden Gnom auszulöschen, bei dem eine solche Frucht gefunden wird. Diese Neuigkeit habe ich sofort an die kleinen Leute weitergegeben und es gelang ihnen noch rechtzeitig, die Blisetten zu essen oder sie schnell und heimlich einzupflanzen. Nicht eine Frucht wurde entdeckt. Die Wachen und Minister bedauerten den Befehl, denn sie hatten sich vor allem schon an den Wein gewöhnt ...«

»Wann werden sie hier sein?«, fragte Ursina.

Adila zuckte mit den Achseln. »Ich habe den Gnomen geraten, so langsam wie möglich zu gehen. Natürlich sollen sie sich nicht in Gefahr bringen, doch wenn sie zusammenhalten, kann Serafisa schwer dagegen an. Es gibt jedoch einige unangenehme Wächter, die es nicht lassen können, ihre Opfer zu schikanieren und zu treiben ... Es gibt Verletzte, die von den anderen getragen werden müssen und die den Zug aufhalten ... Vielleicht sind sie in fünf Stunden hier, vielleicht in fünfzehn. Es ist schwer zu sagen.«

»Schön«, sagte Alabusch. »Es bleibt uns etwas Zeit. Wir sollten sofort aufbrechen. Du, Adila, kehre zu den Gnomen zurück und nimm auch Kontakt zu Mira und Launo auf. Dich, Ursina, bringe ich zu dem Flüchtlingstreck, zu Hilarius. Er wird sehr froh sein dich zu sehen.« Der Vampir sprach hastig und bestimmt. Er schien es jetzt eilig zu haben. »Hier treffen wir uns wieder. An diesem Abgrund wird die Entscheidung fallen.«

Die kleine Fee nickte, doch Ursina blieb stumm. Sie schaute zu dem Weißschrull hinüber, der unbewegt am Feuer saß. Der Kopf war ihm auf die Schulter gesunken. Beinahe hätte man meinen können, er wäre eingeschlafen. Doch die Zigarette zwischen seinen Lippen glimmte.

Immer noch flackerte und brodelte es blaugrau in dem

Schlund, zitronengelbe Funken schwappten über und zuckten wie an Land gespülte Fische. Dampf stieg auf, als würde Wasser kochen, und mischte sich mit dem Rauch, der jetzt zwischen Tjargs Lippen hervorquoll.

»Ist es gut, den Abgrund und diesen Mann aus den Augen zu lassen?«, fragte Ursina schließlich. »Wenn du nicht bleiben willst, dann lass mich zurück«, bat sie.

»Das ist zu gefährlich«, sagte Alabusch und runzelte die Stirn. »Du selbst weißt das am besten.«

»Ich habe keine Angst«, entgegnete Ursina.

»Darum geht es nicht«, murrte der Vampir unwirsch. »Soll ich Hilarius erzählen: Ich habe deine Frau getroffen und sie am Rande dieser Höllenschlucht zurückgelassen?«

»Hilarius kennt mich«, sagte Ursina und lächelte. »Er weiß, wie verrückt seine Frau sein kann.«

Alabusch schüttelte verärgert den Kopf. »Noch siehst du den Schlund, doch er kann vor deinen Augen verschwinden. Und was dann? Vielleicht gerätst du in seinen Rachen und diesmal wird niemand da sein, der dir hilft.«

Ursina schüttelte den Kopf. »Ich laufe nicht zweimal in die gleiche Falle.«

»Lass sie hier«, mischte sich Adila ein. »Ihr Entschluss steht fest.«

»Grüße Hilarius von mir«, sagte Ursina leise. »Ich will hier warten; auf ihn, auf unseren Sohn und auf unsere Freunde.«

»Es werden nicht nur Freunde kommen«, meinte Alabusch. Doch dann nickte er Ursina anerkennend zu und ein flüchtiges Lächeln huschte über sein Gesicht. »In ein paar Stunden bin ich zurück.«

Als es dämmerte, begann die blaue Flüssigkeit leise zu blubbern. Ursina sah in die Tiefe; ohne Zweifel: die Lauge stieg wieder. Eine Weile schaute sie zu, wie die Blasen aufblühten und zerplatzten. Sie warf einen Blick zu Tjarg hinüber, der lang ausgestreckt auf dem Boden lag und zu schlafen schien. Sein Pferd schnaubte unruhig; es tänzelte um die erloschene Feuerstelle und seine Augäpfel verdrehten sich voller Angst. Vorsichtig näherte sich Ursina dem nervösen Tier. Sie klopfte seinen Hals, der sich hart, muskulös und schweißnass anfühlte.

»Ho ho, ruhig«, flüsterte sie. Doch das Pferd legte die Ohren an und die Frau zog ihre Hand zurück.

Der Weißschrull schlief. Seine Brust hob und senkte sich gleichmäßig. Ursina hockte sich zu ihm und beobachtete ihn eine Weile. Sein Mund stand offen, seine Lippen wirkten spröde und waren ein wenig eingerissen. Er schnarchte leise. Unter seinen geschlossenen Augen lagen Schatten, sein Gesicht war mit Furchen übersät. Ursina zog langsam an dem Rohr, das unter seinem rechten Arm lag. Der Weißschrull bewegte sich und seine Hand griff ins Leere. Einen Moment hielt Ursina das schwere, kalte Ding und richtete es gegen den Liegenden. Doch Tjarg erwachte nicht.

Wenig später vergrub sie die Waffe ein paar Schritte

von ihrem Lagerplatz entfernt. Sie setzte Moos über die Stelle, Steine und kleine morsche Äste. Sie begutachtete ihr Werk und veränderte die Lage einiger Stöcke. Dann wischte sie ihre Hände zufrieden an ihrer Hose ab und wandte sich dem Abgrund zu.

37. Kapitel

Gunda und Herrmann

Mira und Launo hockten dicht beieinander. Sie schienen gemeinsam zu atmen, als wären sie ein Körper. Goldzahn saß zusammengekauert auf der Schulter des Jungen.

Vor ihnen wölbte sich ein Hügel, auf dem sich winzige Pflanzen tapfer gegen Trockenheit und Wind zur Wehr setzten. Von hier aus konnten Mira und Launo das Lager gut sehen, ohne selbst entdeckt zu werden.

Die Gnome trugen Fesseln. Immer vier Männer oder Frauen waren an Armen und Beinen aneinander gebunden. Die gelb-violette Haut der Zwerge schien an Farbe zu verlieren; ihre Körper wirkten welk wie fleckige Herbstblätter. Die Kinder konnten frei laufen. Doch auch sie wurden bewacht und bei jedem lauten Wort brachte sie ein Hieb mit einem ledernen Riemen zum Schweigen. Selbst die Kleinsten schlichen mit gesenkten Köpfen umher und wagten kaum miteinander zu sprechen. Die Babys wurden von ihren Müttern in den Schlaf geschaukelt oder an der Brust genährt, damit sie ruhig blieben.

Die Stille lag wie ein Nebel über dem Lager; nur das Gelächter und die groben Scherze der Wachen zerrissen ab und an die erzwungene Lautlosigkeit. Die Männer trieben wilde Späße mit den kleinen Geschöpfen; versuchten die Nasen und Ohren abzureißen, die nach ihrer Meinung zu viel waren, oder spotteten derb über die Winzigkeit ihrer Opfer oder ihre grünen Augen.

Launo schluchzte leise auf. Das Mädchen spürte das Zittern, das durch den Körper des Jungen lief. Sie griff nach der Hand des Freundes und drückte sie.

Gunda war von ihrem Erkundungsgang noch nicht zurück. Die Pferde standen einige hundert Meter entfernt, an einen für die Gegend recht starken Baum gepflockt.

»Was sollen wir nur tun?«, flüsterte Launo. »Wie können wir den Gnomen helfen?«

Mira zuckte mit den Schultern. Alle Wachmänner waren bewaffnet; sie trugen gewehrähnliche Rohre bei sich;

an manchem Gürtel hing auch ein Beil oder ein langes Messer.

»Ich weiß es nicht«, gab das Mädchen zu. »Noch nicht. Aber uns wird schon etwas einfallen.«

Launo seufzte enttäuscht. Vielleicht hoffte er auf einen konkreten Vorschlag. Mira mochte ihren Freund nicht traurig sehen, aber ihr fielen keine trostreichen Worte ein, und so schwieg sie.

»Vielleicht weiß Gunda einen Rat«, meinte der Junge.

Mira schüttelte verärgert den Kopf. Auf ihrem langen Ritt hatte Gunda kaum drei Sätze mit ihr gewechselt. Dem Mädchen erschien sie wie eine hölzerne Puppe, die versehentlich zum Leben erweckt worden war. Eine Weile hatte Mira versucht, in der Frau eine ältere Freundin zu sehen. Sie erzählte von ihren Erlebnissen und von Alabusch. Doch Gunda sagte nicht mehr dazu als »Mhm«, »Ja« oder »Nein.«

»Wo bleibt sie nur?«, wunderte sich Launo.

»Die sucht sicher ihren Bruder«, meinte Mira gehässig.

»Würdest du das nicht tun?«, fragte der Junge.

Während das Mädchen noch über eine passende Antwort nachdachte, hörten sie plötzlich die Pferde angstvoll wiehern. Ohne noch ein Wort zu wechseln, zogen sie sich zurück, sprangen nach ein paar Metern auf und rannten los. Die Tiere ließen sich manchmal schon von einem Schwarm lärmender Krähen erschrecken. Sie mussten die Pferde zur Ruhe bringen, ehe die Wachen aufmerksam wurden oder die Tiere gar durchbrannten.

Die Pferde verstummten so abrupt, als gehorchten sie einem Befehl. Als Launo und Mira sie erreichten, standen sie dicht beieinander und hielten lauschend und witternd die Köpfe hoch.

»Schon gut, wir sind's«, sagte Mira. Sie war froh die Stuten und den Hengst unversehrt zu sehen. Mira ging zu ihrem Reittier um es zu beruhigen, da knackte ein Ast; die Tiere zuckten zusammen und das Mädchen fuhr herum.

In dem einzigen Busch, der weit und breit zu sehen war, bewegte sich etwas. Ohne Warnung raste ein blauer Blitz auf das Mädchen zu; Mira duckte sich und ein eisiger Wind streifte sie. Aus dem Gestrüpp kam ein Lachen, und dann sprang ein Mann hervor.

»Ich habe euch doch nicht etwa erschreckt?«, rief er. Mira starrte in Herrmanns Gesicht, in dem wie immer unzählige Pickel blühten. Er hielt eine der Waffen in der Hand, die auch die Wächter bei sich trugen. »Ich will mir nur eure Pferdchen borgen«, sagte er grinsend. Seine wässrigen Augen blickten kalt.

Einen Moment fühlte Mira sich so ohnmächtig, als stünde sie wieder an dem Pfahl gefesselt. Was konnten sie schon gegen diesen Kerl und seine Waffe ausrichten?

»Das lässt du wohl besser bleiben«, sagte da eine Stimme, die weder Launo noch Mira gehörte. Unvermutet brach Gunda aus dem Busch und Herrmann schien ebenso überrascht wie die beiden Kinder.

»Schwesterherz!«, rief er überschwänglich. »Wie schön dich zu sehen!«

»Leg deine Waffe weg«, sagte Gunda.

Der Mann lachte. »Weshalb sollte ich das tun? Du bist zwar die Ältere, doch ich weiß dennoch, was für mich besser ist.«

»Leg das Ding weg!«

Ohne ihrer Aufforderung nachzukommen, breitete Herrmann die Arme aus und trat einen Schritt auf sie zu.

»Lass uns einander begrüßen, wie es sich für Geschwister geziemt«, forderte er. Seine Stimme klang gekränkt, und als die Frau sich nicht rührte, zogen sich seine Augenbrauen zornig zusammen. »Schwesterherz, du scheinst nicht zu wissen, was gut für dich ist. Schade. Dennoch möchte ich dir ein Angebot machen: Lass uns zusammen fortreiten. Was haben wir mit denen hier zu schaffen?«

Die Frau atmete heftig und schluckte einige Male, ehe sie antwortete. »Wir wollen den Gnomen wiedergeben, was ihr ihnen genommen habt«, erklärte sie. »Ihre Freiheit!«

»Was kümmern dich diese armseligen Missgeburten?« Herrmann spuckte in den trockenen Sand. »Sie sind es nicht wert, dass du auch nur einen Finger für sie krümmst.«

Durch Launos Körper lief ein Ruck. »Jede ihrer Nasen ist zehnmal, hundertmal, nein tausendmal so viel Wert wie ein Kerl von deiner Sorte!«, schrie er.

Mira betrachtete ihren Freund überrascht; noch nie hatte sie ihn so wütend gesehen.

Herrmann wandte sich dem Jungen zu und richtete seine Waffe auf das rot angelaufene Gesicht. »Noch ein Wort und ich puste dich weg«, sagte er.

Da sprang Gunda wie eine Wildkatze auf ihren Bruder. Sie saß auf seinem Rücken und riss mit aller Kraft Herrmanns Arme nach hinten. Die beiden rangen miteinander und der Mann lachte. »He, Schwester, ist das dein Ernst?«, rief er. »Das ist doch nicht dein Ernst, oder?«

Die Frau antwortete nicht. Sie keuchte und kämpfte erbittert. Herrmann versuchte sie abzuwerfen. Es sah aus, als spielten die Geschwister derb miteinander. Doch Gundas Gesicht verzerrte sich vor Anstrengung und Hass. Dem Bruder gelang es, seine Schwester abzuschütteln und er hob spöttisch die Hände. »Ich ergebe mich, Schwesterherz. Willst du mich jetzt verhaften?«

Die Frau rappelte sich auf und einen Moment sah es so aus, als wäre der seltsame Kampf beendet. Gunda presste die Lippen zusammen; ihre Miene wurde hart. »Wirf die Waffe weg«, sagte sie leise.

»Hol sie dir doch!«, rief Herrmann. Er drehte das Rohr wie einen Spazierstock in den Fingern und trippelte fröhlich um seine Schwester herum. »Na los, komm!«, schrie er.

Noch einmal warf sich die Frau auf den Bruder. Noch einmal tanzte die Waffe zwischen ihnen, als sei sie ein Wesen von Fleisch und Blut. Noch einmal kämpften die beiden verbissen. Da schoss ein blauer Blitz aus der Mündung. Die Geschwister strauchelten und fielen mit einem dumpfen Plumps zu Boden. Sie lagen im Staub und rührten sich nicht.

Launo näherte sich vorsichtig. Doch ehe er der Frau helfen konnte, setzte sie sich auf und schüttelte den Kopf, als müsse sie sich nach einem langen Schlaf besinnen.

Auch Herrmann bewegte sich. Er versuchte sich aufzurichten, doch er sank wieder zurück. »Ich glaube es einfach nicht«, murmelte er. »Sag ... dass das nicht ... dein ... Ernst ... ist.«

Auf seinem schmutzigen Hemd breitete sich ein blauer Fleck aus, dort, wo ihn der Blitz getroffen hatte.

Gunda nahm seine Hand und schwieg. Erstaunt schaute Herrmann zu seiner Schwester auf. Er schien nicht zu verstehen, was mit ihm geschah. Die Frau stützte ihn und wiegte ihn hin und her, als sei er ihr Kind.

Herrmann öffnete noch einmal den Mund und es schien, als formten seine Lippen Worte. Seine Schwester beugte sich dicht zu ihm, doch nur ein Zittern schüttelte seinen Körper.

Durch sein Hemd sickerte eine Flüssigkeit, blau wie Tinte. Auch seine Haut schimmerte jetzt bläulich; diese Farbe hatte etwas Unwirkliches, als sei der Mann geschminkt worden.

Zunächst verschwanden die Pickel; das Gesicht wurde glatt und ausdruckslos. Unwillkürlich trat Launo zurück und griff nach Miras Hand. Er schloss einen Moment die Augen, und als er sie wieder öffnete, war der Liegende glatzköpfig. Die Haare waren ihm nicht ausgefallen; es fand sich einfach keine Spur mehr von einem Haar, als wäre nie etwas auf seinem Kopf gewachsen. Der Schädel schillerte nackt wie der Mond. Gunda hockte starr, wie angenagelt neben ihrem Bruder.

Sie hielt ihn noch, als sie schon durch ihn hindurchschauen konnte.

Ohne Zweifel: Herrmann verschwand. Er wurde ausgelöscht, wegradiert wie eine Zeichnung. Serafisas Waffen töteten nicht nur ... sie tilgten. Nichts blieb mehr.

Die Frau kauerte auf der Erde und betrachtete verwundert ihre Hände, die eben noch ihren Bruder gehalten hatten. Es gab nichts mehr zu halten. Das Einzige, das noch auf dem Boden lag, war die Waffe. Gunda erhob sich, ohne sie zu berühren, und wandte sich den Pferden zu. Der schwarze Hengst schnaubte freundlich. Es klang, als wolle er sie trösten. Die Frau umarmte ihn, dann band sie ihn von dem Baumstamm los und schwang sich in den Sattel.

»Es sind zu viele Wachen«, sagte sie. Ihre Stimme klang ruhig und heiser. »Vielleicht haben auch sie die Pferde gehört. Wir sollten vorausreiten und ...« Sie sprach nicht weiter und starrte geradeaus. Mira folgte ihrem Blick, doch es war nichts Auffälliges zu sehen. In der Ferne schienen der farblose Himmel und die graubraune Erde fast nahtlos ineinander überzugehen.

Das Mädchen betrachtete die Waffe im Sand. Der Metallkörper glänzte blauschwarz wie eine Schmeißfliege, die sich auf einer Mülltonne sonnt. Mira hätte das dicke Rohr gern an sich genommen; es schien ihr unvernünftig, weiterhin unbewaffnet zu bleiben. Doch sie scheute sich die Büchse vor Gundas Augen aufzunehmen.

Da hockte Launo sich auf einmal vor dem Ding nieder und begann hastig, Sand darüber zu schaufeln.

»Was machst du da?«, fragte Mira entgeistert.

»Wenn du eine Waffe findest, vergrabe sie«, antwortete er. »Das hat mich meine Mutter gelehrt.«

»Und du hörst immer brav auf das, was deine Mami dir sagt?«, fragte Mira bissig. »Vielleicht verrät sie uns ja auch, was wir tun sollen, wenn Serafisas Leute uns in die Quere kommen?«

Launo presste die Lippen zusammen und arbeitete weiter.

»Meinst du, wir können sie mit nackten Händen besiegen?«

Der Junge hob nicht einmal den Kopf.

»Oder sollen wir uns Pfeil und Bogen basteln?«, stichelte Mira.

»Ich möchte niemanden auslöschen«, sagte Launo schließlich. Er streute Steine und welkes Gras über die Stelle.

»Na, plauder mal aus, wie du dich zur Wehr setzen willst!«

»Es findet sich immer ein Weg«, meinte der Junge.

»Oh ja«, spottete das Mädchen. »Nur manchmal ist es der Letzte.«

»Vielleicht«, sagte Launo und lächelte traurig. »Du machst mich nicht wütend, Mira, du nicht.«

»Schade.« Das Mädchen bemerkte die Zuneigung in Launos Augen und schämte sich plötzlich. Sie schwang sich auf die braune Stute und ließ sie hinter Gundas Hengst hertraben. Doch nach einigen Schritten stoppte sie ihr Tier und wartete auf ihren Freund. Als Launo sie einholte, saß Goldzahn auf seiner Schulter. Mira kam dicht an die beiden heran und streichelte die Ratte. Sie beugte sich zu Launo hinüber und küsste ihn auf die Wange. »Na, dann lass uns mal deinen Weg suchen«, meinte sie.

Wenn Gunda bisher schweigsam gewesen war, dann wurde sie nun stumm. Sie ritt ihr Pferd in leichtem Galopp und wandte sich nicht einmal nach Mira und Launo um, die ihr in einigen Metern Abstand folgten.

»Sie scheint nicht der Meinung zu sein, dass sie sich mit uns absprechen muss«, murmelte Mira missgelaunt.

»Sie weiß schon, was sie tut«, behauptete Launo. »Sicher hat sie in dem Lager einiges erfahren. Wir müssen wohl akzeptieren, dass sie uns nicht alles gleich erzählt. Das ist eben ihre ... Art.«

»Aber sie behandelt uns wie Luft!«, empörte sich Mira.

»Sie hat uns wahrscheinlich das Leben gerettet«, hielt der Junge entgegen. »Vergiss das nicht. Vielleicht braucht sie etwas Zeit ... Auch wenn Herrmann ein übler Bursche war ... Sie hat ihren Bruder verloren.«

Mira schwieg. Warum stimmte sie Launo nicht zu? Eigentlich fand sie es selbst merkwürdig, dass sie sich so trotzig verhielt. Doch sie konnte einfach nicht anders.

Sie schaute Launo von der Seite an. Er kam ihr jetzt

nicht wie ein Junge vor, der ausgelassen, ja fast albern, lachen konnte, sondern eher wie ein Greis, der ernst und weise war. Die Ratte Goldzahn schien sich indessen nicht von dieser Veränderung beeindrucken zu lassen. Sie turnte auf den schmalen Schultern herum wie eh und je.

Der Boden wurde steiniger und die kleine struppige Stute strauchelte kurz. Launo sprang ab und untersuchte die Hufe und Beine.

»Es ist nichts passiert«, meinte er. Dennoch führte er die Stute am Zügel weiter. Mira stieß einen schrillen Pfiff aus, doch Gunda achtete nicht darauf. Das Mädchen zögerte einen Moment, dann spornte sie ihr Pferd mit einem kurzen Schrei an und ritt der Frau im gestrecktem Galopp nach.

Wütend trieb Mira ihr Tier an die Seite Gundas, doch gerade, als sie sie zur Rede stellen wollte, wandte sich die Frau um. Ihre Augen waren gerötet und eine Träne lief über ihre Wange.

Mira vergaß, was sie sagen wollte; ihre Wut versiegte. Launo holte sie ein und klopfte seinem Pferd den Hals. »Es ist alles in Ordnung«, rief er. »Es war nur ein Stein ...«

Gunda saß aufrecht und starr auf ihrem Hengst. Doch Mira spürte ihre Anstrengung ein Schluchzen zu unterdrücken.

»Tut mir Leid«, stammelte das Mädchen. »Ich meine, es tut mir Leid, dass ... dass es so weit kommen musste.«

Die Frau nickte, ohne etwas zu sagen, und sie ritten stumm weiter.

Jäh zügelte Gunda ihren Hengst und auch Mira brachte ihr Pferd zum Stehen. Sie sprachen nicht, doch diesmal bedurfte es auch keiner Worte.

Wenige Meter von ihnen entfernt zog sich ein breiter blauer Riss durch das trockene Land. Doch der Strom schien zu leben: Wellen warfen sich gegeneinander, als würden sie kämpfen, die Flüssigkeit sprudelte und erinnerte Mira an Kohlensäure und daran, dass es schon Ewigkeiten her war, dass sie eine kühle Limonade oder Cola getrunken hatte. Ohne Zweifel: Vor ihnen lag der Abgrund.

Am gegenüberliegenden Ufer hockten zwei Gestalten. Von hier aus schien die eine weiß und die andere schwarz zu sein. Ein Apfelschimmel, der wie der Mond leuchtete, tänzelte unruhig hin und her, stieg auf die Hinterbeine und wieherte.

»Wahrscheinlich sind es die Geister aus der Schlucht des Todes«, sagte Mira und kicherte nervös.

Launo schüttelte den Kopf. »Die Frau ist meine Mutter«, sagte er einfach. Die Ratte knabberte an Launos Hemdkragen und ihre langen Barthaare kitzelten seinen Nacken. Behutsam nahm er sie von seiner Schulter und setzte sie zwischen die Ohren seines Pferdes. Goldzahn schaute neugierig geradeaus, als hätte sie die Worte ihres Freundes verstanden.

»Und der Mann?«, fragte Gunda, die nicht im Geringsten überrascht zu sein schien.

»Keine Ahnung«, antwortete Launo. »Den kenne ich nicht.« Ohne Eile ritten die drei weiter.

Ursina schien die Herannahenden nun entdeckt zu haben. Sie erhob sich und starrte ihnen entgegen und hob langsam die Hand. Noch konnten die drei nicht erkennen, ob dies eine Geste der Begrüßung war oder die Frau sie warnen wollte.

Je näher sie dem Abgrund kamen, desto unruhiger wurden die Pferde. Sie schnaubten verärgert und folgten nur widerwillig den Befehlen ihrer Reiter. Einmal wandte sich der schwarze Hengst zur Flucht, doch Gunda riss das Pferd ohne Zögern herum und dem Tier blieb nichts anderes übrig als sich dem Willen seiner Herrin zu beugen.

Der Mann auf der anderen Seite schien nicht bewaffnet zu sein.

Ursina winkte erneut und Launo streckte sich im Sattel. Einen Moment kam es Mira so vor, als würde er sich vom Pferderücken lösen und zu seiner Mutter über den Abgrund fliegen. Doch der Junge blieb, wo er war, und murmelte nur leise: »Sie scheint Hilarius und Alabusch nicht gefunden zu haben.«

Der Strom quoll an wie ein Brei, der überkochte; ja, er wuchs, wie etwas Lebendiges. Schimmlig weiße Luftblasen stiegen auf seine Oberfläche; sie zersprangen und machten neuen Pusteln Platz. Wie Augen starrten sie das Mädchen an, doch ehe Mira den widerlichen Blicken begegnen konnte, zerbarsten sie oder schwebten wie Seifenblasen davon. Dennoch trat die Lauge nicht über die Ufer, nur der Dampf strömte den Ankommenden entgegen.

Eine Weile standen sie stumm da und betrachteten das absonderliche Schauspiel.

»Der Schlund zeigt sich«, sagte Launo leise. »Er hat Macht verloren; das heißt, er ist nicht unbesiegbar.«

»Serafisa ist es, die Macht verloren hat«, meinte Gunda.

»Das mag schon sein. Ich kann nur leider keine Brücke erkennen«, sagte Mira flapsig.

Ursina schien ihnen etwas zuzurufen, doch durch den Dunst drang kein Wort. Ein feuchter Schleier, der kaum zu sehen war und doch jeden Laut auffing, hing über dem Abgrund.

Launo stand fast im Sattel und winkte seiner Mutter nun mit beiden Händen zu. Auch Mira hob die Hand und grüßte. Gunda ritt noch ein Stück näher an die brodelnde Lauge heran, doch ihr Pferd sträubte sich schließlich und scheute vor dem Dampf. Sie hinderte das Tier nicht daran, zurückzuweichen und klopfte dem Hengst beruhigend den Hals. Das Pferd glänzte wie eine Speckschwarte und Mira überlegte, ob der Dunst das Tier gezeichnet hatte oder es einfach nur schwitzte. Da bemerkte sie plötzlich eine Bewegung am Himmel. Starr wie ein Raubvogel segelte die Gestalt über ihnen.

»Das sieht ja bald nach einem Familientreffen aus«, sagte Mira.

Alabuschs Zähne leuchteten auf, ansonsten erschien er ihr wie ein großer schwerer Schatten, der langsam zu ihnen hinuntersackte.

Ihr Herz schlug schneller und ihr wurde plötzlich klar, dass sie auf ihren Bruder gewartet hatte.

38. Kapitel Das Nichts

Sonnenstrahlen brachen durch olivfarbene Wolken, doch waren sie nicht freundlich oder leicht, sondern wirkten wie helle gläserne Rohre, in denen kleine nervöse Blitze zuckten. Sie verteilten sich nicht auf dem ledernen Land, sondern fielen starr in die Tiefe. Es schien, als würde der Schacht sie empfangen; die schlierige Flüssigkeit warf sich dem kalten Glanz entgegen, spuckte Blasen, fing das Licht und riss es mit sich.

Dann zog sich der Himmel zu und Schneeflocken begannen zu fallen. Wie weiße Blütenblätter wirbelten sie hinab, doch auch sie wurden von dem Abgrund eingesaugt und vermischten sich mit dem brodelnden Blau.

Immer dichter fiel der Schnee und immer gieriger fraß der Schlund. Die Flocken bildeten eine Wand, die keinen Blick hindurchließ, und nur wenige Töne durchbrachen das jähe Gestöber – das Wiehern der Pferde und das Geschrei kleiner Kinder verband sich mit dem Rauschen des Stromes, der die Welt hier zu teilen schien.

Alabusch flog über dem Schlund, eingehüllt in das Schneetreiben, das nur gelegentlich riss und ihm einen flüchtigen Blick hinab erlaubte. Dann sah er seine Schwester und den kleinen Launo, die jetzt dicht umringt standen von den Gnomen, die von Serafisas Leuten vor wenigen Minuten bis an den Rand des Abgrundes getrieben worden waren. Er sah Serafisas Helfershelfer, die sich hilflos den Schnee aus den Augen rieben und ab und an blaue Blitze zu den Wolken sandten, als hofften sie das Wetter ändern zu können. Es war ihnen anzusehen, dass sie jetzt, da sie ihr Ziel erreicht hatten, nicht weiterwussten und Ausschau hielten nach Serafisa.

Auf der anderen Seite der Schlucht standen die Flüchtlinge, unter ihnen Hilarius und Vinzent, unter ihnen seine Mutter. Etwas abseits redeten Ursina und der Weißschrull miteinander, der Hengst schien sich in dem Gestöber aufzulösen, nur Augen und Nüstern waren noch zu erkennen und der Reiter, der aussah, als würde er über dem Boden schweben. Der Vampir dachte daran, zurück zu seiner Schwester zu fliegen, die er vorhin nur kurz begrüßt hatte, da riss der Schleier über dem Abgrund und durch den Spalt, der wie eine Wunde aufklaffte, trat eine

Frau. Licht strahlte zu ihr hinauf, ein grelles hellblaues Licht.

»Es freut mich euch alle hier versammelt zu sehen«, sagte sie, doch ihre Stimme klang ganz und gar nicht begeistert. Ihre Worte hallten hohl und schrill. Serafisa fuhr nicht fort; sie presste die Lippen zusammen, ja, ihr Gesicht gefror und nahm die Farbe frischen Schnees an.

In dem seltsamen kühlen Schein wirkte Serafisa stark und groß, größer als sie in Wirklichkeit war. Ihre Augäpfel schimmerten grün und blau und sie glänzten wie im Fieber.

Alabusch wusste, dass Serafisa in der Lage war, jetzt ein Unglück auszulösen, aber er unterdrückte den Impuls zu Mira hinabzugleiten, die am Rand der Klippe stand. Von hier hatte er die Herrscherin, das Volk der Gnome und die Flüchtlinge im Blick, von hier oben konnte er eingreifen, wenn es sein musste. Die Fledermaus schlief an seiner Schulter und schaukelte im Wind leicht hin und her. Der Vampir war froh, dass er nicht ganz allein war hier oben.

Serafisa schien auf der blauen Flüssigkeit des Schlundes zu wandeln. Die Augen hielt sie geschlossen; die Arme weit vorgestreckt, die Hände zu Fäusten geballt, als zöge sie an unsichtbaren Fäden.

Der Vampir hörte das rhythmische Hufgetrappel eines Pferdes. Der blaue Nebel war wieder dichter geworden, vermischte sich mit dem Schneetreiben und raubte ihm die Sicht.

Das Tier galoppierte kräftig und rasch. Wütende Schreie wurden laut. Der Reiter schien wenig rücksichtsvoll.

Alabusch ließ sich sinken und tauchte kopfunter durch die Decke aus Dampf und Schnee. Er musste nicht weit hinab um etwas zu erkennen.

Knapp vor der Klippe riss der Weißschrull sein Pferd zurück.

Einen Moment standen der Mann und sein Hengst starr wie aus einem Guss. Sie schauten zu Serafisa, die die Augen geschlossen hielt, als wolle sie von ihrem Bruder nichts wissen. Die Frau stand bewegungslos wie eine Statue.

»Die Zeit deiner Macht ist vorbei!«, schrie Tjarg. »Schau dich doch um! Du bist allein! Wir sind besiegt worden. Von einem Untoten und einem Mädchen. Von Menschen, die ihre Geschichten nicht hergeben, die nicht vergessen. Es ist vorbei, Serafisa. Gib auf!«

Ein Huf des Tieres streifte ihre Schulter. Serafisa zuckte zusammen, doch trat sie keinen Schritt zurück. »Niemals!«, zischte sie, und jetzt sah sie ihren Bruder an.

»Vielleicht hast du Recht. Vielleicht ist dies der Untergang. Dein Untergang. Aber tröste dich, du gehst nicht allein ins heilige Nichts.«

Die Frau stieß einen schrillen wütenden Laut aus. Der blaue Blitz, den sie schleuderte, schien aus ihrem Körper zu kommen, nein, aus ihrem Gesicht, aus ihren Augen. Der Strahl schoss dicht an Tjarg vorbei und sauste in das

Schneegestöber. Tjarg warf einen Blick zurück und sah Ursina und winkte ihr zu. Das schwarze Haar der Frau flatterte wie eine Fahne im Wind. »Sie fürchten sich nicht länger«, sagte er. »Sie fürchten dich nicht.«

»Weil sie töricht sind«, entgegnete Serafisa. »Weil sie nicht wissen, was Macht bedeutet. Weil sie nicht wissen, was Tod bedeutet. Und sie haben noch immer nicht begriffen, mit wem sie es zu tun haben. Auch du scheinst mir so ahnungslos wie ein Küken. Suchst du dir deine Freunde jetzt unter Kindsköpfen und Schwächlingen?«

Der Weißschrull sprang vom Pferd und fuhr ihm flüchtig durch die dicke zottlige Mähne. »Freunde? Was für Freunde? Serafisas Bruder hat niemanden, den er so nennen würde. Ich stand lange genug auf deiner Seite«, sagte er. »Deine Idee aus den Geschichten und Erinnerungen der Menschen, ja aus ihren Ängsten und Alpträumen ein modernes Reich zu schaffen, hat mich fasziniert. Ich wollte das blaue Imperium, genau wie du. Ich habe dich bewundert, auch beneidet um deine Macht. Ich habe die Menschen als unser Material betrachtet, mit dem wir diese neue Welt erschaffen. Diesem Zweck sollten sie dienen und auch wir. Doch jetzt willst du nur noch die bestrafen, die stark genug waren dir zu wiederstehen, du willst vernichten und auslöschen. Du willst nicht mehr errichten. Das heißt: du bist mit deiner Macht am Ende.«

Serafisa lächelte. »Du redest Unsinn, Bruder«, sagte sie kalt. »Wenn ich das hier erledigt habe, wird das blaue Reich wie ein Phoenix aus der Asche steigen. Es wird nie-

manden mehr geben, der es wagt, sich mir in den Weg zu stellen. Ich habe genug Erinnerungen, Geschichten, Gedanken und Ideen gesammelt um eine perfekte Welt aufzubauen. Dem Zufall wird nichts überlassen. An meiner Seite werden keine Menschen arbeiten, sondern nur noch Computer und Maschinen. Die Technik wird jeden Fehler ausmerzen. Jeder noch so kleine Widerstand wird im Keim erstickt. Doch es wird keinen Widerstand geben, weil es keine Menschen mehr geben wird, die den Ablauf der Dinge stören.«

»Das ist keine lebendige Welt, sondern ein Marionettentheater!«, schrie der Weißschrull.

»Ja«, sagte Serafisa ruhig. »Und ich lasse die Puppen tanzen.«

Tjarg schüttelte den Kopf. »Sieh dich doch um«, sagte er leise. »Deine Puppen spielen nicht mehr mit.«

»Deine Schwester hat die Fäden noch immer in der Hand«, sagte Serafisa. »Willst du einen Beweis?«

Alabusch betrachtete den Weißschrull erstaunt. Was hatte diese jähe Änderung bewirkt? Die Bekanntschaft mit Ursina? Das Blisettenkraut, das er rauchte? Oder schwelte der Zwist mit der Schwester schon länger? Noch immer trug Tjarg die Uniform des blauen Reiches. Die Waffe und die Fransen auf den Schulterklappen allerdings fehlten.

Wieder schien ein blauer Blitz aus Serafisas Körper zu kommen. Doch diesmal schoss er nicht gerade, sondern wirbelte wie ein Lasso in der Luft. Die Schlinge zog sich auf und ähnelte nun dem Rachen einer gefräßigen Schlange; das Schlaufenmaul verharrte einen Moment, dann senkte es sich, fiel rasch hinab und umfing einen schmalen Leib.

Serafisa zog zu und schneller als ein Gedanke sauste der Körper hinüber und hing wie ein Fisch an der Angel. Launo zappelte, doch das Seil hielt ihn gefangen. Ein rauer Schrei brach aus Ursinas Kehle.

»Dieses Menschlein«, schrie Serafisa und ihre Stimme hallte triumphierend, »dieses Menschlein soll das erste von euch sein, das im Schlund des Nichts verschwindet. Schaut her!«

Serafisa warf die Leine aus und ihr Lachen wurde nur durch ein vielstimmiges »Nein!« übertönt. Die Frau ließ die Schnur fahren, doch ehe noch Alabusch hinabstieß, warf der Weißschrull sich auf die Erde und griff in die blaue Tunke nach dem davonschlängelnden Band. Die Kraft, die er gebrauchte, zeigte sich in seinen Augäpfeln, die hervorquollen, und in denen Äderchen rot platzten. Nicht der Junge war schwer, der Sog der Tiefe zog an ihm und schien nicht bereit sein Opfer zurückzugeben. Der Weißschrull kämpfte keuchend wie ein verwundetes Tier, doch seine Schwester hörte nicht auf zu lächeln. In ihrer Hand glänzte eine Schere. Sie schnippte einmal in den Wind, bevor sie die Klingen ansetzte, doch beinahe im gleichen Augenblick ließ sie das Ding fallen, als wäre sie gebissen worden. Nur Alabusch bemerkte das Zittern in der Atmosphäre. Serafisa war gebissen worden. Adila hatte sich nicht gescheut ihre kleinen scharfen Zähne zu gebrauchen. Wieder einmal war sie im rechten Moment aufgetaucht. Alabusch schickte ihr einen anerkennenden Pfiff und die Fee antwortete mit einem Flügelschlag, der wie ein Zungenschnalzen klang. Die Schere sauste plötzlich durch die Luft wie ein Geschoss und bohrte sich in Serafisas Stirn. Doch die Frau schüttelte sie wie eine lästige Fliege ab.

Alabusch zog sich sich die Kapuze vom Kopf und auch die Fee erschien ein paar Sekunden später.

»Sieh an«, rief Serafisa spöttisch, »der Herr Blutsauger und das Fräulein Elfe geben sich die Ehre. Meint ihr, eure ärmlichen Tricks könnten mit meiner Macht konkurrieren? Schert euch zurück in euren fauligen Sumpf, solange ihr noch könnt!«

Alabusch verzichtete auf eine Antwort. Wie ein Raubvogel ließ er sich im Sturzflug hinab auf die Erde und der Weißschrull nickte ihm kurz zu, als habe er mit dieser abrupten Landung gerechnet. Alabusch und Tjarg zogen nun zu zweit und Adila wirbelte um Serafisa herum, immer schneller und schneller, die kleine Fee zog an den weißen Haaren der Frau, biss ihr in den Nacken und zerkratzte ihr die Wange und Serafisa schlug um sich und jaulte vor Wut.

Aber auch der Schlund gebrauchte seine Kraft, gab Launo nicht frei. Die Männer zogen und zogen und der Weißschrull brüllte nun ein Kommando, damit sie gleichzeitig ihre Kraft gebrauchten, doch die Schnur war seltsam glatt und feucht; sie entglitt ihnen ein Stück und die Lauge schlug über dem Kopf des Jungen zusammen. Nun rannten auch Gunda, Mira und einige Gnome herbei und rieben die Schnur mit trockener Erde ein. Tatsächlich wurde das dünne Seil stumpfer und ließ sich besser fassen. Gemeinsam konnten sie die Leine ein Stück einholen, Launos Kopf tauchte wieder auf und mit verzweifelter Anstrengung hievten sie den Jungen endlich aus dem Schlund.

Überall klebte schlammiger blauer Morast an ihm. Die Augen des Jungen blieben geschlossen, doch seine Lider flackerten, als träume er. Die Gnome, Mira und Gunda kümmerten sich sofort um ihn, betteten ihn auf Jacken und wuschen sein Gesicht mit Schnee. Launo hob die

Lider; er blinzelte verwirrt, dann rappelte er sich auf und blickte um sich. Betreten schaute er an sich hinab, ein Teil seines Körpers schien blau zu blühen, kleine Pusteln und dicke Blasen saßen an seinen Beinen und Füßen.

»Tut es weh?«, fragte Mira besorgt.

Launo schüttelte den Kopf und lächelte. »Es klebt nur«, sagte er.

Die Gnome redeten in ihrer Sprache auf Launo ein, einige weinten, andere schüttelten wütend ihre kleinen Fäuste.

»Macht euch keine Sorgen«, murmelte der Junge. Neugierig berührte er eine Blase und sie platzte, als sei sie aus Kaugummi.

Alabusch sah sich nach Serafisa um. Sie war verschwunden. Sollte sie schon aufgegeben haben?

Wieder stieg der blaue Dampf und er schien die Lauge mit sich zu ziehen, sie quoll nun bis an den Rand des Abgrundes.

Alabusch wickelte die Scherben aus ihrem weichen Stoff und schob sie übereinander; und ihm fiel ein, wie er einst durch die Fensterscheibe seines Zimmers, Alabusch, den Älteren, durch die Straßen Translingens laufen sah. Ihm kam das Gesicht des alten Vampirs so deutlich in den Sinn, als würde er vor ihm stehen. Die Augen blickten intelligent, dreist und unruhig; die aufeinander gepressten Lippen verrieten seinen Hunger. Und da hockte Olaf Ziegler vor dem Riss in der Fensterscheibe, hockte einfach nur da und schaute hinaus ...

Alabusch warf einen raschen suchenden Blick durch das Glas und tatsächlich: Er sah Serafisa. Sie stand festgefroren wie ein Eiszapfen. Ein bläuliches Feuer umzüngelte ihre Gestalt, doch niemand außer ihm konnte sie jetzt sehen. Was hatte sie vor? Worauf wartete sie?

Alabusch schwang sich auf und mit ein paar kräftigen Schlägen flog er über Serafisas Haupt. Da bemerkte er plötzlich Mira, die an den Rand des Schlundes trat und besorgt in die Lauge blickte. Serafisa würde leichtes Spiel haben das Mädchen hinabzustoßen. War es das, was die einstige Herrscherin noch wollte? Sich rächen?

Die Lauge schwappte über den Rand des Abgrundes und berührte beinahe Miras Füße. Das Mädchen blickte hinüber auf die andere Seite und winkte plötzlich. Für einen Moment lichtete sich der Nebel und Alabusch sah seine Mutter, umringt von den Kindern, und auch sie schaute zu Mira hinüber und hob die Hand.

Die Strahlen schlängelten nun schnell von Serafisa weg; sie bildeten einen Kreis um Mira. Alabusch wollte schreien, seine Schwester warnen, aber er wusste, dass es zu spät war.

Es sah aus wie ein Spiel, es sah aus, als könnte das Mädchen ohne weiteres über die Lichtlinien hinweghüpfen. Doch es war kein Spiel. Der Ring zog sich enger und berührte schon die Waden seines Opfers, da endlich, da stieß Alabusch hinab. Mit Wucht traf er auf Serafisa und die Überraschte strauchelte und fiel wie ein Klotz aus Stein oder ein gefällter Baum.

Doch auch Mira stürzte. Alabusch nahm war, wie seine Schwester in der Lauge versank. Serafisa, deren Hals er mit einem Arm umklammert hielt, roch, als wäre sie eine Zitrone, ja, als bestünde sie aus tausenden Zitronen, und der Geruch betäubte ihn beinahe.

Der Sog ergriff die beiden und zog sie in die Tiefe. Aus Serafisas Kehle drang ein gequetschtes Lachen. Kälte kroch aus ihrem Körper, eine saure ätzende Kälte und Alabusch spürte, wie seine Arme und Beine taub wurden. Seine Hände fielen von Serafisa ab, als hätte jede Kraft ihn verlassen. Die Scherben glitten aus seinen Fingern, aber er konnte nichts dagegen tun. Blau umgab ihn. Blau und Blau und Blau. Es schien nicht flüssig zu sein und nicht fest, und doch erschien es fest und flüssig zugleich. Es rieselte wie feiner Sand und wie Schneeflocken. Es brodelte und warf Blasen und war so seicht wie Öl. Es verschluckte jeden Ton und Alabusch kam es vor, als würden seine Ohren von der Stille platzen. War das hier das Nichts?

Ein Licht leuchtete durch das Blau, ein schwaches, sehr kleines Licht. Die Scherben. Sie sanken nicht, sie schwebten hinauf. Doch was konnte dieser blasse Schein noch ausrichten? Vielleicht sollte er dem Nichts nachgeben. Sich einfach sinken lassen. Hinab, hinab. Würde er irgendwann irgendwo ankommen? Oder würde er sich auflösen, so nach und nach? Der Gedanke schien ihm nicht einmal unangenehm. Wenn er, der Untote, schon nicht sterben konnte, so musste er auch nicht länger leben.

Er würde verschwinden, ganz einfach verschwinden. Er musste kein Blut mehr trinken um sein verwirktes Dasein zu verlängern. Niemand würde ihn mehr fürchten oder hassen. Vielleicht würde sich niemand seiner erinnern. Er wäre weniger als eine Mücke. Er wäre davongeschwemmt, fortgetragen vom Nichts, selbst ein Nichts.

Doch Mira ...?! Konnte er sie ihrem Schicksal überlassen?

Alabusch fixierte die hellen, kaum noch sichtbaren Punkte. Er bewegte Arme und Beine und erstaunlich schnell gelangte er hinauf. Er tauchte auf und schöpfte tief Luft. Die Scherben zersprangen vor seinen Augen, teilten sich in viele kleine Splitter, die als Funken auf der Oberfläche tanzten. Wie winzige Segelschiffe schaukelten sie umher.

Er schaute auf und sah Hilarius und Ursina über sich und er sah ... seine Mutter. Arme streckten sich nach ihm und er ergriff sie. Wenig später lag er wie betäubt zwischen seinen Freunden. Dann hob er den Kopf.

Noch immer tanzten die sternhellen Segelschiffchen auf und ab; die Bruchstücke der Scherben gingen nicht unter. Wo war Mira?

39. Kapitel

Das Herz des Vulkans

Mira sank sehr schnell, als hätte sie etwas Schweres in den Taschen oder den Schuhen oder als würde sie von einer unsichtbaren Kraft in die Tiefe gezogen. Es wunderte sie, dass sie atmen konnte. Das, was sie umgab, war kein Wasser. Doch was war es dann? Das Blau wirkte wie dicker feuchter Nebel und es ließ ihren Blick nicht hindurch.

In wenigen Sekunden schien sich der Schlund abermals verwandelt zu haben. Es erschien ihr fast, als würde sie fliegen. Sie fühlte sich leicht und unbekümmert, ja, sie konnte sich nicht an das Unbehagen, an die Angst erinnern, an die Gefühle, die sie eben noch empfunden hatte. Oben zappelten kleine Lichter, aber sie waren zu schwach um ihr einen Weg zu weisen. Sie sank tiefer und tiefer und sie machte sich nicht mehr die Mühe hinaufzustarren in die verblassenden Funken. Irgendwo würde sie doch ankommen? Je tiefer sie kam, desto schwerer fiel es ihr, sich zu erinnern, wo sie sich befand und weshalb sie hier war.

Aber warum sollte das wichtig sein? Warum sollte irgendetwas wichtig sein?

Verzückt betrachtete sie die Blasen, die aus ihrem Mund und ihrer Nase stiegen. Sie wirbelten umher, vereinigten sich, platzten und entstanden neu ... Mira gluckste, hauchte und blies und sie versuchte, die dünnen Gebilde, die sie schuf, zu fangen. Doch es gelang ihr nicht. Die Luftbällchen explodierten lautlos, ehe sie sie berühren konnte.

Sie fühlte sich selbst wie eine Luftblase, schwerelos, vollkommen und zerbrechlich.

Ja, vielleicht würde auch sie in einem unbedachten Moment zerfallen? Aber der Gedanke jagte ihr keine Angst ein. Es schien ihr, als würde nichts und niemand sie je wieder ängstigen. Sie glitt durch den blauen Nebel und stellte sich vor, für immer so dahinzutreiben, so frei und gedankenlos, für immer.

Sie wusste weder wie viel Zeit vergangen war noch wo sie sich befand, als sie plötzlich Boden unter den Füßen spürte. Keinen weichen Sand, sondern hartes schroffes Felsgestein. Und sie landete nicht auf einer Ebene, sondern auf einem Hügel oder Berg!

Ihre Füße suchten Halt auf dem Geröll; sie glitt aus, fiel auf die Knie, rutschte ein Stück hinab und griff mit beiden Händen zu, als wäre der Berg, oder was es war, ein lebendiges starkes Wesen. Auf allen vieren kroch sie wieder hinauf und es kümmerte sie nicht, dass die kleinen scharfen Brocken in ihre Haut schnitten.

Es war ihr, als hörte sie jemanden etwas flüstern. Doch wen? Und was? Es waren keine Worte, die jetzt gesprochen wurden; es war etwas, an das sie sich erinnern musste ... ›Erinnern ... Erinnern ...‹ echote es in ihrem Kopf, aber ihr fiel nicht ein, woran sie denken sollte. Woran? An wen?

Sie kroch hinauf, rutschte zurück und kroch wieder hinauf. Sie hörte das Wispern, aber sie konnte nichts verstehen. ›Olaf, wo bist du? Ala...busch ...?‹ Die Gedanken entglitten ihr; sie fühlte sich müde, unendlich müde ... Vielleicht konnte sie hier ein wenig ausruhen, ein wenig schlafen? Ein paar Minuten, nur ein paar Minuten?

Sie schloss die Augen und ihr Kopf sank auf das Gestein. Wie einfach war es doch, sich dem Nichts zu überlassen.

Noch einmal hörte sie das Wispern, es waren Worte jetzt und sie verstand, dass jemand ›Herz‹ sagte und ›Hand‹. Sie rätselte, was das bedeuten mochte, aber sie kam nicht darauf und ihre Lider waren so schwer. Jede noch so kleine Bewegung schien ihr zu anstrengend. Einfach nichts sehen, nichts hören, nichts fühlen, nichts denken. Aber war das nicht der Tod? Alabusch fiel ihr ein, Launo und ihre Mutter und ihr Vater und sie erschrak bei dem Gedanken, dass sie sie vielleicht niemals wieder sehen würde, und öffnete die Augen. Sie sah kleine blaue Flammen, die um sie herumkrochen wie giftige Schlangen. Sie roch den widerlichen Duft verfaulender Zitronen. Ohne dass sie sich nach Serafisa umsah, wusste sie, dass sie da war. Mira rührte sich nicht. Doch da schlug ein blauer Blitz neben sie ein; es knallte kurz; Steine flogen umher. Mira hörte das böse höhnische Lachen von Serafisa und kletterte behände den Berg hinauf.

»Das ist dein Ende, Mädchen!« Sie schrie so heiser und gebrochen, dass Mira sich überrascht umwandte.

Serafisa sah aus wie eine alte Frau. Von ihrer Schönheit war nichts geblieben. Runzeln zogen über ihr Gesicht und da, wo ihre Haut nicht grau war, schimmerte sie so hell, dass Mira durch sie hindurchsehen konnte. Serafisa hatte ihre Macht verloren, ihr blaues Reich, ihr Volk und sogar ihren Bruder. Jetzt stand sie – wie Mira – auf dem Grunde des Nichts. Oder hatte Serafisa eine Maske angelegt? Versuchte sie Mira zu täuschen?

»Komm her zu mir; du brauchst keine Angst zu haben«, rief Serafisa und streckte die zitternde Hand nach ihr aus. »Du siehst, ich bin schwach und alt. Wenn du mir hilfst, helfe ich dir. Ich kann dich aus dem Schlund hinausführen und du kannst mich stützen.«

Mira schüttelte den Kopf. Sie wollte höher hinaufklettern, aber Serafisa schleuderte einen Blitz zwischen ihre Füße, Geröll löste sich und das Mädchen rutschte ein Stück hinab. Serafisa packte Miras Knöchel, der Griff war so kalt und hart, dass der Schmerz wie ein Schuss durch den Körper des Kindes fuhr.

»Hast du gedacht, du entkommst mir?«, kreischte die Frau. »Mir, der Herrscherin des blauen Reiches?!«

Die Worte hallten in den Ohren des Mädchens; sie strampelte verzweifelt, aber es nützte nichts. Da nahm sie zwei Steine auf, drehte sich um und warf sie Serafisa an den Kopf.

Aber die Frau lachte nur wütend. »Du bist doch nichts weiter als ein Wurm auf zwei Beinen!«, schrie sie. Das Mädchen griff noch einmal in das Geröll; es waren kleine spitze Brocken und sie schleuderte sie ihrer Verfolgerin mit aller Kraft ins Gesicht. Serafisa stieß einen gellenden Schmerzenslaut aus und ließ Mira los. Das Mädchen huschte wie eine Eidechse den Berg hinauf. Aber wohin sollte sie fliehen in diesem Nichts?

Schon war Serafisa wieder hinter ihr; Mira hörte ihren keuchenden Atem und roch die Zitronen. Nie wieder würde sie einen Zitronensaft trinken, wenn sie erkältet war! Beinahe hätte sie über ihren Gedanken gelacht. Wie konnte sie glauben, dass sie das Glück hätte, noch einmal mit Husten und Schnupfen zu Hause in ihrem Bett zu liegen? Wie konnte sie glauben, dass ihre Mutter je wieder Gelegenheit haben würde eine Zitrone für sie auszuquetschen? Nun, auf jeden Fall war Serafisa jetzt so sauer, wie sie roch.

Mira nutzte die zwei, drei Sekunden, die ihr blieben, sich darüber zu freuen. Dann packte die Frau das Mädchen am Fuß. Mira zog ihre Zehen ein und zappelte mit dem Bein, so heftig sie konnte. Und Serafisa plumpste mit dem Schuh in der Hand auf den Hintern. Mira sah sich um und lachte, doch Serafisa ließ jäh den Schuh fallen und warf ihre Hand vor, als wolle sie dem Mädchen ihre Finger an den Kopf werfen.

Fünf Schlingen flogen auf Mira zu und ehe sie sich versah, legten sich die Bänder, die dem Mädchen vorkamen wie Kabel, um ihren Hals. Serafisa zog grimmig lächelnd an allen fünf Schnüren gleichzeitig und Mira blieb die Luft weg.

›Das ist also das Ende‹, dachte sie. Da begann der Boden unter ihren Füßen sich plötzlich zu bewegen. Der Berg wackelte! Auch die Frau blickte verwirrt um sich und Mira nutzte Serafisas Überraschung, griff nach den Schnüren und zog sie sich blitzschnell über den Kopf.

Der Berg bockte nun wie ein wildes Pferd und das Mädchen ließ sich fallen und hielt sich an den kantigen Brocken fest. Aber das Gestein riss wie Papier. Ein neuer Schlund tat sich auf und bevor Mira noch einen Gedanken fassen konnte, rutschte sie in einen Felsspalt. Sie sauste so schnell hinab, als würde sie mit einem Schlitten eine eisglatte Bahn hinabgleiten. Ihr blieb nicht einmal Zeit zu schreien. Zu ihrer Verblüffung landete sie weich auf einem Haufen, der nach feuchten Meeresalgen roch. Sie hörte Serafisa fluchen und heulen und als sie nach oben blickte, sah sie die weiße durchscheinende Gestalt dieser Frau.

»Komm hoch!«, schrie sie. »Klettere hinauf, sonst stirbst du!«

Warum sorgte sich ausgerechnet Serafisa um sie? Mira blickte sich um. Ein mattes warmes Licht strahlte ihr entgegen.

»Was für ein Berg bist du?«, flüsterte sie. Sie lauschte

einen Moment, als warte sie tatsächlich auf eine Antwort. Und dann hörte sie wieder das Wispern: ›Das Herz ... das Herz des Vulkans ... Berühre es, Mira ... Berühre es ... Lynlyn ... Rulrul ... Der Traum ...‹ Sie hatten von einem Traum erzählt ...

Mira tastete die Wände ab, die sie umgaben. Sie waren kalt und feucht. Wo kam das rote Licht her?

Serafisa schickte blaue Blitze hinab und die getroffenen Steine zersprangen und regneten auf Mira. Sie fühlte einen jähen Schmerz an der Stirn und dann schnitt etwas ihre Wange auf, aber alles, worauf sie achtete, war der rote Schein. Das matte Licht drang durch eine schmale Ritze. Obwohl es ihr aussichtslos vorkam, schob sie ihre Hand so weit es ging in den Spalt. Das Gestein schien sich um ihre Finger zu schließen, als wolle es sie festhalten. »Vulkan, hilf mir doch!«, flüsterte sie.

Wieder ging ein Beben durch das Gestein und einen Moment kam es dem Mädchen vor, als lachte der Berg.

Dann öffnete sich der Felsen. Mira schob mit beiden Händen, obwohl sie wusste, dass das ganz unnötig war. Der Vulkan ließ sie ein! Mira hörte Serafisa gellend kreischen, aber unbeirrt ging sie auf das Licht zu, das wie ein Feuer loderte.

Es war in einem Stein, in einem Stein, so groß wie sie selbst, und sie spürte eine milde, weiche Wärme, die ihr entgegenströmte. Das Herz des Vulkans ... Aber es schlug nicht. Es lag ganz still vor ihr.

Einen Moment zögerte sie. Was würde geschehen,

wenn sie den Vulkan zum Leben erweckte? Konnte sie sich auf den Traum der beiden weisen Gnome verlassen? Vielleicht steckte Serafisa hinter all dem, vielleicht hatte sie nur eine neue List ersonnen um Leid und Verderben heraufzubeschwören?

Aber der leuchtende Stein sah nicht aus wie etwas, vor dem man Angst haben musste. Er rief stumm nach ihr wie ein Traum. Mira hob ihre Hände und ließ sie langsam auf das Herz sinken.

Zuerst spürte sie nicht mehr als die Wärme, eine feuchte fiebrige Hitze, die in ihre Finger strahlte. Aber es war nicht so heiß, dass sie sich verbrennen konnte. Eigentlich kam ihr die warme steinerne Haut angenehm vor, wie ein Ofen, in dem zu Weihnachten Äpfel schmoren. Sie ging dichter an das Herz heran und umarmte es.

Da spürte sie eine Bewegung ... Es zog sich zusammen und dann wieder auseinander ... Das Herz begann zu schlagen! Erst pochte es kaum merklich, doch dann wurde die Bewegung kräftiger. Das Rot wurde dunkler und die Wände ringsum begannen zu zittern. Mira klatschte in die Hände und hüpfte in dem Rhythmus umher, den das Herz schlug. Es kam ihr vor, als hätte sie einen guten Freund, der lange, lange sehr krank war, geheilt.

40. Kapitel: Serafisas Ende

Alabusch tauchte zum dritten Mal aus dem Schlund, sah zu seinen Freunden und seiner Mutter hinüber und schüttelte den Kopf. Es war nichts zu sehen von Mira. Und auch von Serafisa fand er weit und breit keine Spur. Seine Haut war blau wie die Blütenblätter einer Kornblume, nur von seinen Zähnen perlte die Farbe und sie leuchteten weiß und traurig.

Erschöpft ließ er sich in den Schnee fallen. Es strengte ihn nicht an, in der blauen Lauge umherzuschwimmen. Es strengte ihn an, aus dem Nichts zurückzukehren. Er spürte, wie es an ihm nagte, wie es ihn verschlingen wollte. Aber wenn das Nichts dort unten schon ihm etwas anhaben konnte, wie stand es dann erst um seine Schwester? Vielleicht hatte sie ihn schon längst vergessen? Vielleicht hatte sie sich dieser seltsamen Leichtigkeit überlassen und schwebte jetzt gedankenlos im Schlund umher? Dann hatte Serafisa leichtes Spiel. Dann würde Mira nicht die Kraft haben ihr zu widerstehen. Dann würde seine Schwester erlöschen wie die Flamme einer Kerze.

Clara Ziegler und ein paar der Flüchtlingskinder hockten sich zu ihm und rieben das Blau mit Stofffetzen und Schnee von ihm ab. Alabusch ließ es geschehen; er lächelte seiner Mutter zu und dachte daran, wie sie dem kleinen Olaf Ziegler mit einem Waschlappen zu Leibe gerückt war. Der Junge war das gewesen, was andere Kinder wasserscheu nannten, das feuchte Nass duldete er allenfalls an den Füßen, und so war seine Mutter gezwungen das Bürschchen zu putzen.

»Ich werde sie finden«, sagte Alabusch leise. Seine Mutter sah ihn an und strich ihm die blau gefärbten Haare aus der Stirn. »Ja, das wirst du, mein Junge«, sagte sie. Einen Moment sahen sie sich in die Augen und Alabusch erkannte die Liebe, die ihm als Kind so selbstverständlich vorgekommen war.

Alabusch sprang auf und trat an den Rand der Tiefe. Hilarius legte eine Hand auf seine Schulter. »Der Weißschrull hat die Wachen Serafisas entwaffnet«, sagte er. »Sie haben keinen Widerstand geleistet. Ich glaube, die Ärmsten verstehen die Welt nicht mehr. Denn Serafisa, die Das-Blaue-vom-Himmel-Lügenkönigin, hatte sie ihnen doch versprochen – die Welt. Und nun taucht sie aus ihrer eigenen Suppe nicht auf.«

»Keiner dieser Männer hatte den Mumm ihren Kampf fortzusetzen?«, fragte er zweifelnd.

Hilarius dachte nach. »Nein, niemand von Serafisas Leuten. Nur dieser Gernegroß, dieser Franz Martschenko. Er wollte nicht einsehen, dass er seine Waffe abgeben sollte. Nun jedenfalls Tjarg hat ihn gefesselt, verkehrt herum auf einen klapprigen Gaul gesetzt und dem armen Tier einen gehörigen Klaps versetzt.«

»Eine gute Lösung«, meinte Alabusch. Wie immer, wenn er mit Hilarius sprach, fühlte er sich zuversichtlicher als sonst, beinahe froh.

»Also, hier gibt es im Moment für mich nichts zu tun«, sagte Hilarius. »Ich fange an mich zu langweilen. Und wenn du jetzt wieder in den Eintopf da springst, nimm mich mit, Freund. Zu zweit sind wir unschlagbar, das weißt du doch.«

»Ja, ich weiß«, sagte Alabusch, »aber ich will nicht, dass du dich unnötig in Gefahr begibst. Die Menschen hier oben brauchen dich. Falls ich nicht wiederkomme ... musst du sie führen. Adila wird dir helfen. Sie findet den Weg nach Hause; sie ist eine Fee, sie findet alle Wege ...«

»Ach, Alabusch, ich tauge nicht zum Nach-Hause-Führer. Denn Ursina, Launo und ich sind bei den Gnomen zu Hause. Und wir werden bei ihnen bleiben, so viel ist sicher. Du wirst schon wiederkommen müssen, mein lieber Vampir«, sagte Hilarius, »verlass dich nur nicht auf einen alten Märchenerzähler wie mich.« Er zwinkerte Alabusch zu. »Viel Glück, mein Freund.«

Alabusch sprang ohne ein weiteres Wort in den Schlund. Ein Sog nach unten packte ihn sofort und riss ihn mit sich.

Er versuchte etwas zu erkennen, aber die blauen Dunstschwaden nahmen ihm jede Sicht. Wie nur sollte er Mira hier finden? War das Nichts nicht so unendlich wie das All? War das Nichts nicht so unendlich wie der Tod? Aber der Schlund musste ein Ende haben. Dies hier war nicht das All und es war nicht der Tod. Es musste etwas geben wie einen Boden. Alabusch tauchte tiefer und tiefer. Er sah noch immer nichts, aber er nahm den Geruch wahr, den er nur allzu gut kannte. Serafisa konnte nicht weit sein.

Das, was seine Füße schließlich berührten war so hart wie Fels. Es war Fels! Ein Riff vielleicht oder ein unterirdischer Berg. Alabusch vernahm ein seltsames Grollen, so als wäre dort etwas, das auf ihn lauerte. Wenn dieses Etwas seiner Schwester ein Leid antat oder sie bedrohte, würde er mit ihm kämpfen bis zum Ende seiner Kräfte.

Er spürte sein Herz heftig schlagen und es schien ihm, als könne er es auch hören: War denn das möglich? Das sein eigenes Herz hier so laut schlug wie ein Trommelwirbel? Aber es war nicht sein Herz, das da schlug ... Plötzlich traf ein glasig blauer Strahlenkegel Alabusch und schien ihn zu durchbohren. Er wandte sich um.

Serafisas Haut war weiß geworden wie ihr Haar, und als sie ihre Lider hob und ihn unumwunden anstarrte, erschienen ihm ihre Augäpfel durchsichtig wie Seifenblasen. Sie streckte die Hand nach ihm aus und Alabusch sah, dass sie zitterte. Sie öffnete den Mund, doch alles, was sie hervorbrachte, war ein heiseres Krächzen. Alabusch sah, dass sie keinen einzigen Zahn mehr hatte.

»Wo ist Mira?«, fragte er. Serafisa stieß einen Laut aus, einen einzigen Laut: »Tot.«

Alabusch schüttelte den Kopf. Er spürte das Verlangen seine Zähne in den Hals der Frau zu schlagen, nur zweifelte er daran, dass das, was in ihren Adern floss, Blut war. Und noch etwas hielt ihn ab: Aus welcher Hölle auch immer dieses Wesen gekommen war, es schien nun dahin zurückzugehen. Serafisa löste sich auf in dem Nichts, das sie selbst geschaffen hatte. Auch ihre Haut schimmerte nun durchsichtig. Der Arm, den sie eben noch gegen ihn gerichtet hatte wie eine Waffe, fiel wie leblos herab. Das Herz, das da irgendwo in ihrer Nähe so heftig klopfte, schien gegen sie zu schlagen, denn sie zuckte und stöhnte in diesem Rhythmus und schließlich sackte sie zusammen.

»Der Vulkan ...«, flüsterte Alabusch ungläubig, »das Herz schlägt wieder.« Er glaubte keinen Moment an das letzte Wort, das Serafisa gesagt hatte. Serafisa starb, wie sie gelebt hatte: mit einer Lüge auf den Lippen.

Die Frau richtete sich noch einmal auf und Alabusch sah die Anstrengung, die sie das kostete. Blaue Wellenlinien schlängelten unter ihrer Haut, dann wurden sie schwächer und schließlich erloschen sie ganz. Die einstige Herrscherin sah jetzt aus, als bestünde sie aus Pergament.

Auch der Geruch, der sie umgab, veränderte sich, es stank jetzt, als hätte jemand einen Sack Zitronen ins Feuer geworfen.

Alabusch wandte sich ab. Der Berg begann zu beben. Alabusch spürte die Bewegung, die schnell heftiger wurde, deutlich unter seinen Füßen. Das Gestein knirschte und dem Vampir kam es vor, als würde er ein Stück in die Höhe gehoben. Risse bildeten sich in der harten Kruste und eine dicke rote Flüssigkeit drängte gegen das schwächer werdende Blau. Sie quoll über das Gestein und Alabusch sah, wie sie Serafisas Hülle fortspülte, wie etwas, das nicht hierher gehörte. Die Flüssigkeit glühte nicht, aber sie war warm.

Alabusch kniete nieder und hielt seine Hände in die Lava des Lebens. Lange betrachtete er das Rot zwischen seinen Fingern. Es war die Farbe des Blutes und die Farbe des Feuers, aber es war mehr als nur eine Farbe und mehr als nur eine Flüssigkeit. Etwas flackerte und bewegte sich zwischen seinen Händen, dann bildeten sich Kreise, die sich auseinander zogen, um Platz zu machen für neue Kreise. Es kam ihm vor, als wolle die Lava ihm etwas mitteilen, etwas das nicht auszusprechen war, und deshalb saß er hier und wartete, obwohl der Berg immer heftiger zitterte.

Nach und nach erkannte er ein Bild, das erst verschwommen aussah wie ein unscharfes Foto. Alabusch beugte sich tiefer hinab. Ohne Zweifel: Es sah aus wie ein Gesicht, das ihm entgegenschaute. Aber wie konnte das sein? Er besaß doch kein Spiegelbild! Nein, es war nicht

Alabusch, es war ein Kind, das ihn ansah. Es war ein Junge. Er öffnete lautlos die Lippen, doch Alabusch konnte verstehen, was er sagte: »Komm zu mir.« Der Vampir berührte vorsichtig die Wangen des Kindes, er schloss die Augen und spürte, wie warme Wellen durch seinen kühlen Körper strömten. Olaf Ziegler kehrte in ihn zurück.

Eine Weile blieb er noch so hocken, dann hörte er jemanden seinen Namen rufen.

»Alabusch!«

Er sprang auf und rannte und kletterte den Berg hinauf. Dann sah er seine Schwester, die am Rand des Kraters stand.

Wieder ging ein Beben durch die Erde, als seufze der Vulkan. Alabusch erreichte das Mädchen und Mira sprang ihrem Bruder in die Arme wie ein kleines Kind.

»Wo hast du nur so lange gesteckt?«, fragte sie und lachte und weinte. Alabusch antwortete nicht.

Der Berg rüttelte sich und es schien ihm, als wolle der Vulkan sich nach langem Schlaf recken. Das Grollen wurde stärker, die Lava stieg und leuchtete und der Nebel um sie herum nahm allmählich eine orangerote Farbe an. Auch das Beben nahm zu und es kam Alabusch in den Sinn, dass der Berg sich jetzt endlich, endlich aufrichten werde. Die Geschwister spürten ihre Herzen im Rhythmus des steinernen Herzens schlagen. Die Hitze der Lava legte sich auf ihre Haut. Der Vulkan aber hob sie hinauf. Hand in Hand standen Alabusch und Mira, der Vulkan schob sich höher und höher.

Es schneite nicht mehr und die Geschwister sahen ihre Mutter, sahen die Gnome, Hilarius, Ursina und Launo. Der Himmel über ihnen färbte sich allmählich rot.

Letztes Kapitel, ein ganz kleines, Der Brief

Am Rande der Stadt beginnt das Land der Sümpfe. Das Wasser schimmert grün und blau oder auch braun und schwarz. Kleine Lichter zappeln über dem Morast, da, wo die Sonne durch das Schilf dringt. Es sieht aus, als tanzen winzige Feen einen Reigen.

Die kleine Stadt heißt Translingen und in ihr lebt auch ein Mädchen namens Mira Ziegler. Sie ist jetzt elf Jahre alt und immer noch ein wildes Kind.

Am Abend beginnt für sie die interessanteste Zeit des Tages: Sie öffnet ihr Fenster und starrt in die Nacht hinaus. Sie wartet auf Alabusch, der sie besuchen kommt und manchmal Adila mitbringt.

Aber wie jeden Abend springt zuerst Poggy aus der Dunkelheit, der große schöne Frosch mit den gelben Flecken und den strahlend roten Augen. Mira freut sich jedes Mal ihn zu sehen.

»Mein lieber Freund«, sagt sie heute zu ihm. Poggy hüpft auf ihren Arm. In seinem Maul klemmt etwas Weißes. Eine Feder? Ein weißes Blütenblatt? Oder ... »Was hast du mir denn da mitgebracht? Ist das ein Brief? Ist das wirklich ein Brief?«

Der Umschlag ist ein bisschen feucht und fleckig, aber es ist tatsächlich ein Brief und er sieht aus, als hätte er eine lange Reise hinter sich. Das Mädchen öffnet ihn hastig, mit heftig klopfendem Herzen.

›Liebe Mira,

endlich möchte ich dir einmal schreiben. Tut mir Leid, dass ich jetzt erst dazu komme. Hier ist allerhand los, weißt du? Die Gnome haben eine neue Stadt gebaut. Sie ist noch schöner als die alte. Es gibt viele bunte Wiesen. Die Lava des Lebens fließt immer noch aus dem Vulkan, und es gibt überall rote warme Bäche. Die Blumen und Blisetten blühen auf dem fruchtbaren Boden ganz fantastisch. Du musst uns unbedingt mal besuchen kommen. Wenn du Ferien hast, meine ich. Stell dir vor, ich muss jetzt auch zur Schule gehen. Rate mal, wer meine Lehrer sind?! Darauf kommst du nie! Gunda Brödlitz und der Weißschrull. Kannst du dir das vorstellen? Sie haben sich entschlossen bei den Gnomen zu bleiben und Lynlyn und

Rulrul kamen auf die glorreiche Idee mit der Schule. Na ja, von Gunda lernen wir immerhin alles Mögliche über Pferde. Die Gnome züchten jetzt Ponys, musst du wissen. Sie sehen allerdings anders aus, als die die du kennst. Sie haben zwei Köpfe und zwei Schwänze und an jedem Kopf sitzen vier Ohren. So kann sich jedes Pferd mit sich selbst unterhalten, und wenn die eine Hälfte schlechte Laune hat, wird sie von der anderen Hälfte aufgemuntert. Es gehen auch Gnomenkinder in die Schule. Aber die buddeln sich blitzschnell in die Erde ein, wenn sie sich langweilen.

Du fehlst mir, Mira. Wenn du magst, kannst du mir schreiben. Poggy kann den Brief an einen Landeplatz unserer Brieftauben bringen. Ich soll dich von allen hier grüßen, auch von Goldzahn, die gerade auf meinem Kopf sitzt und an meinen Haaren knabbert. Und ganz besonders natürlich von Hilarius und Ursina und Lynlyn und Rulrul. Bis bald. Dein Launo.‹

Mira lächelt und streichelt Poggy, der behaglich quakt. Die beiden schauen in die Nacht hinaus, in den weiten schwarzen Himmel. Zu den Sternen, die weiß und feierlich blinken, als wollen sie von einer anderen Welt erzählen. Von einer Welt, die groß, geheimnisvoll und abenteuerlich ist.

Inhalt

Nach der neuen Rechtschreibung

Illustrationen von Aljoscha Blau
Druck & Buchbindearbeiten: Clausen & Bosse, Leck
Printed in Germany 1999
ISBN 3-357-00863-7

Altberliner im Internet: http://www.altberliner.de